청숫잔 맑은 물에
―산도라지

* 이 책은 필자의 진실에 접근해가는 의도와 방식을 인정하고, 또한 그만의
감성에 충실을 기하기 위해 비속어, 사투리 등 구어체 문장을 최대한 존중
했음을 밝혀둡니다./편집자 주

리토피아신서 · 22
청숫잔 맑은 물에

인쇄 2019. 6. 13 발행 2019. 6. 18
지은이 김씨돌 펴낸이 정기옥
펴낸곳 리토피아
출판등록 2006. 6. 15. 제2006-12호
주소 22162 인천 미추홀구 경인로 77
전화 032-883-5356 전송 032-891-5356
홈페이지 www.litopia21.com
전자우편 litopia@hanmail.net

ISBN-978-89-6412-113-9 03810

값 12,000원

이 도서의 국립중앙도서관 출판예정도서목록(CIP)은 서지정보유통지원시스템 홈페이
지(http://seoji.nl.go.kr)와 국가자료종합목록 구축시스템(http://kolis-net.nl.go.kr)에서 이
용하실 수 있습니다.(CIP제어번호 : CIP2019021856)

김씨돌의 산중일기 · 2
청숫잔 맑은 물에
—산도라지

일찍이 부모님을 여의신 의문의 꽃나비님들께 바친다. 김스테파노 추기경님과 김승훈 신부님이 떠나신 후, 이 땅에 옛 천주교는 죽었다. '노트르담 님' 타오르신 후 정의가 살아났다. 저들은 돈이 너무 많다. 힘이 너무 세다. 이제 종교계 상층부는 수도자 뒤에서라. 동지여! 얼추 상거지가 되세. 왜 믿을수록 순 사기를 치겠나. 나 역시 잘못 되었다. 왜 미국산 소고기가 테러범이 되었나. 씨발넘들! 일제 만행부터 핵 자산까지 끝없는 학살극 세계! 체 게바라와 정의구현사제단과 각 종교권 민주화운동 선배 제현이 혁명 성인이 아니신가! 요래 어설피 까불다가 여러 번 군홧발에 짓밟혔다. 1989년 144회 국회 군의문사진상특위에서 '노태우를 처단하라' 등 5·6공 살인세력에 외친 죄밖에 없다. 엎드려 뭇 사랑과 흙의 평화를 빌면서, 안녕히 계시라. 사랑하오.

정선군노인요양원에서
싸리꽃 피는 시절에 삼가 씨돌이 올림

추천사

'인간의 원형'을 산 사람이 주는 감동

장 기 표 (신문명정책연구원 대표)

　　김용현(씨돌) 씨와 나는 늘 가까이 지내는 사이는 아니었다. 행사장 같은 데서 만났고, 뒤풀이를 할 때면 꼭 내 옆에 앉아 담소를 나눈 일이 있었을 뿐이다. 그래서 이전 SBS에서 인터뷰를 요청했을 때에도 그에 대한 인상을 전화로 다 말했다고 보아 인터뷰를 극구 사양했었다. 곡절 끝에 인터뷰를 하게 되었는데, 이 인터뷰 덕분에 나는 엄청난 깨달음을 얻었다.

　　담당 피디가 김용현(씨돌) 씨의 근황에 대해 일체 말하지 않은 채 지난날 나와 김용현(씨돌) 씨 사이에 있었던 일을 말해달라고 했다. 그러나 시간이 오래되어 구체적으로 기억나는 일은 별로 없고, 다만 그에 대한 강렬한 인상만 남아 있을 뿐이었다. 그의 모습이 내게는 너무나 부럽고 닮고 싶었기 때문이다.

　　그는 순박한 사람이었다. 개량한복에 걸망을 지고 다녔는데, 덥수룩한 수염까지 길러 영락없이 산山사람이었다. 언제나 싱글싱글 웃었고, 아무런 부담 없이 어디든 스며드는 사람이었다. '상선약수上善若水'라는 말이 꼭 어울렸다.

　　어떻게 저렇게나 아무런 구김이 없이 순박하고 진실될 수 있을까 싶어 함께 앉아 있는 것만으로도 기쁘기 그지없었다. 특히 그는 나에게 관심이 많아 보였고 기대 또한 큰 것 같았다.

10여 년 전 그가 강원도 산골에 있을 때 큰 보따리를 보내왔는데, 도라지, 감자, 밤 등 온갖 열매들이 봉지봉지 들어 있었다. 사랑과 정성이 가득 들어 있음이 너무나 분명해서 평생 이런 선물을 받기는 어려울 것 같은 느낌이 들었다. 거기에는 나에 대한 간절한 기대도 들어 있음이 분명했다. 고마움을 넘어 미안해서 정신이 번쩍 들기도 했다. 그것을 챙기느라 얼마나 많은 고생을 했을까 싶어 안쓰럽기 그지없었다. 지금 생각해도 목이 맬 지경이니 더 말해서 무엇 하겠는가!

이런 소회를 말하고 난 뒤 담당 피디가 그와 관련한 사진, 글, 책을 보여주는데, 내가 일찍이 본 그의 인상 그대로였다. 도인의 인품을 확인할 수 있어서 말이다.

그는 겉으로는 자연과 더불어 살아가는 산사람이지만, 있는 그대로의 모습이 자연이요 도道일진대 그는 '자연'을 살아가는 진정한 도인이다. 인간적 욕망에서 온전히 벗어나 인간이 누릴 수 있는 최고의 행복을 누리고 있다. 한마디로 그는 '인간의 원형原形'으로서의 삶을 살아온 것이고, 이것을 우리 모두에게 보여주기 위해 그의 인생을 바치며 기록해온 것이 아닐까 싶다. 이를 통해 그는 '자연사상'을 내놓았고, 그의 이 '자연사상'을 말로만이 아니라 생명을 걸고 실천해왔다는 점에서 특별히 돋보인다.

그래서 그가 생명을 걸고 온몸으로 실천한 그의 '자연사상'을 온전히 기록한 이 책이 우리에게 엄청난 감동과 교훈을 줄 것으로 기대된다. 더욱이 자연을 거슬러 살아가는 우리들 '현대인'에게 삶의 방식을 바꾸는 중요한 계기가 되기를 바라는 마음 간절하다.

바람과 함께 사라졌던 작은 영웅들을 돌이켜 보면서

고 진 광(인간성회복운동추진협의회 이사장, 삼풍백화점 사고 당시 민간구조대장)

삼풍백화점 붕괴 당시, 지하의 암흑 속 현장에선 절규하는 사람들의 아우성으로 가득 찼다. 나와 내 동료들은 구조 장비도 없이 무작정 구조현장에 뛰어들었다. 칠흑 같은 어둠의 현장에서 구조를 하던 당시, 사람들의 외침이 들렸다.

그때, 라면박스를 힘겹게 들고 다니던 사람들이 있었고, 우리의 이름과 전화번호를 적으라며 펜을 내어주는 사람이 있었다. 계속 되는 붕괴위험에 만약의 상황을 대비하여 구조대원들의 신원을 남겨야 한다고 전하는 민간구조대원들 속에 김용현(씨돌) 씨가 있었다.

추천사 요청이 왔을 때 나는 한참 동안 그를 떠올리고 가슴 아팠던 당시를 돌아봤다. 계속 되는 철거 명령에도 한 명의 생명이라도 구조하기 위해 함께 뛰어들었던 그 때의 용현(씨돌) 씨. 우리는 재난의 현장에서 더 많은 생명을 살리려 함께 몸부림쳤고 시대의 처절함에 분노했다. 또한, 그는 힘든 현장에서도 나와 우리 대원들에게 위로와 힘을 건네주는 친구였다.

우리는 아르바이트를 하던 청년들의 죽음에 너무나도 가슴 아팠다. 사고 터전에 추모 전당을 만들어 사고 없는 대한민국을 기원하고 다시 이 땅에서 이런 가슴 아픈 일들이 발생하지 않기를 바라며 글을 쓰고 주장했지만, 힘있는 세력에 의해 우리의 바람은 무너졌다. 최근 우리나라에서 발생하는 많은 사고들을 경험하며, 그 때 함께 이루고자 하였던 안전한 대한민국에 대한 우리의 바람이 다시금 떠올랐다.

그는 언제나 숨김없이 풍자하고, 올바른 길이 무엇인지에 대해 고뇌했다. 그는 이 강산의 허허벌판 위에 자연과 함께 살아가면서 인간의 삶의 원초적인 공허를 딛고 살아가는 사람이었고, 삶의 원초의 공간을 향하여 그는 새로운 자세를 갖고 성장하는 사람이다.

처절한 현 시대의 상황을 숨김없이 풍자하고, 오랜 세월 줄기차게 곧은 그의 삶, 새 차원으로 자신을 몰고 간 것을 대견히 생각한다.

소박한 그의 읊조림, 그 발자국에서 시대를 향한 그의 깊은 한숨이 서려있는 것을 마주할 것이다. 또한, 그를 닮은 책에서 우리는 이런 삶의 모습을 김용현 씨의 입김을 통해서 다시 생각해 볼 수 있을 것이다.

이번 기회를 통해, 생명을 던지면서 구조활동에 앞섰던 바람처럼 사라져버린 우리 사회의 작은 영웅들을 찾아보고 재조명할 수 있는 기회가 될 수 있길 바란다.

아울러 다시 김용현(씨돌) 씨와 그 당시 작은 영웅들을 되돌아볼 수 있도록, 김용현(씨돌) 씨 조명에 애를 쓰시는 SBS의 이큰별 피디와 도서출판 리토피아에 감사를 드린다.

차례

청솟잔 맑은 물에

무엇보다 새벽녘 은빛 민물고기들처럼 뛰어오를 수 없었나요?
자연 비옥지가 아니어도 우리네 민들레답게 번식할 방법은 없었나요?

어떻게 하면

어떻게 하면
아침마다 찾아오시는,
이 아름다운 산새소리를
담아드릴 수 있을까.

어떻게 하면
저녁마다 밀려오시는,
저 향기로운 영혼들의 마음을
전달해드릴 수 있을까.

생명의 재생나무야!
대답 좀 해다오.

(미안하나마,)

나무야

고맙다.
그대 숲으로 다가옴에
오늘 같은 아버지의,
'사랑과 평화'가,
'신들의 인권'이,
'흙의 눈물'이,
향가슴으로 흐르시는 우리 어머님의 모성애와,
강물처럼 어우러진 나눔이 치유와 행복의 근본인 듯.
미천한 쟁기골 송아지,
자연농업인 씨도리,
이 순바보도 여러분 나그네새들과 더불어
무작정 깃들 수 있었단다.

(2011년 2월 15일, 소나무처럼 요즘은 손발이 떨린다.)

엎드린 말씀 하나

"야, 재미있어?"
"아니, 졸라 까분다아 토끼 아씨가."

산새들아,
어떻게 그리면 예쁘고 재미가 있겠니?
저 봐요. 앞가슴부터 부리로 깃털을 간추립니다.
아래 윗가지로 뜁니다. 땅을 내려다봅니다.
하늘 향해 노래하며 날아갑니다.

"되셨죠?"
오, 새가 나르는 문장? 새날문법, 고마워,
"되우 박아도 잘 안 된다야."

"귀여운 거, 귀여운 거."
"말 걸지 마!"

너희가 아름답게 날아오르는 나무마다, 꽃잎마다, 오솔샛길 따라, 한반도길 따라, 문학장르를 총동원해 볼까 봐. 시, 소설, 꽁트, 각설이타령, 반거짓말, 산문, 격문, 콧노래, 동화, 수필, 토끼논고, 풍자극, 대본, 들은풍월, 신문고, 산중일기, 지게꼬리장단.

1989년 4월 15일부터 9부 능선 봉화치 숲속에서 반갑게 보이던 한 쌍의 연둣빛 동박새와 옹달샘터 파랑새 한 마리 곁에 향기로운 샘물소리, 흙찬 소리, 그래서 조양강 상류 다묵장어 같으신 신들의 소리가 미래 씨알맹이 자연 씨앗주의인지도 모르지. 음, 우리 얼룩새 코미꾸리들의 코믹 터치, 난데없는 소란들.

"산돼지 새끼도요. 등날이 칼 같아서 철조망이고 뭐고 다 끊어요. 땅굴도 파고요."

보잘 것 없는 이 모두가 자연으로 돌아가 두 손 바친 우리 어머님의 물 뜨시는 소리이옵니다. 어디선가 잘만 하면 축구공 하나로 순통일로 가는 길목에도 꽃바람이 불어온다기에,

삼가 아뢰어 바칩니다. 이 절망의 땅에,
임이시여, 절 받으소서!

"2010년 군 전투지휘 검열."
풀벌레 우는 소리런가.
"나만 안 들리나?"

양심의 가책을 느낀 '나'의 나, 총알 하나 잠재우는 저 묵은 쑥대밭 너머로 산새가 운다.

무엇보다 새벽녘 은빛 민물고기들처럼 튀어오를 수 없었나요?
자연 비옥지가 아니어도 우리네 민들레답게 번식할 방법은 없었나요?

스스로 신이 될 수 없으셨나요?
스스로 격려하실 수 없으셨나요?

"포롱포롱! 포롱 포르르르롱!"
빨간 두드럭 존개는 왜 안보일까?

"토끼 아씨, 신계급사회라도 그렇죠. 장바구니가 너무 가벼워요."

웬 걸, 칼끝이 부러질 것 같은 돌감자, 떡호박, 만디요까, 쩌먹일 수 없으셨나요?

급격히 기울어지지 않는 우리 옛 자랑스러운 농업을, 지구삼림 접목지 동남아나 아프리카 등에 식재 받으며 전수할 수 없었나요?

은근히 빼앗기는 나는?

태초에 소박한 삶은?
흙향에 빠져들 수는?
물향내에 젖어드실 수는 없으셨나요?

"구구 꾸꾹! 꾸그! 꾹꾹!"
"어쩌면 전 지구적 명운은 하늘에서 내려오심이 아니셨나요."

"꺼겅, 꿩!"
"너 지금 걔랑 나랑 비교하냐?"

이상하다. 쪼그만 수첩 사이에서 도라지, 더덕, 곤드레, 들깨, 해바라기 씨가 어떻게 줄줄 떨어질까. '향 좋은 과일나무에 벌이 없어 큰일입니다.'

신음소리, 신향소리, 신소음소리. 아, 더 가난할 수 없는 나의 희미한 믿음, 내 가슴속 말라버린 어떤 사랑의 흐름들, 신들의 놀라운 사기술, 이 바보 같은 논증들. '핫하, 이 봐! 너덜지겟꾼, 토끼 아저씬지, 아가씬지, 나그네이신지? 강을 건너 산을 넘어온 시방 새벽 세 시에 뭘 떠올리고 뭘 지러 가는 거여?' '아고 깜짝이야. 그 뭐고? 평화를 일구시는 분들 있잖어, 젊은 친구들. 영을 건너 정을 찾은 향기로우신 형제분들, 뭇 생들. 하하하, 솔직히 우리 아버지 어머님 업어드리고 안아드리고 싶어서, 꺼끄러운 연초록 무배추밭으로 일 나갑니다 왜요?' '비가 올래면 짤짤 와야지. 콩은 다 타버리고.' '형님,

감자씨 남았어요?' '핫, 저 엉크재이 굶길 수도 없고, 심거 먹어!' '벼가 노랗게 익을 때 물이 홍건하다면 100% 기름이 흘러요. 담겼다면 눈물, 믿을 것은 이것뿐.'

"나 거기 안 가는데."

신이 있어? 있다면? 잘못된 거야! 죄진 놈 명도 길어요. 먹을 것도 많아요. 이제 이스라엘은 성노예 반성조차 안 해요. 팔레스타인 학살에 믿음 보장법도 다 있어요.(맑은 물과 공기를 놓고 볼 적에,)

물 들어온다. 노을 진 논에 사람과 물뱀이 스쳐간다. '이건 찬물! 요건 따신 물.' 나비가 없습니다. 물이 없습니다. 개구리가 없습니다. 투자도 경제논리도 비즈니스도 물입니다. 농약냄새가 납니다.

(여러 상처 입으신 분들 속으로,)
말씀으로, 학벌로, 뇌물로, 말아먹는 세상에,
집을 잃고 고향 떠나 설움 많은 세상에,
부모형제 가족 떠나 눈물로 지세우시고,

같은 종족이 아니라고,
같은 피부가 아니라고,
같은 종교가 아니라고, 버림받으시고,

특별히 선택된 민족이 아니라고,
특별히 선택된 직업이 아니라고 밝히시고,

가진 게 없다고, 의지할 신이 없다고,
유독 졸업장 쪼가리 하나 없다고,

뒷심이 없다고 인간취급도 아니하는 사회 앞뒤 꽉 막힌 분의 가
슴에, 다같이 그 세상 가는 길 비닐하우스 들판에서, 페인팅 자동차
가, 핵기지가, 유리온실 삶들이 번쩍이는 골프공들이, 축구공들이, 바
다표범, 물개, 수달, 오리와 말 못 하는 철새들처럼 지구축이 다 녹을
때까지, 신들의 장난으로 인해 깊고 깊은 상처를 입으신 여러분께.

그 분은 참나무, 나는 엿장수가 되어 이 험난한 세상 연필 똥가
리 하나 굴리며, 오늘도 지겟짐 공군 틈틈이 푸른 퇴비, 누런 거름,
검고 붉은 두엄 흘리며, 혹 DMZ 가는 길에 밀과 보리, 사랑과 평화
가 넘실거릴 것 같아서, 절로 퍼져가는 산나물나라에 왕대포 프로세
스가 무엇인지 잘은 모르지만, 감히 삼가 끄적여 올림은,

여러 선배 제현께서 일찌기 일지득천一枝得天
한 가지에서 하늘을 얻을 수 있다 하셨으므로,
요 조선뽕 지게 작대기에도 참꽃이 피는 그날까지
만에 하나 힘 받으시라고,
용기를 잃지 마시라고,

저같이 혼자 울지 마시라고,
혼자 중얼거리지 마시라고,
혼자 콧노래 부르지 마시라고,
씨앗주의가 마지막 남은 지구생환이시라고,

─새들이 시끄럽다 하드라도.

'주먹밥에 동치미 쪼가리가 어디래요.' '개미취 녹취 미역취 가릴 것 없이 숲속 배추밭 디빈 자리에 가마솥 걸고 말린대요.' '상류 지 물맛은?'

"와, 우리 밀 해물칼국수다!"

이때 산 아래에서 울리는 소리, '개 삽니다. 똥개 삽니다. 똥개 삽니다아.' 산 위에서는, '떡 먹으러 와요~오.' 아침저녁 이슬에 젖은 낙엽 그나마 고맙게도 김치 된장 맑은 먹거리에도 눈비가 내리니,

"다 오시라 해."

청숫잔 맑은 물에 마른 꽃잎 띠울 틈을 주시고, 떠오르시는 얼굴들 앞에 엎드리며 빌고 빌 수 있는 여유를 주시니,

"나도 갈래."

아, 그리움으로 못다한 사랑 한 번쯤 나누며 가시자고, 그렇게 좋은 세상에서 만나보시자고, 저 무수히 스치는 별빛 아래 억울하신 넋들의 흐느낌을 내치지 마시라고, 잠시라도 그 옛날 달빛저고리 잊지 마십사고, 맛있는 것 먹고 마실 때, 좋은 것 보고 만질 때, 한 번쯤 쳐다보면서 왜 자연재해로 무참히 눈 떠 있으신지 손 한 번 잡아주시고, 한 번쯤 우리 어머님의 아픔으로 껴안아 주시옵고, 서로서로 슬픈 사연들 어루만져주시고, 재미 때가리 하나 없어도, '저 토끼아씨가 잡아먹힐까, 맛있는 풀들을 지고 오실까,' 비록 이 깨알 같은 진실 알갱이들을 되까불었더라도 부디 향기롭게 받아주옵시고, 제비꽃 호미꽃 피는 이 계절에 맞물교환 하면서 서로 주고받으시자고, 나아가 '자본의 가치'를 꺾어놓으시자고, 여러 선배님 말씀마따나 최소한 '도교'로 '선교'로 '불교'로 '유교'로 '속교'로 '향교'로 동양문명 하나쯤 더 밝히시자고, 가는 곳마다 발통 크다고, 탱크 같이 밀고 들어와 높은 건물 세우고, '형상대로 지음 받음'이 하루 품앗이 개미, 헐벗는 아이들, 깔고 앉음이, 사실상 총질이요 점령임을, '의문의 죽임'임을, 한 번쯤 다같이 홀랑 벗고 들어 보시자고, 들고 뛰어 보시라고, 선충 피해가 없도록 이마를 찢으며 절합시다. 이 향기로운 쑥대밭가 흙품으로나마, 우리같이 못 배운 자식들도 세상이 허무할 땐 서로 바꿔보시면서 스트레스라도 푸시라고, 지금도 심장이 뛰는 작은 소리 저 폭발음들, 서로의 '사랑과 죽음'을 위로하면서, 생나무 베지 말고 재생지라도 낙엽 됨에 모자란 신들을 놀려가면서, '예수전' 밖 돌연변이 '성서 속 이스라엘' 향수도 짚어가면서, 그대 아름다운 이슬람 문화를 넘어 '자살폭탄'의 대안은 혹시 없는지, 우리네 토끼

새끼들 도토리 같은 뜻을 모아, 지금껏 고달팠던 분들이라도 우리 친구들 하루살이 품값 모아 이 봄 파종날 씨가 되었듯이, 우리들의 아버님부터 속눈물 한 번 닦아드리시자고, 열두 고개길 황토빛 종파마다 가당치 않은 인권 평화놀음이오나 신의 무기이자 '핵테러'를 막을 오솔길이 없을까마는, 억눌린 우리가 살아남아야 할 우리 하루살이 짐꾼들이 먼저 이 물박달 짝대기라도 붙잡고 일어날 수 있으시기를.

둥지 곁에 산새들도 노래하며 앉은 나뭇가지가 평등평화입니다. 가시꽃들도 바짝 엎드리면 상큼한 향기로 즉각 답을 하십니다.

"왜 떴어?"

오오, 여기 달궁샘, 시원한 한 바가지 물과 향기로운 맑은 가슴들은 여러분의 밝고 맑은 미소를 길이 받들어 모시기 위함입니다. 알고 보시면,

오늘도 8부능선 홀라당 숲길에서 딱새 한 마리 즐겁게 다가와 새까만 눈빛을 마주합니다. 희소식입니다. 묏새 한 쌍이 교대로 벌레를 물고 드나듭니다.

"영화가 아니네."(밥그릇 챙긴 자들의 '신앙'이겠지.)

♪ 작아도 홍얼, 낮아도 홍얼, 님 찾아 샘터로 가는 우리는 파릇파릇 산미나리, 갯버들. 부들부들 당신이 계신다기에 저희는 밀려나면서도 둥지만은 틀고 싶어요. 산을 넘고 물을 건너 옛님 찾아 꽃이 될래요, 향기가 될래요, 찰랑찰랑, 생글생글, 파랑파랑, 또랑또랑, 흐르고 싶어요. 촐랑촐랑, 사랑사랑, 스쳐가고 싶어요. '오이가 가물어서 맛이 써요.' '뭘 좀 더 내놔요. 콧노래도 좋지만 하하하 아씨, 딴 짓 마시고.' '꼬꼬고 꼬옥.' '벌써 한 차 다 싫으셨어요?'(2010년 4월 13일 03시 11분, 비가 눈으로 바뀌어 날리는 시각에 춥기도 하고 배도 좀 고프고 하여 살살 엎드림.)

풀렁풀렁 배 처지게 걷다보니 기도 아닌 기도가 되었습니다. 오, 주여, 머슴이여, 종교 간 전쟁만은, 복수만은, 민간인 살육, 강바닥 공구리 공사, 유혈사태, 샘 마름만은, 높고 이름난 신이여, 모두 나서시어 포기포기 좀 도우소서. 별로 무겁진 않으나 등때기가 차갑나이다. 특히나 유대 교회와 이슬람 사원 간, 옛 가톨릭과 그리스 정교회 간, 무일신과 원리신 간, 보시듯이 꽃가루 받침신과 꽃가루 받이신 간에 찢어진 소쿠리 한 쪽 날개라도 날고 싶습니다. 열매 짓고 싶습니다. 순퇴비이고 싶사옵니다. 우리네 일벌, 꽃나비 떼, 민물괴기들도 숨 좀 쉬게 해 주시오. 뚱딴지 같은 어만 생각 하다가 진흙밭에 '쭐빠딱!' 미끄러지고 보니 내가 잘못했소. 하오나 '흙을 살리는 비료'가 뭐죠? 야, 이 늑대들아, 최상류지 일류들아, 순 사기 칠 자들아, 뭣이? 여기도 깨진 '그린' 술병에 독약병까지, 이래서야 쓰겠나? 먹는 물에. 나야말로 물려주신 최첨단 장비 우리 아버지 지게 씀씀이로, 우리네 어머님 짜루몽땅 호매짤게로, 할 일이 태산 같은데.(그만 용서 하사이다.)

맑은 물 한 그릇 떠올리다 말고,(저희도 푸른 파도처럼 혼자 먹지 못해요.)

지게 자빠뜨려 놓고~ ♪ 목은 탈대로 타고, 신께선~ 떠나도 ♬

폐만 끼치고요, 이만 물러가겠습니다.
잠자코 뜰 앞 자연으로 다시 돌아가겠습니다.

그나저나 꿈이면 떨어지는 님은 사랑이었나요.(깜정고무신이었나요.)

'오, 물나들이란?' '인생이 아무리 이 토끼소설 같은 단막극이라 해도 그렇지!'(나는 몰랐는데,) '논바닥 짚으로 노천매장露天埋藏해 덮어드림이 어떨지? 좌우 빈부지 간,' '그냥 넘어가세.' '이스라엘제 스파이크 미사일 배치!'(종교가 어디 있어!)

♪ 눈송이처럼 휘날리는 5월의 꽃잎도, 사랑도, 명예도, 이름도, 남김없이 산 자여, 반쯤 죽은 자여, 옳게 따르라. 나무마다 본향으로 돌아오리라.

누울 자리 돌아보니

(다시 또, 이 빈 말 세상에 돌아오니,)

새들이 울 때면 '나'의 허영은 드러났고,
꽃들을 스치면 '나'의 가식은 숨겨졌다.

신들이 오셔도 '나'의 가난은 커져갔고,
물배가 부를 때도 '나'는 인간이 아니었다.

또르릉~ 또르릉~
물 뜨시는 꿔뚜리도~

빛 소리~ 이이~ 임마디삐나~ 아하~
본 자리~ 이이~ 모가디삐나~ 하하~

아, 당신은 어여쁨으로 다가오셨나이다.

꽃이 아니다

재단된 사람의 손으로 네오콘 교인의 기획으로 도장 찍듯이,
눈부신 핵무장 행사치레로 몸살 나게,
가지런히 떠온 꽃은 영상 속에,
떠 온 꽃은 꽃이 아니다.
오를수록 여인들의 목소린 잠기고,
신 빛은 쏠려 있고 저지대 흐르는 눈빛은 맑으신 대도,
인정 없이 인심 없이 오라가라, 믿어라.
붕붕 나는 저 따위 호투식 공룡종교의 탈을 쓴 놀이들 모임들은,
너그러운 님이 보셔도 꽃이 아니다.
두 번 다시 꽃이 아니다.
두메나 산천 그토록 평화롭던 평상시 꽃이 아니시다.

'눈이 차암 맑으시네~에.' '별 말씀을 다 하십니다. 그렇게 봐주
신 법열 스님의 해맑으신 마음은,' '상추가 요만치 컸는데, 무엇이 뜯
어 먹고 가는지, ㅎㅎ!' '핫핫하, 일찍 심으셨나 봅니다. 다 주시고도
배부르시겠수. 아주 즐거움이 찰랑찰랑 넘실거리십니다요. 하하하!'

사천왕四天王께서는 최송스러우나, 새 품종과 새 모종과 거리가 먼 당신의 옛스러운 새소리 물소리 스치는 여러분의 흙마음이, 뭔가 한 곳으로 흐르시는 아름다운 인간의 향기와 어루만짐이, 우리 끝내 '나의 의문사'도 죽음도 없이 받아드릴 이 무한한 어루만지심이, 어쩌면 공산주의도 자본주의도 사회주의도 거쳐 천연 낙엽주의 씨방 아니리요. 지구 도처 부족민의 황토음식 아니리요. 예, 두더지, 지렁이 쏙! 뱀 대가리 쏙쏙! 쑥대밭 말고, 낙엽 진 칡덩굴 말고, 물맛 좋았던 농기구용 목재 말고, 미풍양속美風良俗 '주인님' 가신 길 말고, 어느 사랑과 자비 세상 또 있으리까.

너어~ 느~ 은~ 아~ 알리라아~ 내에~ 사아랑~ 을~

함포 사격, 자주포 사격, 어뢰 발사,
지구 오염 물어보지도 아니 하니,
(넌 꽃이 아니다.)

수박풀

사안 기도 하나

'헝겊 쪼가리들'께서는 나물나물 고생보따리 해 지고 가신 후,
'원자력은 안전하다'고 차릴 것 다 차려놓으셨다. '양심상'께서는 뒷
소리 때문에 일찍 뜨시어, 두 발짝 옆 세 발짝 뒤로 떨어진 거지들
이, 어이해 산마루 풀풀에 울며불며 비비고 뒹굴수록 '수박향'이게
하십니까요. 모두의 어머니가 아버지가 차마 될 수 없는 이 나라에
서 이맘때면 왜 울리시는지요. 어이해 당신 자식들의 상큼한 사랑
에 헤엄쳐 건너간 뒤에도 벙글벙글한 잎, 늘푸른 향가슴으로, '기분
따라' 피어날 수 있었는지요. 초록 그림자, 당신을 뜯어먹을 수 없는
고라니는 피울음 토하며 빛나는 장두고개를 넘는, 어스름 이 밤 맹
폭에 만족하실 수 있는지요? 온 세상이 이처럼 절망적인데도 불구
하고 찢어먹기식, 신의 공포로 말씀입니다요. (수박풀향도 못된 내가,)

'우와, 많이 잡혔다!' '아빠, 있어. 한 마리 있어!' 그물 망태기에
걸린 새끼붕어의 찢긴 입술을 풀어준 '님'은 만 네 살짜리 용이었다.

"연기가 아니래요. 송홧가루가 화아, 능선을 넘어오시는 거래요."

성탄절 축복의 비가 오거나말거나 강줄기가 일시에 메말라드는 것은,

① 관광버스 타고 폰티마을 유지들 회의 하러 가심이요.

② 집 있고 준비된 끼니 두고 말씀하는 이들을 신뢰할 수 없음이요.

③ 남들은 도라지, 더덕, 나물씨, 경계 없이 흩날리는데 깔고 앉아 도량인지 기도실인지 탄소신은 한 물 갔음에도 수 없이 파종기에 짖기 때문이요.

④ 죄 없는 아프가니스탄 외 곳곳의 아녀자들의 생죽음에 '계산 빠른인권이사회' 스스로 핏빛 무덤을 넘보고 있음이요.

⑤ 먹고 남은 밥과 반찬을 쉬도록 남겨 두었기 때문이요.

⑥ 왜 주시지요? 다시 보지 않을 것 같아 그러함이요.

밤에 우는 저 피리새처럼 '언제 한 번 만나요, 예, 살아 있음에 목소리만 들어도 우리 자연인과 어찌 견주리오만, 참, 반갑기 그지없습니다. 하오나 산나물 뜯자고 연분홍 보자기를 두르신 며느리와 시아버지가 치마 저고리 찢어 짬맨 것은 애틋하시기도 하거니와, 5월 16일 내일부터 시름이 깊든 작든 모내기가 시작되기 때문이요. 이 날 당산목이 꺾어지고 동네 아름 솔들이 분이 뜨인 것은, 수호신을 숨기는 것만으로 어르신들이 신의 길을 막지 못했기 때문만은 아니었소. 그러하오니,

옥 안에 있다고 책임이 끝나나, 인간의 눈물이.

'내' 안에 무지개신이 계시다면 부디 맑은 물로, 바른 믿음으로, 초록빛 돌가슴에도 흐르실 것 같아서, 유신호와 북송선을 보고 신격에 오른 별들이 의문사 되실까? 우리 자연지기 모판에 희망을 실어 보낼까? 오, 구천을 떠도는 여러 님이시어! 죄 많은 자들 한 번 더 용서하사이다. 오늘 물사발은 참니다. 하도 바빠서 모처럼 비나이다. 총알신이 사라지는 그날까지 몇 마지기 안 되는 '흙탕물 한반도'를 간신히 떠올립니다.(반가운 미꾸라지 두 손에 파닥거림을 보시고도,)

왜 마디호박이 넝쿨 조선호박보다 맛이 없을까요?

왜 백도라지 넋 강변에 핀 자줏빛 도라지가 이 땅의 모래와 자갈을 닮아갈까요?

뻐꿍~ 뻐꿍~ 포르르르르~
어화~ 디야~ 넘나드세에~ ♪

나비의 꿈

'나비야, 너희도 이 땅이 포근하냐. 너희 두 마리가 엉키어 파닥이지 않았다면 낙엽인 줄 알고 밟고 지나갔을 거야. 매끈한 몸은 위, 털이 보송한 몸은 아래, 살랑살랑, 뽀록뽀록! 뭐 하는 거냐.' '아씨, 왜 울어요? 샘 나요?' '아니, 자자손손 날아오를 저 하늘 너희를 보면 그냥 즐거워! 자연이 주신대로 아름답구나.' '이 마당에 난 또 욱, 하는 후유증으로, 나비의 꿈 무공해 인간이 아니었네.'(2009년 5월 6일, 범주산 8부능선 오솔길에 주홍 날개 연초록 체크무늬 한 쌍이, 이 땅에서 때려 태워 떠도는 넋들을 모셔놓고, 어디선가 날아온 뭇 나비님이 첫 장을 여시나보다.)

'훗호! 훗호!' '뽀뽀뽀꿍! 훗호~뽀꿍!'(물 뜨는 2시 10분 경 샘터 위 늘 푸른 소나무, 잣나무, 전나무, 숲에서.)

꽃이 꽃을 볼 때면 지고 없나니,(산도라지)
'서로 오기나 감정이나 또 머지? 물질질로 하지 말고, 온 아침 청숫잔에 맑은 물이 넘치듯이, 단둘이 만나 손맛 봐가며 메주 바로 쑤고, 전통장도 38선 없이 오가며, 막장 담그듯 고의로 불 내지 말고, 그죠? 서로가 조금씩만 양보하면 얼마나 좋겠노. 아이, 저 저…… 서로 국민을 따라가 통일이 되면 얼마나 좋겠노 말이라.' '하, 어머이 잘 생각했어요.' '고거 하나 젤 아쉬워요. 저가요? 딸 아홉에 33년생이래요.' '아유 이거, 물통을 머리에 이실려구요?' '뻐꾹, 뻐꾹!' '따옥, 따옥!' '팔랑, 팔랑!' '아, 나비의 꿈 쓰촨성 아안시가 어딜까?' '단오제는 언제 여시나?'(2013년 5월 21일에 뜬 달은 눈팅이가 부은 달. 갓김치 국물에 우리밀국수 한 젓가락씩 말아 먹는 달.)

'저 하늘 부모형제' 벌써 떠나시고, 왜?
'유대인의 탈무드'는 있어 가르치고, 왜?
'무슬림의 향무드'는 가르치지 않고 없앴는가, 왜?
거의 5백만 팔레스타인이 떠돌게 되었는가?(무수한 피난민처럼, 이 땅의 김삿갓처럼.)

신들의 '낚시미끼'로 철저히 소외된 '깨끗한 공기'와 '맑은 물'과 '오존층 파괴'와 '신평화'의 반대편에 서서 21세기 끝밤을 흥미진진케 하는 이유는 무엇인가?

♪초록나비~ 분홍나비~ 춤을 추며~ 오너라~(노랑나비 흰나비, 놀던 그 자리에,)

"나 진짜 싫다!"
"반항해."

훌륭하시다

물줄기 찾아가니 훌륭하시다.

예수가 동양에서 나셨으니 훌륭하시다.
부처가 서양에서 나셨으니 훌륭하시다.
알라가 두 사이를 이으시니 훌륭하시다.

도토리묵에, 칡떡에, 순두부에, 나물밥 해주신 여러분이 훌륭하시다.

캄보디아, 시리아, 아르메니아, 필리핀, 몽골, 월남, 리비아, 색시들과 갓난아기와 여러 시어머니를 누구보다 먼저 큰 상에 앉혀주신 두타산 문수암 스님과 연꽃들이 훌륭하시다. 더불어 옛날부터 '성모상' 넘어 성모님들을 위해 큰절 하시며 축하하러 오신 여러 바람꽃들과, 산 넘어 어떤 독기를 뺀 뒤에 자연생식을 한다는, 맑은 물소리 흐르는 기독교 신자분들도 찾아오셨으니 훌륭하시다. 더욱 재미난 것은 오랜 친구 페르시아 후예들도 주욱 엎드려 하루같이 절하시니 천지간에 꽃밭이 그 어디인가? 함께 나누고 함께 기뻐하자고 저 지중해 넘어 종교탄압은 없어야 된다는 한세상 고유의 백작약들까지 초대해주신 이 좋은 날은, 인류역사 이전처럼 물 한 잔에도 유유히 흘러가셨던 우리 어머님들께서 앞서 손수 마련해주신 드넓은 자리, 바로 울타리도 터울도 없으신 한없는 꽃마당이 여기 아니실까? 너나 없이 향기롭고 아름답게도 생 역사의 장마다 비명 영혼들도 어울려 춤추시니, 다시 무엇으로 얼싸안을 우리 님 부르짖을 수가 있었으리요. 아, 오늘같이 어디를 가나 '부처님 오신 날'은 훌륭하고 즐거우셨다. 이 날 심은 감자와 무 당근은 막 내던져도, 흙발 아래 녹수청산綠水靑山 환경재앙을 넋 잃고 보고도, 지금껏 허물이 안 벗겨지니 또한 훌륭하시다. 다만 '째재잭!' 밖을 나가서는 작물에 지장이 없다며 신들끼리 영양제다, 비닐이다, 제초제다, 둘러씌워 풀 말려 죽이고, 흙에 물에 만생이 산불처럼 타들어갈 때 얼핏 보면 진화였다, 환생이었다, 창조였다, 구원이었다. 유독 헤엄치는 민물 그 가물치, 쏘가리, 메기는 안 놀고, 대한민국 범 교계, 각종 틀에 박힌 부패 속에 상층 권위만 남아 돌아갈수록, 이거야말로 '나라'가 꺼져버린 지진이다. 해일신인 '나'만 잘못 생각했는지……. '국가공동체 훼손' 하면 전쟁 치르고 줄사형 시킨 당신이 만든 이 지구상에는 믿을 신 하나 없는 건지……. 같이, 같이, 같이, 같이, 맑은 물 한 모금 못 먹은 뭇 생들 다 살리자니, 여보, 여보, 어떻게 하면 좋소. 어떻게 살다 가면 오늘 같은 본심으로 님의 물 살려가면서, 오직 인간적으로 수수히 떠날 수 있겠소? 삼시 세끼 속임수 입 가진 '나'와 당신은 모르니까, 그 물줄기를 반드시 찾아 이 땅 여러 신들의 공존과 평화만은 반드시 돌려받으면서, 오늘같이 좋은 날 우리 꽃나비님들이, 후손들이, 우스워 죽을 애기나 한바탕 하실 수 있겠소!(각자 그 '믿음'을 떠나서,)

다음해, 서해안 돌고래 울음소리 들렸다. 'ㅂ이이~ ㅎ이이~ ㅍ으~으~' '중화민국 만세! 조선인민 만세!' '미합중국 만세! 대한민국 만세!'(2010년 5월 20일, 자애慈愛로운 님의 흰한 미소가 막 떠오르려 하던 날.)

참말로, '나'의 숨은 인간성이, '너'의 숨긴 진심이, 맑게 보이게 하셨다. 때는 달밤에 젖은 듯 쩍쩍 벌어진 산마늘 님들이 한 톨 한 톨 뛰쳐나와 만세삼창 하시는데…….

부우~어엉~이~ 우느은~ 산고올~ 우리 업~ 두고오~ 가시인 니임아~ 아~ 송화가루~ 휘날리며~ 계곡 물소리~ 콸~콸~콸~ 소리쳐어~ 흐르시며~ 실뿌리 민주주의가 폭우에 실려 가시며~

─사랑하는 당신이 계신 곳으로,(벗겨진 숲속에서 우시는 의문사 어머님과,)

아버님 생각하면 눈물이 난다.
잊으려 해도 자꾸만 눈물이 난다.
(선은 이렇고 후는 이렇다.)

2013년 5월 22일 17시 30분경, 산불 초소 유리창에 검은 날개 흰 무늬 잿빛꼬리 이름 모를 새 한 마리 부딪치는 소리가 들렸다. 부리와 네 발가락이 하늘 향해 누웠다. 노랑나비가 돈다. 개미들이 에워싼다. 바람 타는 매가 떴다. 초록바람이 인다.(어른이고 아이고 왜 당신만 보면 빵긋 웃을까.)

"아빠, 가족은 생각 안 해?"

'사랑과 평화'가, '신들의 인권'이,
'흙의 눈물'이, 흐르시는
우리 어머님의 모성애와 어우러져
미천한 자연농업인 씨도리, 요 순바보도
무작정 깃들 수 있었단다.

봉우제 거처

슬픈 여자

　어느 산골에 연기가 펑펑 나는데, 슬슬 저녁을 앉히는지, 빈 솥에 보아하니 물만 끓이는 며느님 좀 보소. '먹을 것 없고, 쌀이 한 톨있나, 강냉이가 있나, 그럴 적에도 왜놈에 빌붙은 놈들은 자손대대로 기름기만 흐르고, 약초뿌리 하나 없는 우리 머슴들은 다 묶이어 품팔이 나간 거지 뭐. 그때나 지금이나 있다고 꼴값하고, 있을수록 불쌍하게 생각하니, 없는 사람일수록 말 한마디라도 따뜻하게 해주면 좀 좋아. 없으면 거지 발싸개만 하게 보니, 난리가 나서 천리를 가도 사람 하나 있으나마나 하게 다 죽어야 돼. 맨날 일찍 꿈적꺼리고 도라쳐도 이 년의 간나이들밖에 안 남아. 그래도 죽어서 복을 준다니 선하게 살잖나. 원래부터 여자는 천성이 선한 걸 가지고 부정탔다고 기절들고, 내가 새끼 낳아 없이 키우고, 헛간에서 자고, 구정물밥 건져먹고, 공부는 못 가르쳐도, 못 배워도, 흙을 파먹다보면 세상이 잘못하는 거 더 잘 알아. 똥물은 누가 거르나 아니까 욕이 나오고 죽기로 싸우는 거야. 이래도 못 배웠냐고! 사람이 살다보면 제즘 먹고남아 켕기는 게 있는지, 뭔 신이 도는지, 한 번씩 절을 하고 잘한 것도 있겠지. 저어, 삿갓 양반인지? 토끼 대장인지? 물 한 잔만 떠 주실라우. 그게 지팽이요, 쌍날이요, 작두날이요, 대꾸요,' '걱정 마우. 아무 때나 안 써먹을 테니.' 어쨌든 없는 사람이 너무너무 고생시럽게 살잖아요. 지금때 굶는 사람 많아요.

이리 차이고 저리 걷어들리며 법이 있는 놈들이나 좀 배운 놈들이 장난치면 끝이야. 농촌에 살다가 무얼 벌어 먹고 살라하면 자꾸 밀려나. 우리가 무슨 죄를 지었길래 죽음으로 내모는 거냐고! 도둑질밖에 없지. 밥 먹는데 칼 들고, 어둑한 곳마다 등신도 아니고 신들끼리 재벌끼리 병원치기배도 아니고, 지구 도처 복지후생도 아니고, 들러붙어 오줌 질질 싸고 점점 더해요. 이 놈팽이들 사실 걷어보면 손마디 굵고 심지가 곧은 일꾼이더라고. 문제는 잘난 것들이 왜 그리 많아요. 못하는 건 너무 못해요. 도둑놈만 만들고. 하늘 땅이 딱 붙어서 다 죽어야 해. 앞으로 보라고! 한때는 민주통 찍어주라고, 없는 사람이 먼저 밀어주라고, 밑에 있는 놈들이 그러니까 앞뒤 모르고 당선시키니까, 자라주댕이들만 한삐까지 모여들더니, 간신끼리 나서서 다 해쳐먹어. 우리들은 좁쌀 헤아리고 또 배급 준다 할 거야. 놈들은 금덩이가 제일 많대요. 안 그래요. 토끼 아바이! '그렇소만. 숨겨 놓은 거 모조리 게워내야 해. 당장 저기 며늘아기 눈물 짓는 민솥에, 물만 조리는 빈 가슴을 보시오. 무슨 종심을 천심을 집어넣어야 쓸랑가.'

오늘도 얼어붙은 산이나 들에 웅덩이에 저 통일 연못에, 흙탕물만 비 오자 쓸려 내리는데, 물도 흐리고 봄눈 녹으면 아직도 냉이 달래 민들레 고개 들라면, 밤은 깊고 날은 차갑고 사람 내음은 없고. 부모 잘 만났나, 조상을 잘 만났나. 똥배 채운 놈들끼리 골프 치고 사냥총에 개 끌고 거들먹거리며 나돌지를 않나. 군부대 후문으로 누룽지 싸러 다니는 대바구니 각시 약만 올리네요. 그 별장 지어 준 우리는 개만도 못한 걸요. 독종에 독종인 일제 남자들이 가라앉아야 우리 부모 원한을 갚겠잖어!

'어디 다 그러겠소.' 듣고 계시죠? 죽은 새와 살아있는 새가 한 몸이 되어 나는 것을. 이 꼭두새벽 따르르르, 두드리는 저 딱따구리만 못해요. 야생화만 못해요. 차별의 골이 끝없이 깊어가도 저들은 몰라요. 지구 오지오지 딸라 일 불보다 못한 생이 천지 삐까리라구요. 예, 눈물바가지, 우리 엄마 이 눈물바가지를 신들은 두 번 다시 몰러요. 저 어려운 '토지·공개념'은 어디 가고 가진 놈들 끼리끼리 저 요트 별장, 개인 황토방은 어찌 하오. 예, 삿갓 어른? 녹두일손은 왜 개버들만 낫 쳐 잡고 마는지. 도대체 죽어야 고치는 병이오. 하는 척 트림하고 퇴근하는 공손들은 국록만 핏물만 마시는구랴. 생땀 흘리는 이웃들은 울러메고 물을 찾습니다. 물이 용서보다 앞선 위로임에도 평화용 차단기를 꺾고 밀고 들어와 내 신발 아래 감각도 없이 막 죽어 나뒹굽니다. '말기름' 한 방울 안 나는 나라에 냉장고가 터지니, 먹고 남은 거 던져놓고, 산 공기 더럽혀 놓고, 왔다갔다 당대만 잘 살면 끝인 줄 압니다. 나물 먹고 물 마시는 어른들께 '삐까뻔쩍한 방송 탔으니 어데 물 쓰는 먹자판 놈팽이 하나 못 만났느냐'고 짓밟힌 가슴에 화병만 후유증만 도지게 해놓고, 새둥지 초록 잎사귀에 불 지르고 갑니다. '째즐, 째즐!' 가만 보면 무얼 '거세게 믿는 자들'인 것입니다. '공부했다'는 아가리들인 것입니다. 지금 뿌리 깊어지는 땅에 똥 풀 시기입니다. 자연순환기를 놓칠 수는 없지 않습니까. 찔레꽃은 피어나고, 모내기는 돌아가고, 일손 나눔 번져가니, 사랑 사랑에 물이 넘칩니다. 저희들 산토끼 야생녀들은 '꾸그꾹꾹!' 뜬 새벽에 우짖는 초자연을 거스르지 않습니다. 흙향내 이외에는 벗하지 않았습니다. 믿고 따르지 않았습니다. 산도라지 넋이 메아리로 남습니다.

이토록 피눈물로 끌려온 여인들이, 소녀들이, 내 딸들이, 다 천당에 가셨다가 바로 튕겨져 나온 이유가 뭣이겠수! 콧등에 눈물이라, 빈 솥 빈 토굴 빈 하늘만 멍하니들 쳐다보는 그 시어미 아비들은, 이 시간 어두운 움막을 지나 땅굴을 스치고 골고다 언덕에 올라 피투성이로 뒹굽니다. 저 관광객들 좀 봐요, 생명 있는 건물 또 폭격, 검은 연기, 휴전안? 아, 누가 누구의 하늘을? '석학들'의 저 '박사실', '무기 밀반입', '비자금 조성 창구', '농축 우라늄', '배아줄기세포' 등 왜 선수 치는 핑계덩어리를 만들었을까? '모르겠소. 다 각자 골짜기를 따라 극락으로 흘러들어 가셨나 보오.' 안 되겠소. 또 비웃을랑가? 제대로 믿는 이들은 다 벗어던져야 해요. 안 그래도 숲을 벗겨놓고 무슨 경기장이 그래 많은지. 물은 죽어가는데, 근처 농삿꾼은 말라가는데, '여보, 인조 잔디류가 신의 뜻이오? 죽은 생들은 많은데, 죽인 놈이 있소, 없소?'

세 끼 따신 밥 먹고 부족끼리, 종파끼리, 운동 삼아 다니는 가진 자들의 저런 착취를 지우시고, 자연심으로 향기 나는 봄, 물향, 흙내음으로 다가오시라고, 시시때때로 울다 지친 솔 넘어 저 뻐꾸기가 우릴 대신해 서서히 목청을 트시는 것이오. 조금 전 땅이 울려 이렇게 나그네가 딴소리 하는 동안에도 그녀는 '말씀'을 참아갔다. 머이 어떻게 돌아가는 줄도 모르고 없는 사람 돈을 줄여나 주지. 우린 테레비 안 봐요. 어쩌다 버스깐에서나 봐요. 못 배운 나는 부아가 나서요. 수시로 아프리카 사람, 남미 사람, 동남아 사람, 또 사막에서 엎드려 기도하는 사람들, 가끔 스쳐 가면 가슴이 찡해지는 것은 왜 그런지, 인간미가 더 나드라구요. 어떤 때는 헐벗은 내가 되어 눈물이 막 쏟아지더라고요. 우리는 왜 종교 간, 지방 간, 학교 간, 가족 간에 반씩 반씩 열두 쪼가리씩 갈라져 살아야 되느냐고. 이북사람 3년만에 떼부자 되드라고.

어떤 색시는 파 껍데기도 안 까고 씻어 그냥 먹어요. 우리 어릴 적 독일, 프랑스, 오지리, 이태리, 독신 선교사들처럼 구약성서 이전의 빵가루 삶처럼 그렇게 알뜰하드라고요. 있는 사람 돈이면 다 사는데 '그까짓 통일' 할까 겁내요. 우리야 먹을 거리 없는 기 불쌍하나 착하게 살았어요. 기지배 소리 안 하고 어머이 밥상 다 자시고 쪼그려 앉았다가 뒷걸음질로 나오죠. 어디 말대답 해요? 얼굴 버쩍 들고 안 했어요. 노가다 딱 돌아와 말끝마다 욕이야. 서로 호호백발이래도 마구 대들지 않고 예법이 단단한 옛사람들이었어요. 요즘 세상 어떻게 된 건지 윗대가리가 썩었거나 떼강도질 하니 다 썩어가는 건지, 지난 삼십여 년 상도덕은 어디 가고 씨팔, 우리 식구는 다 죽었어요. 착한 애들을 눈뜨고 버리지를 못하는 이놈의 세상 떡을 쳐죽일 놈들! 어휴!

'자아, 어머이! 안정하시고 물 씹으며 드슈!' 안 그래요? 토끼 아씨! 야아? 머? 교화소요! 사람 망가지는 게 금방이래요. 우린 욕할 줄 몰랐어요. 지옥론 이전에 한 몫 챙긴 자들은 숭배의식이 따로 있었어요. 이 고얀 놈아, 이 새끼, 저 새끼, 이 소리 없었어요. 그래 강냉이 갈아가지고 잘해 먹어야 보리쌀 좀 안치고 감자하고 나물 안치다 들락날락 밥이 퍽 눌어버리고. 불 때는 이는요 낭구 하나 때고, 재 받아 잿물 내어 빨래하고, 어디 편히 살아봐요. 아닌 말로, 종교 단체 합숙소는 실상 천국이라구요. 다 받아 자셨다구요. 어느 신이 여식아들을 맨발로 내몰았나요. 고통 속에 눈 떠 막 죽이는가요. 내 믿음을 다시 생각할 때가 왔다구요. 쌀 한 줌 생기면 봉지에, 옷장 밑에, 꿰짝 밑에, 헝겊 쪼가리 자루 만들어, 생일 돌아오면 강냉이 한 통 삶아 먹는 날에나, 삽추싹, 모싯대, 곤드레, 딱쭈기, 중댕가리, 나물취 한 다래끼 뜯어다가 푹 삶아요. 강냉이는 한 숟갈도 안 되고, 그래도 병 없이 키웠는데, 화공약 공장에 나가더니 먼 고약한 냄새에 비슬비슬 하나씩 죽어가요. 처음엔 아무것도 모르고 도장 다 찍어주고 나니 고압선 철탑 같이 다 사기야. 다 공개해 죽일 놈들! 한이 맺혀. 한이,

다릿께 꿈방장사 옷을 이고 댕기고, 절구방아 떡을 해 달고, 묵을 해가지고 팔고, 삼탄 부록꾸 수십 장씩 지고, 한 장에 일원씩, 질통도 여자가 지고, 벌목도 하고, 제무시도 몰아보고, 동발도 끼워주고, 이래 애써 낳은 새끼 병간에 날리는데, 세상에 기운만 세면 다 제 건지, 얼마나 해쳐 먹는지, 인생의 끝전은 종교 재벌 병원으로 거의가 모이나요. 그때 도적질한 놈들은 우리 자식들 죽인 살인자요. 재산은 우리가 돼지라고 일 해 빼앗긴 피값인 것을, 이제야 알았으니 반드시 돌려 받기 전에 이렇게 쓰러져 죽을 수는 없어요. 부로끄 찍듯이 잡아야 돼. 계피떡 찧듯 빻아 죽여야 돼. 연자방아 대갈통,

아, 하나 피범벅이 되어, 우리 며느리 하나 미쳐 버리듯이, 호미질 잠시 돕다가 끼어들어가 그만 나도 돌아 버렸지. 글쎄, 지르박 6박자 세상에, 연놈들이 '저런 아줌마가 3탄에 있냐'고, '세상 떡장사만 하는 줄 알았다'고, '해숙이 그년 새로 나온 춤은 다 잘 춘다'고, 씨부럴 놈들이 침을 질질 흘려, 바짓가랭이 공가 갖고. 내 더러워서. '아이고, 아지매! 청숫잔이 뭐이요? 남자 새끼! 하나 발 나요. 잘못했수다.'

이래라도, '쪼롱쪼롱!' 봄 없는 초여름날 지저귀는 묏새들과 토종 붕어들 사이에서, 흙손 털고 그대로 초록지대를 바라보면서 실루엣 같이 기록하는 것은, 예, 암각화! 우리나라 어디라더라. 그 언젠가 사해에서 건졌는지 메사의 비석문도 있다는데. 그 말고도 세계 도처 노예 여성의 사랑은 애달픈데, '난 몰라요, 날 잡아 죽일 때는 언젠데, 자고로 돈 좀 있고 머 관에 있다고, 그 후 평강공주집 할 때 각시 안 꿰 찬 놈이 없어. 다 오입질이지 뭐. 지금 저 다리 건너는 저 멀건 저이도, 저 점잖게 걷는 저 자식도 다 개좃보다 못해. 저 새끼들이 쌀 한 톨 국제사회에 주었오? 술값은 얼마나 짠지. 몽딩이가 물탕한 것들이 다 쌔 빠져. 또 손 모아 기도 차, 주가 크나 작으나, 신학인지 사학인지 도도한 어느 곳에 긴 옷 입고 들어간다면서 딱지 뗀다는 총각까지, 사내놈들 하나 쓸 모 없어!

그 많은 목석신들이, 심판장들이, 관심을 갖는다지만, 다 생색 내기지! 말로만 불평등사회! 저들 신끼리 다 배신해! 어깨 힘 줘! 시간표 사랑! 이 틈에 축구공 하나, 바이올린 하나, 꺼내놓고 밀림마다 종파끼리 없는 사람 아주 깔아뭉개요. 즈 말로 어떤 굵은 놈은 한 해 백여 명 따먹은 놈도 있더라고. 색시집 하다 말고 하루살이 나방처럼 돌아다니면서, 외제 신은 거들떠보지 않고, 도저히 이대론 인간장사 속이 상해서 골이 뻣뻣해 산으로 갔지. 속세를 떠났는지, 얼마나 흘렀는지, 어느날 선몽 받고 산신님, 용왕님, 신장님인지, 산장인지, 울며불며 징만 뚜드렸지. 여자가 길도 없는데 경운기 대가리만 지고 가 묵밭을 갈아, 빈집을 수리해 오갈 데 없는 어머이 할머이 같이 땅 파먹고 살게 되더라고. 제일 맘이 편해요. 결국 흙녀가 흙매질로 돌아온 거지. 이 팔다리, 신장, 간장, 자궁자궁, 다 새로 갖다 붙이고 아래위로 꼬매고 말로 다할 수 있겠소. 어머니의 뜻을 받들어야 해요. 이른 아침 여기 봉우재 샘터에서 서로들 배고픈 산새소리로 주고받는 맑은 물 한 동씩 겨나르고, 초록 항아리면 어떻소! 어리한 눈물로 맞장구치는 건 또 어떻소! 세상에 어느 부처가 그랬겠소! 어느 예수가 그랬겠소! 중간중간 꾸민 건 없다고 해야 옳지 않소! 남자야 일찌감치 어디 끌려가 소식도 없이 죽고 홀몸으로 남아, 말하자면 되도 않는 신화를 썼던 거죠. 예, 부귀영화도 다 꺾어진 사랑, 죽고서는 눈물이요. 되려 살아서는 핏물이요. 그래 서로 영이 쎄요. '약사도법'에 귀신을 보다시피 했는데, 수천 수만 남자 뱃속에 들어갔다 나온 난데, 그까짓 신정 아니라 귀신인들 못 잡아내겠소. 말씨, 눈빛, 인상, 걸음걸이 하나만 봐도 다 운명이고 뭐고 거진 다 맞출 수밖에요. 어떤 남자는 뱀이 되어 엉크러져 썩어가고 어떤 놈은 뭔 뱀이 저 혓바닥처럼 빨간 기 있고, 눈에 안 띠는 하얀 뱀은 그때 도둑재산 빼내 외국으로 토꼈다가 지금 범바윗골 밑에 가장 크게 해 먹은 놈인데, 저래 널부러저 냄새만 나고, 어떤 남자는 능구렁이, 너물매기, 성끼뱀, 푸독새, 뻐덩새, 제즘 못된 짓 한 그 사내자식들에 그 얼굴 그 심뽀로 빌빌 기어다니는 냉혈동물인데, 뼈도 양심도 없던 살아생전 그 인간 몰골이었지요. 척 가는데 지게작대기로 모가지를 눌러 짱돌로 대가리를 짓이겨 놓으려다 도저히 이건 못 하겠더라고. 기둥만 해. 뽕나무 밑으로, 보리밭뚝으로, 논두렁으로, 삼각산 아래로, 살려보내게 되더라구요. 산 여분 떼기로 등날을 빼놓고 오라는 대로 더 나가면 너풀거리는 자연산 곰취와 참나물이 맞이하지요. 나만의 향에 취해 뜯다보면 길 잃기 좋아요. 정말 무서운 것은 지나치면 붙잡는다는 거요. 초록잎에도 어느 분의 혼이 실렸다는 거요. 의문사 가족은 깊은 계곡 치유센타에 계시는 게 아니래요. 따뜻한 손 내미는 인도적 심향이 나비의 죽음을 벗기시는 거래요.

사안기도가 결국 공이 되고 못 이룬 정이 되어 지나온 세월이 다 아쉬움뿐이지만, 정말 미운 내 자식 죽인 것들마저 이상하게도 배암이 되어 죽어서도 언젠가는 마주친다더니, 그것이 또 안 됐는지요, 웬수를 보고도 여자라고 또 눈물이 나다니요. 나만 그런지요. 착하게 살다 가야지. 내 남은 시간 착하게 살다 가야지요. 웅달에 귀가 나온 게 나불나불 바위 밑에 귀 있는 뱀 처음 봤네. 그것이 백성이 원성을 알아듣고 하늘로 올라가는 용인가. 얼른 가시라 하니 수르르 송아지도 매놓으면 끌고 들어가요. 웬걸, 며칠 있다가 소낙비 떨구는데 몇 골 지나보니 논 가운데 죽어 있던데 뭐.

'예, 논귀신 되어 논을 지키고 곡식을 지키려고요. 죽어서도 물 살리며 생명을 잇는 곧은 일 해 보려고요, 그래 푸른 농민이 일찍 떠나가요.' 허나 논뱀도 가고 들쥐들만 더글더글해요. 무슨 싸가지 없는 농촌 관계기관이 그리도 많은지 다 빼먹고, 생쥐보다 못한 인간은 죽어서 지렁이라도 되면 좋겠지요.

　무슨 농공단진지, 화공단진지, 연구단진지, 논이 다 씻겨가고, 살인가스가 범람하고, 쎄멘이 깔리고, 인간은 점점 흉악해졌어요. 도적질해 남긴 재물 몽땅 떠내려가요. 덩그런 묘마다 도박사이트가 파헤쳐가네요. 부정이 흙을 화나게 만들었지요. 선친의 뼈와 눈물로 향을 일군 흙신부터 받들어 물의 지구를 살려야 해요. 무자비한 신자본주의는 끝났어요. 이건 내 소리가 아니래요. 올바른 일 하다가 등천한 혼신의 마지막 말씀이래요. 가 보래요. 울며 댕기더래요, 누가 미쳤는지. 말 발자국이 관청 놈 앞마당까지 진입하고 칼이 날리는데, 닭모가지가 수만 포대가 되더래요. 오히려 역적 된 등신배들이 반성했다, 죄 씻었다며, 스스로 기어나와 고려장 같은 갱도 같은 데 처넣드래요. 어떻게 고준위 방폐기물이, 4세대 원자로가, 수소이온 농도 어쩌고, 산소량 저쩌고, 안전한 에너지원 발전 공사가 되나요. 이제 그만 돌리자구요. 더 나가면 인류는 살아남지 못해요. 수습할 시간이 없다고 하시잖아요. 질갱이 삶이 자연화 노령화의 대안이 되어야 해요. '쪼롱! 쪼롱! 쪼롱!' '퍼드득! 차르착!' 초승달빛에 차고 오르는 이 기쁜 말씀! 논붕어와 미꾸라지와 박쥐와 파랑새 방울새 소릴 귀담아 들으셔야 해요. 샘솟는 물과 샘물이 우리가 우리네 영육이 아닌가요. 흙물이 흐르는 빨래터에서 맞잡은 당신과 나의 발바닥에 찔레꽃 가슴으로 피어오르는 어떤 향샘이, 세대 간, 빈부 간, 종파 간, 응혈과 테러리즘을 자연히 물리칠 수 있다고 봐요. 헛허, 그런데 뭐래? 거름도 안 된데요. 그래 이를 안 지려고 하산해 대포장사, 더덕장사, 마늘 쫑아리라도 팔아가며 10월에 비지

풀어 배고픈 사람들 한 솥 끓여 대접해요. 막걸리 대접에다 꿀떡 같지 뭐! 그때가 저승이라, 다 털어 놓았지. 기집질한 저 년의 새끼들이 머리끄댕이로 끌려나와 도마질 당하던데 뭐! 그 후로 겁이 나서 떨꺼덕, 목에 밧줄 걸이 포졸들이 내 똥꾸녕을 따라댕겼어요. 좀 알아들으시겠소? 토끼 어사또! '잠이 오나, 계속해 보우!' 그래 재봉틀이 동이 나게 되요.

안주인들이 겁을 안 먹고 옛날로 돌아가드래요. 이렇게까지 걸어주고 먹여준 여자들을 멸시만 한 거지요. 여자가 먼전데 사실상 남자들 종살이가 된 거지요. 이런 종교가 아직도 있으니요.

인제 나라도둑 발가벗겨 길거리로 내몰 거래요. 날 보고 여장부라고 하니 뒷날이 오면 아주 한 놈 한 놈 벗겨놓고 빨을 거래요. 총알은 엿 사먹게 하고 바늘로 찌르고 똥물에 튀겨. '잠깐, 생목숨을 함부로 그렇게 해요. 용서해 줍시다, 우리.' 천만에 말씀! 개 패듯 삼천리 강산 못된 짓 한 족속들 찾아내고말고요. 우리 같은 여자한테, 지 누이 같고, 지 어머이 같고, 지 할머이 같은 여자한테, 반말 하고, 멸시하고, 쫓아내고, 씨뻘! 개좆대가리 장지뱀처럼 아무데나 굴리고. '어미이, 염병할!' 멸하지, 멸망해! 선한 백성들 요리저리 해꼬지 한 놈들아, 작살은 처지고 물은 흐를 것이다. 자고 계시는 삿갓 어른, 안 그렇소? 이때, '악~악~크악~' 저 군중 속 고라니 어미였다. 피울음소리였다. '말씀 다 하시오. 자, 이 맑은 물 한 바가지. 앗따, 나도 정신이 나네. 그럼 나도 입이 있응게로, 음! 두고 봐라! 죽기 전에 털어놓아! 다 들려주어! 니 새끼들이 밟히고 나서 눈 감고 죽으려느냐. 세상엔 눈이 있어. 죽기 전에 빌어! 죽기 전에 엎드려!'

'자, 숨지들 말고 나서서 좋은 일들 하면서 갚을지어다.' '예, 끼어드신 신령님 말씀이 옳습니다만, 사람이랑게 양심 줄거지는 다 있거든, 높은 놈들 법을 아는 놈들이 쏙싹 닦아버리고 '왜 나만 미쳤다'고 하니, 나라가 인권압살에 도둑놈들이 판을 치는 거지요. 단말기가 일초에 사오 원씩 피를 빼먹는 판인데, 어떤 기관은 삼백만 원치 훔쳐 먹어야 죄가 된대요. '얼마나 썩어 빠졌으면,' 지구가 뒤집어지는 거지요. 이젠 경상도라 전라도라 그 옛날로 돌아가야 해요. 차별 심히 받던 서울분들, 충청도 강원도 평안도 외국인 내돌리지 말아야 해요. 그 뭐죠? 적도 남반부에 빚을 갚아야 해요. 숲, 물, 양식, 이름 값도 못하는 신들을 돌려드려려 해요. 우린 알아요. 물가고, 제국의 큰손들을 잡아야 돼요.'

이때 뒤편에서 '우린 몰라요.' '초록 연못에서 밤마다 울음소리 들렸어요.' 저희도 샛별처럼 그날 눈을 떴어요. 그래 또 님 따라 다시 하산해. 동이, 보리끼, 단지, 씨루, 화리를 머리에 이고 댕기며 어쩔 수 없이 또 술장사, 하지만 다 외상이지요. 양조장술 받아 놓고 팔았지요. 그러자 주걱 쳐든 한 애미나이가 나섰어요. 보시고 체험하셨듯이, 저 토끼 아씨네 돌밭에 세 발짜리 도라지 당근 심 박히듯이, 나뭇잎 넓이만큼 새들의 날개만큼 물고기 눈동자만큼 해맑은 넋이 된대요. 지난 시절 감싸 안았던 오솔길에 들꽃 같은 옛님이 자유로운 꽃길마다, 연초록 양심마다, 우리 아픈 영혼마다, 다 벗어던질때 살아 있어요. 어디선가 삿갓짐 솔향기 따라 스쳐가신다.

'모르겠네요. 사설풀인지 흘러간 민요 한 대목인지 원!' '그 넉넉한 심지가 하늘이래요.' '그래서요?' 예, 사발때기에 80원 남아. 100

원 남으면 다 적선이야. '주'가 누구신가요. '님'이 누구신가요. 두 분이 서로 돕고 일하니 모두 서서 한 대포씩 먹고 가요. 지게질 노동에 역시 시래기 비지탕 끓여 꿀맛으로 먹어. 두부공장이 역전에 있었으니 오가며 날라주고 배가 고파 맛있게 먹는 사람이 서로 잘 도와요. 국수 몇 가닥에 틈새 나물 많이 썰어 넣고 술주정꾼이 없어요. 연방 배가 고파 일하러 오가니요. 신양심은 일 나눔인지 하다 말고 눈물 속에 금세 지고 가지요. '이틈에 북녘땅 신음소릴 읽으셔야 해요. 경제로 어떤 무기로 비교분석 말아야 해요.'

그 시절 그래도 살맛이 났지요. 그즈음 사람 얼굴 보셨죠. 어디남 등치고 부동산 투기로 떵떵거리고 문서마다, 법망마다, 설교마다, 강론마다, 설법마다, 교수질 '바른소리'마다, 피눈물 걷어줄 듯, 넓어지는 사막 보듯, 상층교계 옴바람 일 듯, 거꾸로 볼수록 썩은 입놀림마다, 펜대마다, 먹물 튀듯 거짓투성이던가. 왜 더 불쌍한 종족과 이웃을 잡나요. 보드라운 흙이 내 눈가에 뿌려진 후 굴복한 고백은 안 모셔가서요.

'재와 똥을 뭉쳐요. 야생 조수류는 맑아요. 뒷끝이 없어요. 조끔씩 나눠줘요. 잘 커요. 산이 사니 물이 살고, 산나물 먹고 밝아지니 땅이 살아, 굴러내리는 알심이 인심이 천심일 수밖에요.' '홋호홋호!' '뽀뽀뽀뽀!' 오늘~ 도오~ 걷는~다~만은~ 정처 없는~ 이 지겟길~ 하오나 믿는 도시사람들이 관망 좋은 요지마다 세계 특급호텔처럼 다 들어앉았죠. 그렇지요. 그래도 없는 사람 살만 하면 밀려나버려 골천부지 메란 없는데 청바우골 물이 집까지 내리치고 내려올 때는 요 소쿠리에 함지에 지고 보니, 사후 선발된 일자리들이 자갈 지고 빚을 지고도 참백성은 다 떠내려가는 거요.

'자아, 야생 동식물들아! 너네라도 삼칠 박수 좀 치거라!' '뚱따당! 뚱땅!' 신혼살이에, 사행심에, 대박, 박놀이귀신 말고, 어디 앞서신 김대중, 노무현 대통령님, 뭐이 잘못했단 말이냐. '한 형제간에 평화스런 나눔'이란 그 험난한 시절 밤 두시가 되든 세시가 되든, 소복 입으신 자식을 난데없이 앞가슴에 묻으신 어머님들, 그 시각 편지와 책을 놓고 눈시울 붉은 난초 곁에서 울먹이셨던 큰 느티나무, 흙이 깊을수록 향이 깊을수록 서생의 그리움으로 단단한 생명력으로 민주, 자주, 통일, 큰 줄기가 더 없이 뻗치나이다. 어려운 우리들 좀 걷어줄라 하면 멍멍이를 내세워 뒷목을 꺾은 게 누구냐고, 삼각산 암자를 때려부신 선임자는 한심한 종교갈등 및 민족탄압에 불을 질렀다. '오직 주'를 넘어, 너희 눈물 진 네 다리 못 생의 다정한 길벗이, 물 맑게 흐르는 저 샘물이 되길 빌어보자고.

'저 어머님, 이제 그만요. 역사청산일랑은 열두 마당 꺼리로 쓰리살짝~ 넘겨나 봐 드리자! 애 말라 죽겠다!' 앞마당에선 산새들이 폴랑폴랑! '옳커니! 결단코 암행어사 출또오!' 뒷컨에선, '어사 토끼! 맨날 작두날은 무디어가고 그게 뭐하는 거래요?'

남자새끼들한테 맡겨났단 백년 하세월이라니 어쩌면 좋은지요. 아주 착취기관부터 빼수든가, 태워버리든가. 믿음요! 주딩아리 믿음? 미자바리 정의? 그런 거 잘 몰라. 난 착하게 살고 도둑질 몰라 이 모양이 된 걸. 나 하나 죽는 거 좋다 이거야. 쫓아가고 싶을 때가 많아. 불씨를 들고 다 불 질러버리고 싶을 때가 많다고. 뭘 알어? 청에 앉아 머리 굴리는 놈들이 백성을 바보로 보고설랑. 나는 아무

것도 몰라도 없는 사람 아주 못살게 만드는 이것이 도대체 무슨 사람 사는 사회요. 농촌사람 못살게 하고, 벌어먹고 살도록 두지. 저런 쓸 데 없는 거 십억 이십억 간판, 산 둘러친 까치철깡 없는 사람 주라고, 불쌍한 사람 나서자 이거야. 숨 떨어지기 전에 소리치자 이거야. 일어나면 되요, 있는 사람만 살고 니하고 나하고 죽자고. 다 빼먹고 꺼풀만 남았으니 풀 뽑아 먹고 살도록 약이나 치지 말지. 아주 새까만 세상 되어서 있는 놈들 땅속에 공구리 해서 가진 놈들 싹 파묻어. 소리도 없이, '지나치시네.' 좀 지나쳤나요? 사실이지, 저 떠있는 기도차, 가공한 인물들 땜에, 편하게 앉아 별로 쏘는 저 우주광란극 땜에, 정말이지, 아~ 세상에~ 우리 의문의 골짜기! 핏빛 가슴들! 지구 판떼기 하나! 돌려 박지도 못하시고, 하나님께서는 짐작도 못한 거래요. 보시듯이 산더미 같은 파도 가공할 핵발전소가 덮치는 거래요. 내가 노력한 만큼, 생땀 흘린 만큼만 살았으면 얼마나 좋겠소. 천인지 소청인지 두 필을 몸에 감고 뛰어드니, 시체가 물속에서 흔들흔들 하더라구요. 가제를 붙들어 맷죠. 살이 세잖아요.

　징을 치고 신장 장군 쳐내니 눈알이 더 튀어나오면서 자기는 자살하지 않았다는데, 날 붙들고 들어가려는데, 밟아준다고 살살 빌고 식은땀인지 눈물인지 핏물에 푹 삼켜 서너 시간 식겁했네요. 성인군자 안 되려니요. 저거 날 죽이면 어떡하나. 물에 건져서 내가 감았거든요. 이번에는 신랑이 물에 빠졌던 거요. 여자가 신들린 자와 붙었어요. 엎어놓고 또 죽이네. 빠뜨려 떠내려가는데 뛰어들어 건져놓고 나니 이듬해 바닷가에서 무얼 따다 빠져죽었더라구요. 씨가 마른 바닷괴기인지, 뭔 바다신이 쫓아오고, 그 집은 얼라 낳다 죽었거든요. 병원에 가지 못하고 피가 나온다고 하더니, 동네사람들 아주 오지라 오가다 죽은 줄 모르고. '거 뭐죠? OECD 타령에 천국타령을 하니 그렇지요.' '엇따 참, 미치것소! 생막걸리나 한 대포꺼리 없나?' 너나나나 새하얗게 웃겨쌌고 어떤 때는 하늘신이 말하길, 끝을 펴고 죽으면 그렇게 편하답니다. 다 숨 하나 헐떡거릴 때 죄를 벗어야지. 그래, 그 중에 소나무가 된대요. 향이 좋아 솔향이 좋아, 솔이 된 사람도 많드라구요. 참나무, 벚나무, 향나무, 등등등 씻는 만큼 향이 배이드래요. 예, 하늘 조화로 인간이 되고 나무가 되고 살았는데 이제는 물이 죽으면 우리 시대는 다 살았는데 이런 애들은 어떻게 살아요. 너무 잘 사는 것도 바라지 않아요. 내가 흙 살린 만큼 벌어가지고 자식들 데리고 걱정 없이 살다 가게요. 우린 너무나 고생스레 살았어요. 저고리마다 눈물에 적셨으니까요. 사람이 원래 선한 기라, 다 제 어머이 죽고 나면 그렇게 울더라구요. 시신 옆에서 외삼촌이, 군인, 순경, 공무원 아들이 그래들 엉엉 슬퍼 우는데, 죽고 나니 고생한 생각이 나잖아요. 죽은 것처럼 댕겨왔죠. 우리 자식들 속이 넓어요. 낳지 않아도 키웠으니까. 참 불쌍하게 키웠어요. 오면 집 짓기 전에 그렇게 자랑을 하면서, '고모야 엄마야 집 지어가 살 거요.' 처녀 때부터 앞으로 치료하고도 애기들 못 낳았잖아요. 이만큼 산 것도 오래 살았다고. 친정어머니가 참 착해요. 외딴 부락마다 모녀 묘 곁엔 꽃이 피지요. 서른에 가고 오십에 가도 오래 살았다고요. 이처럼 착한 기 없드라고요. 그래도 여자를 울려요.

　이게 뭔가요. 저 산새들이 우짖는 소리 들어봐요. 님 앞에 가서 머라 그래요. '소박하지도 못한, 숨은 재력가 종교'가 문제라구요.

우린 몰라요. 그저 마음씨 곱고 말이 없고 머라 그래도 성질 내는 기 없고 내 잘 못했다 그러고, 같이 따라서 내 잘못했어 그러고, 나라를 부리는 사람들도 내 잘못했다고 금방 물러나면요. 맨날 그날이 그날같이 관료들 횡포 없이 일하는 맛에 제 향기만큼 묻힐 텐데. 저 골짝마다 밥 먹고 사는 것 같으니 죽어버리잖아. 누군가 다 도와주더라고. 방앗간 금세 다 와 해주고, 쑥떡 같은 기 찾아와도 잘못했어! 내 잘못했어! 다 착해요. 그런데, 이래 보면 배운 이들이 배운 게 이유잖아요. 대가리 굴리는 게 배운 거니까요.

저 세상에 왔으니, 우리 아빠 곁에 살다가 욕은 많아도 우리 아빠와 같이 살 거요. 이렇게 착하게 죽어 살았으니, 지금 많이 생각나니, 속이 상해 울어요. 사실 눈물이 많은 기 남자라고요. 우리 여자가 낳아 길렀잖아요. 어머니! 참 천상 여자답게 했어요. 뭐라도 해주고 싶고, 먹이고 싶고, 누구와 일거리 저 주고, 있는 거 없는 거 다 나눠 주시고요. 그래도 가난은 벗어나질 않고 여기 와서도 복락은 어디로 갔는지요.

세상이 자꾸 쫓아드네요. 산다는 게 겨울나생이 뿌리 끊어진 것, 향긋한 내음 한 번 맞는 그 순간 같아요. 토끼 아씨요! 미안해요. '아닙니다. 오히려, 밟힐수록 저희와 같이 하얀 민들레답지 못한 못난 믿음을 드러낸 것이 부끄러움을 넘어 되레, 예, 아멘을 넘어, 보살을 넘어, 후세 산자락을 넘어, 사기성 같은 게 느껴진답니다.'(아, 우리 엄마 본심대로 꽃 되고 새가 되어 손 한 번 잡아드릴 걸. 눈물, 저 피눈물을 닦아드릴 걸. 내 살아 생전에.)

어머니, 아버지, 제가 잘못했습니다. (잔 받으십시오.)

실새풀 따릅니다. 함박꽃과 들메지기를 찾습니다. 사랑과 평화
의 십자고사릴 뵙습니다. 비가 내린다아~ 사나이~ 이~ 흙가슴 속에
도~ 아~ 천산만홍에 빙하가 녹을세~ 가는 곳마다 새벽기도는 아니
지만, (숨은 당신은 슬픈 여자십니다.)

"찌즐 찌즐!" "콩콩딱딱!" "포르르~릉!"
♪ ♪날 좀 보소, 날 쪼끔만 보고 가소~
"이봐요~?"

당신은 총질 하지 않고 신을 가리지 않고 흙빛만 풀밎만 보고
대접해 주셨습니다. 사랑해 주셨습니다. 눈물로 채우신 맑은 물, 우
리네 어머니, 만신네 아버지, 당신은 이름 모를 새들의 산, 꽃들의
들풀이십니다. 이 못난 욕 한마디도 씀바귀 신내음으로 꼭꼭 묻혀
잠숴요. 내 비위에 걸린다고 곧이곧대로 살다가 그래요. 사람이 한
평생 살다보면, 아니여, 이 시간도 무참히, 어린이들이, 부녀자들이,
이 가슴에 반평생도 못다 살다가는 어머님들 잊지 말아 주세요. 들
건데, '치유은사가 뭐겠수. 국태민안이 뭐겠수. 평화의 도구가 뭐겠
수.' 전 그건 잘 몰라요. 있는 사람 세월이지, 없는 사람 세월도 아니
잖아요. 없는 사람 벌어먹기는 전통 때가 좋았어요. 오죽하면 이즈
음 죄 짓고 싶어 감옥이 좋다 하겠어요. '모르겠소.' 끝으로, '얼마 남
지 않은 우리 산새들을, 민물고기들을, 들꽃들을, 사랑해 주세요. 이

산 넘어 새 울고, 꽃 피고, 나물 나면.' '여러분, 우리 슬픈 여자들을 앞서 나가는 여러분이 우리네 상상을 초월한 죽음들을 조금 생각해 주세요.'

아, 이 세상은 눈물 바가지다.

"신이 우릴 구했다구요?"(진짠가,)

"여보오, 여 참 좀 드려!"
"없는 사람이나 줍시다.!"
(걷는 김삿갓도 뛰는 토끼 아씨도 맘이 좀 놓인다.)

선풍이여, 안녕!
─고요하다.

'톡톡~ 포올~ 폴 똑똑!' 가만, 처마 밑에 산새들이, 아니, 밤새 눈이 많이 내렸나 봐. 아차!(또 딴 짓 했네.)

♪사안도오라아지이~(얼마를 지나쳐 왔을까) 그래도~ 님을 사랑~ 했었~ 는데~ 앞 산에선, 앞 연못에선, '삐욕!삐욕! 쪽쪽쪽쪽!' '천~ 버 ~ 덩~ 떠~ 덩!'

예쁘다는 꽃들이
오늘도 옹달샘가에 자리를 잡았습니다.
다른 잎들은 포근히 감싸주시고 이끼 덮힌
돌 나무들이 천지에 닿았습니다.

달궁샘

신은 왜 죽은 체만 하시나

'자아! 이쯤 와서 제대로 한 판 놀다 갑시다.' 춘설이 녹자, 사람들은 부망치 정상으로 올라갔다. 오늘이 바로 만물의 소생과 더불어 죄 씻는 날이었다. '누구든지 오는 순서대로 있는 대로 한바탕 고함치며 떠들고 가시오. 귀 밖으로 듣는 텃신은 없지만, 저 토끼 어사 귓바퀴 쫑긋쫑긋 380도 돌아가며 기똥차게 알아들으니께요. 예예, 잘해보시오!'

제일 먼저 도착했는지, 밤을 세웠는지, 빼짱구 목사가 나섰다. '사실 죽을 죄를 졌습니다. 선택된 분들의 앞마당이라는 뱅쿠버에 부모님 모시고 잘 살았는데 고향에 묻히고 싶다 하셔서 돌아왔지요. 봄나물철에 올라와서는 제가 어디 사는 아무 목사고 어디서 왔다 했더니, 호랑이 눈으로 처다보면서도 독 안에 마실 거며 산나물 봄씨앗 등을 거두어 주셨는데, 나중에 알고 보니 홀로 사는 산간 노인네분들의 일년 양식이었습니다. 그 집 앞 나물까지 뜯어오면서도 두 어르신은 인사도 없이 차에 보따릴 껴안고 앉아있었지요. 추리한 다른 노인들은 우리와 길도 다르고 가는 곳이 다르다는 식의 근

엄한 표정으로, 마치 해외에서 당연히 내가 목사의 부모인데 받치는 것이야 정당하다는 듯한 영상이 그대로 찍혀있음을 저는 몰랐습니다. 권위와 위세에 눈 빼먹을 신분까지 노출시켰으니 오늘 종아리를 걷겠습니다.'

'야야, 싹 돌아서는 꼬리가 큰 침 같이 날카로운 살모사 새끼야! 어찌 된 거냐? 집게손 산가제는 누런 배가 하늘을 향해 죽어서 물또랑에 잠겨있고, 너의 꽉 벌린 턱주가리보다 열 배나 큰 수백만년 전 민물고기의 어느 말씀을 전해 듣고서, 도대체 어느 부위를 지금 우리 인간의 과욕으로 인한 각종 재앙 속에 유달리 물고 있는 거냐? 안 놔줄 거야!' '쓰르륵, 카악, 싹!' 슬금슬금 갈대숲으로 피한다. 눈감은 밤 전쟁터가 오늘이었다. 혹시 애매하게 치인 넋은 더 없으실까.

두 번째 뚝뻠이 신부가 나섰다. '조카가 건축사업을 하여 임지마다 바닷가마다 골짜기마다, 아이고 하느님! 아이고 아버지! 하며 좋은 땅을 나서서들 찍어주어 배를 채운 점은 결국 제가 왕투기꾼이요. 믿지 않으면 천당 못 간다고 떠든 점은 결국 만백성의 그 착한 심성과 처절한 눈물을 마치, 노오란 송화가루가 뒤덮은 하늘의 주인과 영혼의 모판에서 큰물이 질까 뛰쳐나온 개구리가 나의 발통에 깔린 거나 같지요. 내가 먹은 육식이 피비린내로 흐르고 내 죄를 운전대는 모르듯, 아카시아향이 날리는 성서에 벌나비는 어디 가고, 그 용서님이 논바닥 서용이가 됐더라도, 중상류층 교우들의 우유부단함과 친구들의 독기는 덜었을 것입니다. 초록 눈망울을 무참히 짓밟는 거나 다름이 없습니다. 소나무와 철쭉과 진달래 사이에 믿음보다 못한 은방울꽃이 보이기 시작했던 것입니다. 또 교우 남편이 산소탱크를 짊어지고 호수에 쏘가리를 잡다가 그만 용궁길로 가고, 혼자된 부인이 목 좋은 주유소를 하고 있음을 잘 알고 가자, 그날 현찰 오백이든 천이든 감사히 직접 찾아주셔서 황송합니다는 식으로 넙쭉 받았지요. 다리 밑과 '밤나무공동체'에는 땟꺼리가 없는 마당에, 그 복 나눌 고사떡을 들고 사제관에 해질 무렵 나타난 동녀가 저 퇴끼 어사에게 들켜 살짝 뺏앗떼귀를 맞고 돌아섰듯이, 감사히 오늘 저 앉은뱅이 의자를 들고 섰던가, 산간 휴식처마다 은퇴 후 화장실 청소를 죽을 때까지 하겠습니다. 그 무렵 후광 선생의 봉투 포함 수녀원도 짓고 좋은 데 다 쓰긴 했지만 반성이 됩니다. 잘못되었습니다. 저 거러지 같은 타교도 할머니에게도 손 한 번 잡아드리겠습니다.'

음, 본 사또 주교관에 통고하자, '어려운 전화 하셨습니다.' 그 뿐. 오죽하면 김 추기경님께선, '주교님들이 정의구현 신부님들처럼 나서주지 못함이 서운했다'고 어울리시던 큰 스님과 원로 목사님에게 말씀하고 떠났겠습니까? 저 형제가 듣고 보니, 82년인가 제주에서 보안사 고기밥이 될 찰나에도 그 분이 살리셨고, 그 앞서 60년대 초, '내가 보기에는 말따의 성소인 것 같은데.' 하시는 그 흙같이 무한한 겸손이 포도밭 사이 빨강무우 같으신 향기로움이 넘칩니다. 왜관수도원 피정 시 하신 참 인간미가, 저 무지한 바우의 뼈와 의기를 굵게 해 주신, '길러준 동정녀 어머니'로 다함께 태어나셨던 것입니다. 저 역시 잘못되었습니다. 이별 후에야 나의 흰머리가 덮이고 귀가 멀어지고야 이제사 가슴을 치며 누구한테 하소연할 때 없사와 이렇게, '저이들 독신자들이 더 냉정하더라.'는 뒷소리를 알아듣고 깊은 회환의 눈물을 몰래 흘리나이다. 예!(나 역시 인간이라 강원 어딘가 보안사에 끌려가니 겁은 좀 나드만.)

비가 와도 뻐꾸기는 운다. 기다리는 밥은 없다. 신발이 필요 없다. 지구가 눈물겨워 다들 티끌 없이 순수하시다. 환호 뒤에 처절한 죽음이다. '사랑과 평화'? 말은 쉽다. 장삿꾼이 아닌 자 그 누구며, 씨앗 주머니는 왜 비어갈까. 떡호박, 참호박, 단호박, 꽃호박에 드디어 연초록 새순이 피었다. 갑자기 우박이 쏟아진다. 깨끗이 똥 퍼야 한다.

세 번째로 두 풍뎅이 스님이 나섰다. '저흰 겨울결재潔齋 끝나고 소정이라던가, '머리 깎은 아버지가 보고 싶어 산 찾아 다닌다'는 어여쁜 보살님을 한 번 보러 왔다가 술병은 쌓여있고 군부대 쌀포대도 쌓아놓고 떠났다는 소식을 들었지요. 일견 도지사보다 더 돈다발이 구르는 강릉 방향 주지 자리로 가는 길이라며, 뒷트렁크에서, '물은 물이요' 책 한 권 놓고 가면서, '남의 얘기 안 하는 것도 큰 공덕이지요' 했다고. 저 토끼 어사한테서 또, '어디 가사 장삼을 걸치고 와서! 바리 탁발은 못할지언정, 아랫도리가 싸박해! 들고 다녀! 이 산내기들아! 새벽 한두 시에 소리 없이 떠나셨던 선승들 몰러! 머? 주지?' '꼬르르!' 저 올챙이 맥없이 쳐다보며 존경하는 눈빛으로 우러러보면서도 배창시가 말려드는 저 소리를! 그 무거운 차를 몰면서 못 듣고 있단 말이여? 하시며 혼이 났지요, 아휴, 이거 잘못했구만요. 거름지게 절 주십시오. 통통나무 쪼개는데는 또 저희가, 저녁 공양 후,

아니 도끼 하나 없으시잖어!'

　자아, 여러분! 이 같은 '쇠부랄 소리'가 산이고 물이고 신이시고 모성애까지 병들게 하는 것 같잖우. 보셨듯이 남성은 이제 내려서는 게 좋겠네. 아무튼, 여러분, 방금 진실하셨습니다. 오늘처럼 노를 저어 영을 넘어와 뭔가 굶는 신에게, 차량 세 대에다 돈주머니까지, '싸리마다'만 남겨두고 싹, 거둔 재력으로, 실질적 위로를 다 하셨습니다. 깨물수록 인간적으로 요즘 보기 드물게 솔직하셨습니다. 감독, 신의 감독? 네이버다. 서비스업종이다. 미개 오염원이 되어서는 안 됩니다. 비비새 암컷이 등산팀들이 묶은 노란 리본에 앞이 가려 피울음으로 울어줍니다. 제비새끼 네 마리가 보이지 않았습니다. 하늘같은 선반 위에서 도둑고양이가 웃고 있습니다. 다시는 그 믿음의 자리에 짓지 않았습니다. 토착민이 토착신을 믿는다고 악당이라고 좌익이라고 예수의 이름으로 학살한 서양 역사가 너무 찬란합니다. 저 아랫세상을 돌아볼수록, 그러므로 여러분이 훌륭하십니다. '오늘 혼을 낸 것도 저희 업이 너무도 본래 자연신을 떠난 이 병든 지구를 넘어서서도 넓고 깊기에 이르신 말씀인 줄 압니다.'
　더 아름답고 향기로운 뒷얘긴 이 산새소리 저 계곡물소리에 흘리고, 우리도 같이 한 밥상 놓고 네 신 내 신 따지지 말고 의좋게 저 지갯꾼들처럼 저 흰 수건 어머님들처럼 쩔룩거리다 묻히시고, 무릎 지팡이에 한 번 굽었다 꺾여버린 허리 호미에 한 생을 바쳐 보십시다. 잘 아시듯이, 우리네 조상님 무엇을 원하고 무엇을 탓하고 살아오셨겠소? 아마도 온 지구에 우리만큼 이웃 간 이웃신 간 평화, 바지

저고리 하얀 평화를, 어쩌면 이 심심산천에 산도라지처럼, 사안아리 랑처럼 꿋꿋이 지키며 살아온 제3세계 여러 부족민처럼, 침략 한 번 없이 둥글치는 대사초 아래 저 신갈나무 군락지 여러 벗님 신선봉들처럼, 오솔길에 노리 붉은 족제비도 진수眞髓 님을 돌아가듯, '정 많으시고 드넓은 민족의 꽃'이 또 계셨던가요. 다만 학생들 앞에 부동산이 많은 성도들, 신도들, 신자들이, 종교시설에 기부하면서, 왜 동그라밀 더 쳐달라고 했겠소.(뭘 사후에까지 놓거 먹기 위해서?) '나도 모르겠소.'

산딸기밭 길은 피를 부른다. 쓰러진 성황당 뒤언덕은 가시오가피가 만발한다. 어른이 된 귀신은 그 너머에 계신다. 기도 겸 물 한 잔에 맑은 뼈를 묻으신다.

빨강치마 흰무늬 검정저고리, 딱따구리 한 쌍, 오랜 심과 산더덕 향이 스치던, 발길이 닿지 않는 숲속에 아름드리 솔둥걸에 간신히 둥지를 틀었습니다.

살아남은 저희들은 초록 얼굴을 바라보나, 당신을 믿는 새콩 줄기는 왜 철사줄 같으신가요.

'아, 백두산 양귀비 13호, 잘 되어가요?' '하하, 고맙쑤다. 이 산만한 걸레쪼가리 같은 이야기가 끝날 무렵, 우리 작은 아버지의 '안보결의'가 자주꽃으로 필지, '백도라지'로 피실지, 어디 두고 봄시다그려. 와, 아롱산 눈이 제법 쌓였는데 싹 녹았네. 날개는 5~6시에 다 물고 가고, 네 다린 2~3시에 왔다간 흔적이 있는데, 아무튼 오늘 3월 3일, 이 귀한 만남들, 앞서 가신 영혼들, 산중에 푸르른 정상에서 어떤 신앙 하나 홀떡 벗고 서로가 천연스레 뵙고 나니, 소생도 한없이 날아갈 것만 같습니다. 오버!'

"만약에 핵무기를 이스라엘이 먼저 공개하고 없앤다면 원래 핵 없는 지구인 '가시그리스도의 평화'가 무슬림과의 화해로 가는 큰길에, 타종교도 무종교도 크게 환영하는, 그 바른 지름길이 되지 않을까?"(순진하기도 하시지.)

'귀에 콱콱 박히게 발음 똑바로 해주세요.'
'나이 들면 귀가 어두워, 호호호~!'

우리가~ 이 세상에~ 온 거는~ 잘 먹고~ 잘 살기 위해~ 온 것이~ 아니야. '예예! 점심 맛있게 드셔요.'(신의 혁명 창구 없음을 한탄하면서.)

"그 초갓집 뒷길로 오세요~"(남)
"네! 뭐가 있어요~오?"(여)(향수에 젖는다.)

소쩍새는 그렇게 울었다. 저녁이면 몰려가 우리 또래, 까까머리 인민군 솥단지에 불을 피웠다. 철쭉능선이 붉게 물들면 내려와 우리 오빠 국방군의 상처를 싸매드렸다. 그렇다. 어릴 적 성서 속에 따스이 다가온 꿈같은 베들레헴이 있었기에, 그 어느 신도 벽을 치고 어린 나무에게 허점 치는 핏빛 그루터기는 이 지구상에 없었다. 오늘 그 유서 깊은 고을에는 애국독립지사들이 천연림을 이루고 있다. 아드님은 3대로 베푸시며 이어온 앞마당 한의업으로 짙푸른 초록빛으로 전래 민족신앙을 아우르며 새로운 방향을 열어주고 있다. 따님은 벌채 되어가는 외로운 숲길을 따라 너도나도 꿀밤나무처럼 굵지 않게, 서로가 향기로운 수녀원 빈 공간을 일생을 바쳐 찾아 나서고 있다. 이 세상 어느 어머님이나 잠재되어 소리 없이 흐르시는 우리네 신사임당이요. 남강수 푸른 물결이시오. 아, 저 열혈 여인다운 이 땅에 산 배움장이 아니신 모친이 있으리오만, 오늘도 그날의 당줏골 넋을 기리시며 인류의 안녕을 빌고 또 비시며, 칠성각 서낭당에 촛불 밝히시며, 올곧은 불자로써 맑게 흘러가시는 그 여인, 오, 봉숭화 사랑! 진주고을, 뉘 어머님이시다. 아~ 바보 같은~ 누운~ 무을~ 그 모두를~ 사아라앙~ 해~ 애~

꽃은 지고 피나

'신 신부, 양노원으로 못 박는 기증은 받지 않는 게 좋겠는데.'
멍이할머니는 어쩌면, '풀 뽑는 기도'로 통일의 쓰라림을 조금이나
마 달랠 수 있었던 지地 주교님의 이 말씀을 알아들었다. 밤나무 숲
속에는 움막 같은 허술한 집이 두 채가 있다. 울타리는 사방에 구멍
이 나있다. 쫓긴 생들이 넘나들게 하였다. 군데군데 심은 달랑과 도
라지 더덕이 퍼져 나갔다. 주변 마을사람들도 감자, 강냉이, 고추밭
에 약 치지 않는 것이 서로가 좋음을 깨닫게 되었다.(해가 지나 추석
무렵, 자신이 넘긴 땅 한 켠 멍이할머니의 묘를 찾은 일가친척들은, '이 경치 좋
고 넓고 비싼 땅에 왜 뭘 짓지 않고 그냥 내버려 두실까?' 원망하면서 밤을 주웠
다.) 어둠이 지자 이 골 저 골에서 길 잃은 양들이 모여 들었다. '종
치지 않아서 좋다.'고들 하면서도, 그 중 대빵인 전 상사는 월남전으
로 인한 상처인지, 감방인 줄 착각했는지, 방모서리에 똥을 싼다. 자
고나면 깨끗이 잊고, 또다른 형뻘 노인을 목욕시키고, 강냉이 쪄 말
리기도 한다. 소리소문 없이 꾸역꾸역 모여드는 것이 어떤 정인지
는 모르겠다. 그 한 밤 다들 남모른 부성애 하나로 밤송이에 뒹굴다
식어간 시신들을, 그야말로 개 머도 없이 사회로부터 냉대 받은 만

큼 끝까지 울지 않고 서로 화장 후 모시기도 했다. 사람들은 이처럼 쓸모없이 지저분한 걸인들이 드나들고 '낮에 비어있는 땅'이라고 했을지 모른다. 하지만, '주님'은 고요한 듯한 한밤에 더 울렸다. 어둠이 오면 모여드는 곳, 숨을 수 있는 곳, 자연치유가 되는 곳, 부름이 없어 위로가 되는 곳이지만, 때로는 울타리 넘어 노루, 고라니, 심지어 못 보던 야생조수류까지 자고 둥지를 틀었다. 이 분들 같이 흘러드는 가족이 바로 이처럼 종교에 귀속이 안 된 듯한 터전 때문이었는지 모른다. 자신들의 꽃말은 없었고 표적도 보이지 않았으며, 나 그네들은 맨발로 까시장구 '밤쌩이밭'에서 일하는 이들을 함부로 '성인'이라고 부르기도 했다. 웬일인지 미사에 빠질 때면 비록 '냉담자'가 '농담자'로 들리긴 했어도, 님의 가장 좋은 목적인 '이우제 이웃', 바로 처절한 이웃 어느 곳에도 소속되고 싶지 않는 연緣 사랑 죽음들이 초댓장을 받아들고 들려준 노랫소리가 흐르고 있었다. 아~ 인간이었기에~ 후회할~ 수~ 밖에 없는~ 바보들, 그 분과 그 분의 동지들도~ 인간이셨네.

　　못 다한 정이 쌓여 있었던 노예시어 더욱 인간이셨네. 생의 고비 넘어가는 순간, 우리는 참다운 자유민의 모습을 보았네. 신의 허물로 그 어떤 벽도 울타리도 치지 말았으면 하셨네. 신의 다음 무기를 거두라 하셨네. 오, 님 따라 가는 길에 짓눌린 꽃도 피고 지셨네. 우리 멍이할머니가 님들과 손잡고 부르신 찬불가, 찬송가, 성가, 유행가, 민요가 따로 없음에, 어쩌면 '가요' 속에 스스로 인간적임을 노래하고 인류가 하나의 꽃이 될 수 있음이라. 그 가족도 듣지 못한 지구상에 선택 받지 못하고, 약자 중 약자인, 아마도 지구촌 8할 이상

이 공감하실 '지금 행복하였음'이 아닌, 이 세상 어딘가에 치여 흐르는 그들만의 속노래에 잠기셨네. 어허, 마지막 운구가 떠난 후에도 달밤에 소리 없이 보고 싶어 찾아가노라면 무덤가에 흐르는 소리 하나! 참으로 베풀고 간 영혼들만이 알아들을 아, 멍이 들었어. 나와 내 이웃, 뭇 생이, 인류가, 종교와, 종파가, 끝없는 폭탄세례로, 부의 편재로, 목도리 표시로, 또 그 무엇으로, 모두들 하늘 보고 땅을 처다볼수록 그들만의 행복이 아니었음에, 우린 지금 까닭 없이 죽음을 맞고 있다네. 반대편에서는 받은 만큼 고통스러워 떠난다네. 밤, '밤나무집', 스쳐 버림받은 '공', 양쪽에 '공동', 묘지를 둔 '체', '짐승처럼' 사시다 떠나가셨네.

꽃은 지고 피나, 객사, 행불자, 귀혼이라 불렀다네.
행복? 그것은 남들의 불행!
사랑?, 그것은 거저 받을 수 없는 것!
평화? 그것은 의문사꽃만이 누릴 수 있는 것!
자유?, 그것은 신을 먼저 팔아먹은 남자들의, 굶주림이 터져나간 넋들의, 생거름인 것을!

봄비가 내린다. 단비 꿀비가 다시 내린다. 연당의 개구리들 밖에서 울지 못해 밤 새워 '대성통곡' 한다. 가슴 아리는 소리를 들으며 산길을 내려오시는 어르신들께선 이렇게 말씀하셨다. '하, 구성진 우리 가락에 실어 주거니 받거니 하는, 그 뭐여! 연도소리가 심금을 울려!' '자네도 마지막길에 서 보게, 얼마나 외로운 길인가. 잘 살

앴던 못 살았던, 많이 믿던 쪼매 믿던, 모두 모여와 수시까지 해 받
치니, 으, 나오지 말라 해도 기를 쓰고들 우리 어머이도 나가게 되시
나 봐. 차암, 가는 길이 눈물 나지!'

　　"푸드덕~ 떡! 끼윽! 까욱! 쪼~쪼르릉! 꺼겅! 꿩! 삐삐삐삐! 아웃!
빼찌 빼찌 뺏찌! 니웃! 뻐꿍뻐뻐꿍! 이웃! 또도또옥! 포르~ 포르르르
르~ 룽!"(새의 말씀을 올바로 받아 적지는 못함.)

　　아름답다. 연초록 봄하늘이 아름답다. 무슨 말씀인지 자세히는
모르나 드디어 이스람 포함 '8대종단 새님'과 아울러 산도라지꽃들
의 목소리가 장벽 없는 이 '순통일 강산'에 날아서 함께 흐른다. 오!
더 진하신 듯 맑고 푸른 향기로움이 깊고도 넓으시게 온 산천으로
아픔의 현장으로 퍼져 나오심이, 비가 오나 눈이 오나 뜬 새벽 빌고
계시는 우리 어머니에 못 미쳐 서있는 '나'와 님들의 꿈길은 아니시
려나. 이제 맨 흙으로 구운 그릇이라 금은 갔으나, 샘물 한 방울 세
지 않게 해주심에, 삼가 붙들고서라도 크게 엎드릴 수 있게 해 주심
에, 존경하옵고 사랑하옵는 여러 크신 나무님들이시여! 오늘도 천박
하고 부족하오나 아무쪼록 저 청아한 산새소리로 대신하오니 널리
받아 주셔요. 예! 여러 향낭 어르신! '사랑과 평화의 일체감'이랄지.
정말 큰 일 하십니다요.

　　♪길~ 이~ 르은~ 나그네야~ 너~ 가는 곳이~ 어디~ 메냐! 큰비
오자 출렁출렁 넘쳤던 옹달샘에 얼음이 얼어든다. 밤새 꺼억꺼억

우는 생들을 보아라. 이름 좀 폈다고, 씨 한 톨 붙잡지 않으면서, 고을고을 흐트러진 가슴을 와락 안아주지도 못하면서, 너희를 낳으신 속적삼 속저고리 감싸주지도 못하면서, 저 엄청신에 기대어 이내 여물통 놀리는 걸 좀 보아라. 이것이 '말세'인 것을, 겁주는 저 '신종플루'종을 누가 말려 주시려나. 오! 여기 '아빠스'와 '하마스'에게도 미시시피강 저지대 너희, 시들지 않는 화해의 꽃씨, 나눔의 씨앗, 사랑의 기쁨을,

꽃은 떨어져도 아름답다.(자고 나면 필 때? 평화가 가고 나도 필 때?)

'산나물이 소고기보다 좋다.' 하신다. 나물은 생물이다. 토요일에도 가야 한다. 이런 날에 우체국은 문을 닫았다. 나물은 상해서 버리니 물이 되었다. 며칠의 땀은 물거품이 되었다. 남은 칡줄기가 함잡이 어깨에 논다. 박스 하나 구할 길은 그 산 넘어 있다.(머잖은 옛날.)

찢어지고 빵꾸 나고 헤어지고 터질 데 터지고.(쓸 옷이란 이런 것인가 보다.)

낙엽만 못해서,
말라가는 꽃잎이 더 아름다워서,

3천 3백리 길 번지 없으시면, 흙손 흙발 없으시면, 이 1kg 일만 이천 원에 팔아먹지 못한 찰강냉이 씨앗 울러맨다. 그날의 뼈혼이

녹아 거름마저 못되신 님들의 사랑으로, 옛 어머니의 맑으신 얼굴로, 저 철새들의 뱃속을 채워서라도 10리에 한 알씩, 저 불 지른 아프리카 내전, 종교전, 저 밀림 아마존 삼각지, 산타마리아 읍까지 심어 나가리라.

당신은 물기 어린 고향으로 돌아오셨습니다. 예쁜 꽃들이 오늘도 옹달샘가에 자리를 잡았습니다. 다른 잎들은 포근히 감싸주시고 이끼 덮인 돌, 나무들이 천지에 닿았습니다. 너무나 좋아하는 모습, 기운, 춤추는 눈물이, 어머님 품에 안겨 왔습니다. 비닐 화분 '모듬살이 공원'이 점점 사라져야 할 이유가 바로 여기에 있나 봅니다.

'부붕~ 부붕~ 쏫꿍~ 숫숫꿍~' 자연지기 한 사람이 관계부처 열두 개 일을 '관리'하시고, '창안'하시고, '보듬어'주고 계시는 줄을 '산'으로 보고, '물'로 보고. '나무'로 보고, 놀기 삼아 다니는 저들이 알리가 있겠습니까?('근로기준법'은 간데없고 생존권은 입 한 번 뻥긋 못하는 양반들이 5월 초 연휴에 '인권'을 사르신다. 행여나 해외로 실려나간 새싹들이 보고 싶어서일까?)

만사를 잊으려는가? 세상만사를 편케 하시려는가? 여기 흙향기에 누우시게나. 솔잎이 사그라드는 꽃동산 돌무지에 무너져 가시게나. 보랏빛 잎 다섯, 작은 속잎 둘, 하얀 가슴에 따뜻한 점 하나, 여섯 꽃봉오리가 팔랑팔랑 팔랑거리심은, 건드리거나 탐하지도 내 것이라고도 아니 하신 것과 같음이다. 의거義擧라! 마르지 않는 영원

한 어머님 불의不意의 가슴! 7부 능선에 '저도 붓꽃'이 언제나 '대림
시기' 설욕雪辱의 5월 3일, 이날 의문의 넋이 되어 촘촘히 피셨다.(아,
기어다니지 못한 내가 바볼세.)

'어~ 엉! 어욱~ 어엉~ 컥컥!' 야, 고라니야 고만 울어라. 이 대낮
토끼 아씨가 정상에서 맛있게 도시락 까먹는 시간에 피울음 소리가
다 머냐? 아따, 잘 먹었다. 오, 그래! 실컷 울어라. 역사 청산 동무들
아! 똑 부러지는 평화통일목! 그대, 반듯한 자생 민주주의여! 웃지도
말아라!

바람 타는 매가 높이 떠있는 걸까. 까마귀가 놀자고 한 번 부딪
쳐보는 걸까. 이럴 여유라도 부릴 줄 알아야 '업업'이라고 말하는 건
아닐까. 미군은 디젤류를 유출하여 땅과 농민의 가슴까지 오염시키
고, 저 위 좀 안다는 자들이 남긴 폐기물로 인한 탄소는 하늘을 덮는
데도, 귀히 믿는 이들의 생날개끼리 꽃바람이라도 일으킬 줄 모른
다.

여보게들, 일 고만 시키게. 더위 먹겠네. 땀에 포옥 젖었어. 당
신네들이 버릇없이 기회를 잡아 '글' 하는 동안 얼마나 속상하셨겠
나.(내만 맨날 당한다니.)

내가 인간 축에도 못 끼는데 어찌 신을 모시겠나.(꽃길이 아닌 곳
이 없거늘.)

"저 친구 오늘밤에 산꼭대기에서 자고 가려고 저런다고, 뻔해. 산짐승들이 친구잖아. 핫하."

'그렇게도 보고 싶었어?' '아니!' '목이 너무 잠긴 것 같은데.' '아니, 새 순이 하나둘 보여. 신기해.' 몰라보았구나. 나무껍질 색, 그대, 땅옷새를 몰라보았구나.

터진다. 꽃봉오리 터진다. 모시진달래가 밤새 막 터져 나간다. 온 천지 억울한 넋이여, 원을 풀으소서! 원한을 이제 푸소서! '오늘밤 향기 꺾인 여기에서, 저 비석 하나 기울어진 자태에서, 지새고 가도 되겠지요. 그대 진분홍 젖, 모시저고리여! 꽃 중의 꽃님들의 벗이여, 민생 파탄 난 지금 소생도 선잠 좀 재워주소.'

향기롭다. 익어가는 외양간 풀거름이 향기롭다. 온기도 밀려온다. 죽자. 친구들의 퇴비가 되어 등 따시게 해주신 여러 낙엽동무들께 감사한다.

5월의 강물이 벌써 거품이 뜨고 강돌은 청태를 넘어 검게 타고 있다.

더덕밭, 도라지밭 사이로 복사꽃, 자두꽃, 돌배꽃, 능금꽃 향기에 젖어, 5월 8일, 째미째미째미새새새 우리 부모님께서도 소리 높이 울다.

저희도 외따로 피었습니다. 우린 고개 들 수 없기에, 영을 넘어
뵐 수 있는 님 곁에 옛 할미꽃으로 피었습니다. 증오의 적이 총칼을
꺾었습니다.

올챙이가 어장을 형성했습니다. 따뜻한 물가로 나오고 있습니
다. 굽이굽이 물결 따라 살랑살랑 춤을 추며, 물 맑다, 물 좋다, 니도
좋고, 나도 좋다. 오물오물 너울너울 떠다니고 있습니다.(모두에게 먹
히고 나머지 생을 이어가기 위해서라며,)

내려오시면 안 되겠습니까? 이 돌밭에, 풀숲에 세상 없는 아기
얼굴로 이렇게 같이 거니시다가, 나물 뜯으시다가, 한 번쯤 열십자
로 저와 같이 골육상쟁骨肉相爭을 뒤로하고 누우시면 안 되겠습니
까?(수천 년을 하루 같이 사랑하신다기에,)

푸르시다. 연초록 진초록 빛나는 푸르름이 님의 흰구름마저 감
청색으로 물들이다.

곰곰 생각컨데 님께선 너무 많이 머릿속에 담고 있기에, 생각
속에 그리고 있기에, 신속히 해결하게 건네주는 물질적 풍요를 기
반으로 하고도, 음미하는 님이 배 곯지 않게 하고도, 저들의 몸 속엔
이끼가 끼어 마침내 사랑할 수 없었던 것입니다. 그 고난이 승천하

는 자연스런 사랑을 저들만의 덫에 갇혀 더 이상 향기롭고 아름답게 펼칠 수 없었던 것입니다. 알면 알수록, 헤아리면 헤아릴수록 '신비스런 사랑'이란 감도 못 잡게 하십니다.

♪좋은~ 데~ 가요~ 오, 좋은 데~ 가요오! '올라오신다고 수고하셨습니다.' 이 아침 이웃의 구슬땀을 먼저 닦아주시는 아주머니에게 '꽈르릉, 떨그덕, 떨그덕!' 노란색 초록색 무늬 대형 트랙터가 산 많고 물 좋은 비얄밭때길 갈아엎어 흙 실어 돌 실어 강바닥이 높아져 민물고기 알 못 실게 한다. '안 되겠는데 옛 뽕나무 울타리 살려야 되겠어, 덜 먹어도 좋아. 아니지, 덜 먹는 게 아니지, 남는 게 많아, 우리가 갚아드릴게요.' 흰 나팔에 분홍빛 감고 핀 이름 없는 꽃이 산 모퉁이를 감싸 안으신다. 너의 향기는 배고프게 한다. 그리운 가슴을 떠올리게 한다.

'아웅, 으~웅!' 우물 안 뚜꺼비 비를 맞이하시다.

개나리봇짐이 '비'오는 날이 좋아, 서성거리며 속삭이는 산동무들이 좋아, 야간 산길 나섰다. 능선을 굽어본다. 핏자국을 찾아 나선다. 멧돼지 206마리? 고라니 179마리? 꿩 54마리? 피를 흘렸다. 수렵꾼은 일부 속였다. 영산靈山을 뚫고 간 신음소리가 내 부모형제였다. 어린 것들과 땅에 기는 여린 축생들이 안 보인다.

'샘물이 말갛게 흐르신다고?' '얼마나 좋아! 옛 님의 누이와 동생

분께서도 다들 성품이 그러하신 거라.'(조상님 덕에.)

　둥그레한 잎 모양이 새파랗다. 그곳에 가면 그 분의 나무껍질
은 초록빛에 초록 물결이 넘치신다.(누가 자꾸 베어 갈까?)

　수면 아래로 나뭇가지 사이로 구름을 흘려보내시는 똘똘말이
애벌레, 탁 튀는 장구아비, 쉬웅쉬웅 헤엄쳐 나가다 가라앉는 나와,
'퐁당!' 빠져버린 님에게 샘솟는 웃음 한 바가지 주신다. 샘샘아, 너
를 사랑했다. 고요했다. 하루도 빠짐없이 마른 꽃잎 젖게 해주시었
다. 누가 그윽하신, 스스로 흙덩어리인, 자신 속 향기로운 미소를 알
아보랴. '쪼르륵 삐욱! 또르륵삐윽! 빵울빵울!' '꽃다발은 시들어요.
자연히 뿌리채 핀 꽃무더기, 이제는 나의 반쪽을 쪼개 옮기지 말아
주세요.'

　아, 하나같이 울부짖는 꽃님을 보고, 천 번 만 번 땅을 짚고, 흙
을 갈며, 씨 뿌리며, 가슴 속 깊은 곳에 흐르는 그 무엇을 부여잡고
어찌 절하지 않으리. 옛날 옛날에 동학민도, 무슬림도, 조상님도, 부
처님도, 여러 농부님네 흙신께서도, 하늘 아래 곡식 앞에 곡주 한 잔
올리고 큰절로 맞이하시고 큰절로 마중하셨으나, ♪어버이날이~ 왜
이렇게~ 괴로운지~ 토끼 새끼~ 니들은~ 모를 거야~

　'많이 꺾으셨어요?' '없어! 보름 모 내고 음지짝에 취나 뜨러
와야지. 요즘 얼마 주는가?' '칠도 안 돼요.' '뭐? 25년 전에도 백이 됐

는데, 원님에게 바로 들이대! 불이 나야 없는 사람 뜯어 먹는 식으로.' '하, 그건 그렇고요. 추석 전에 오대벼 먹겠어요.' 우리 상차꾼 아저씨는 지금도 20대 군복바지 입은 그대로 깡마르시다. 누가 74세 젊은이로 아니 보겠는가. 절레절레 고개를 저어 진심으로 동감하신다는 표시를 한다. 수없이 혼드시고 난 후 고사리 보따리 짊어지고 다가서서, '먼저 번에 얘기한 거 가져왔소?' '대장급이 정기적으로 상납 받고도 성을 바꾸겠다니까, '부정부패자 처단, 소고기 명부' 비슷한 돌림판이었다. 안다. 썩어도 여간 썩어빠진 게 아닌 줄 하루살이 다 아신다. 에라! 볍씨야 잘 자라다오. 나물아 음지짝엔 보드랍게 6월이 와도 먹게 해다오.

점심시간 터미널식당, 동전만 꺼내는 덕치군 인턴사원 젊은 친구는 라면 하나 시키고, 사람, 차, 튀어나올까 봐 핼쑥한 버스 기사님은 떡라면 시키고, 한 시간 기다리던 정희 할아버지는 김밥 세 줄 시키면서, '허허허, 어디 둘러앉아도 되겠수!' 오, 분신에 가까운 국가 특별 유공자는 누구시온지?

'웬수는 없다. 있다면, 핵무기보다 더 무서운, 어쩌면 군데군데 이 향나무 연필 물고 가는 물동이 스침도 없이, 세월 지나 잘못 받아 적어서 꾸민 듯한, 그리스도전 속에, 부타전 속에, 여러 율법전 속에 남아있다. 갈수록 심한 저들의 칼 같은 정을 돌아볼 때.'

뻐꾸기 소리여, 한 줄기 빛이여, 세차게 쏟아지는 소나기여, 억

울하게 떠오르는 얼굴들이시여! '쩨쩨쨰 찌르르 쪼르쪼르~ 호르릉~ 포르르~ 릉!'

강가로 고기들이 놀러 나왔습니다. 백두루미는 다리를 펴지 않아도 날고, 재두루미는 쭉 일자로 뻗어서 한 바퀴를 돌다가 앉았습니다. '우리 시골할머니 무릎이 어째서 내려 앉으셨을까요.'

어둠이 올수록 산동무들은 '깊은 평화'를 맞는다. 사막으로 떠난 신들은 그 반대로 나가고 말았다.

한 아들이 삭은 베적삼을 쭉 찢어서 돌려가며 엄마젖을 만지작거리는 둑에, 지구 터널 저 비닐 거둔 새파란 모판도 그렇게 사이좋은 세상으로 나갈 준비를 하고 있었습니다.

알고 보니 토요일 1시까지, 그나마 존경받는 우체국 택배도 천 원을 더 받고 긴급우송이 된답니다. 하지만 연휴에도 생물은 가야 하죠, 썩으니까. 산을 넘고 강을 건너 면에서 읍내까지. '소금장수' 옛님을 따라 걷는 길은 통일의 길보다 멀기만 했습니다. '그렇죠.'(비바람은 하루에도 서너 번 혁명의 눈을 부르시는데,)

'막걸리잔 다시 행구어라.'(화공약품 강에 마스크를 써야 하겠느냐.)

'믿는 사람들'이 사실상 재력부터 선점해 독차지하고도 역사가 증명하듯 전투적으로 휘젓고 다녔기 때문에, 아프리카 홍보책자에 '주운 아이'들 슬쩍 찍었기 때문에, 자본주의든, 사회주의든, '사랑과 자비론'이 굽이친 길을 잃었다.

수간주사한 솔 주변에는 송이만 아니라 인간의 숨구멍도 사라집니다.

사순절 유럽에서는, '저런 야만국가에서 올림픽을 개최한다.' 한다.(광주의거 비디오를 틀어주면서,)

언론악법에서 최근 정권홍보용 코펜하겐 보도까지 읽는다. 아, 진정 용기 있고 가슴 시린 진실을 그대로 담아냈던 그 시절 기자분들은 다 어디에 계시온지.

또 들었습니다. '돈이면 다 된다'고.

강냉이를 모판에서 냅니다. 단돈 백 원이라도 받고 팔고 싶습니다.

다시금 고사리 한 줌을 받아들고 우셨답니다.(언제나 농촌 우리들의 옛 어머님이셨거든요.)

'네 향기 넘치는 마음에 빈 잔은 어디 있느냐.'

'청숫잔 맑은 물의 기도'는 '동서양신들'이 쳐들어오기 전에, 만년을 하루같이 착함 하나로 살아오신 우리들 어머님 아버님의 '비는 물의 마음'에 계셨느니라.

오, 그대는 목단꽃! 맘껏 울어라! 토담집 울타리에 쓰러져 실컷 울었뿌려라! 그 품에 장맛을, 겹겹이 흐드러지시는 우리 어머님의 젖향을, 돋구시다 돋구시다 검붉은 처녀성 다 녹인 후, 모정의 핏덩이를 안고 돌아서거라!

달빛도 주저앉고 마셨나요. 당신은 꿈속에서 하늘을 밀어 올려가며 피셨나요. 가지마다 찢어지게 울려놓고 지셨나요. 화사한 향기가 밤새도록 봉창문을 뚫어 놓고도, 크고 작은 벌들이 왕왕거리게끔 해놓으시고도, 꽃가마 내버리고 정말로 곱게 아니 지셨나요?(오, 그이는 만져볼 수 없는 하늘꽃!)

"아름다운 흔적도 남기지 말아라."

"그렇다면 토끼 아씨의 '흙마음'은 뭐예요?"
"음, 그건 우리가 바라본 '종교의 자연성 회복'이야, 쉬운 말로. 너무 거창하지."
"아니에요, 너무 건방진데요."

"물량주의 이기주의 기복신앙에 빠져 총알공장은 돌아가고, 지켜본다는 소리나 하고, 교세 확장에 광분하고 있으니, 어찌 믿음사회가 부패하지 않겠는가."(또 깜짝이야, 누가 그래?)

"예, '맨등발'은 크게 숨 가쁘지 않게, 하루에도 몇 번 모정의 동산을 오르게 하시나 봐요."

"섭섭해~에? 쩝쩝해~에?"
"그래, 너희 노랫소리가 쳐다만 보시는 저 양반들보다 낫고 말고, 요즘 같으면."

"감자싹이 일러 좋소?"
"물탕이네."
"특정학교 특정 종교교육 말인가."

말벌이 등불에 자꾸 부딪친다. 파리채로 잡을까 하다가 무슨 이유인지 몰라 그냥 두었다. 알고 보니 동네 심술이 디룩디룩 붙은 땡영감의 토종벌을 남김없이 물어 죽이고 꿀을 있는 대로 빨아 먹다가 들키자 어디선가 날아온 같은 말벌 떼와 합세하여 서해 꿀전쟁이 커져갔다.

"나 있지, 항상 곁에 있는 것 같아, 목소리만 들어도 좋다아, 오늘 웃음 치유 배웠다아, 하하하호호호~ 히히히깔깔깔!"
"어라, 야가 이거 돌았당! '진짜 거지'로 좀 살아라! 다 내놓고 춥고 배고픈 사람들과 더불어! 바로 곁에서 너의 침실 거두고. 그 분이 보시기엔 사치야, 쓴웃음 지으신다고. 그렇게 먹을 것이 넘친다 이 거지. 그건 그렇고, 언제 시집 올 거야?"

"어떻게 할까."

"우후후."(칠뜨기와 팔푼이 사이에도 이러하시거늘.)

"공격하라! 꽃사과 끝가지로 흩어져 새 잎을 갉아 먹어라!"(이른 아침 움직이지 않을 때 새들은 모른다. 손끝에 터진 털벌레의 몫은 일개미였다.)

장구아비 같다. 장수하늘소 같다. 한 발짝 정도 날면서 날개 아래 금빛이 찬란하다.(내 배가 부를 때 보면,)

"여기는 뭐 과일하고 떡하고 술 부어놓고 기우제 지내네."

손톱만 한 산새우들이 새끼를 쳤다. 갓난새끼들을 옹달샘에 흘러드는 더없이 맑고 맑은 물살로 누구신가 떠밀어 올리신다.

'모아 놔! 모아 놔!' 공짜로 일 시켜먹는 자의 속눈매는 차다. 그림과는 정반대였다.

'신'은 사랑의 무기를 왜 가지고 있을까? 왜 모두들 한 몫에 이 지구상에서 살상무기 만큼은 '날려 버리지' 못할까? 하천 숲을 벗겨 놓고 발딱 자빠진 무당개구리는 왜 죽은 체하는 걸까?

'아이, 힘들어! 아이들한테 좀 붙일려고, 그 전엔 그래 많았는데.' 아버지의 풀정일까, 어머니의 나물정일까. 떠나도 잊지 못할 그 어떤 천향이실까.

'푸득~ 푸득~ 푸드득! 꿩~ 꺼겅~ 꺼엉!' '땀으로 말하세요. 차려진 상은 걷어치우세요. 요새 잔치가 뭡니까?' '꾸꾸우~ 꾹꾹~! 꾸꾸우~ 꾹꾹!' 자연인으로 돌아오세요. 꽃길에서 꽃잎 곁에 누워 오늘도 꽃향기에 쌓여 꽃처럼 생을 마감하세요.'

"엄마가 나물 맛있게 무쳐 잡수셨대요."

'쐐~ 아~ 치그덕~ 삐그덕덕~ 쿵!' ♪돌아라~ 물방앗간~ 사랑아~ 돌아~ 라~ 내내~ 돌아라아 생땀이~ 흐르는~ 논밭에서~ 쉼 없이 돌아라아, 초혼이 필 시상으로~ 돌아~ 가거라!(우리 거문고 서방님은 가야금 소식 하나 없으시고,)

'네네! 향이 없는 듯한 두터운 잎, 그것은 묵나물, 이승에 필 떡취이고요, 동그란 향이 좋은 잎, 네, 그것은 저승에 필 곰취래요. 하하하!' '금송아지 벌금, 말 안 들으면 데리고 들어와요. 입산금지 벌돈 있으면 내일 장에 가서 사먹으라 그래요.' 앞소리꾼! 산정초山情草 여성, 음성을 듣겠소. 저 뒷소리꾼! 어레미 남자, 겹말을 듣겠소. 이래서 지구촌 살림살이를 아예 참나리꽃에게 다 맡겨야 하겠네. ♪훨~훨~민들레~홀씨 날아~

"제사 음식 안 남겨 놓고 갔소?"

"한 짐 놓고 가셨어요."

"헛헛허! 거 무거워서 어찌 지고 오나."

'쪼~ 쪼르~ 쪼르르!' 수컷은 아름다운 목소리로 유인하는지, 시선을 돌리게 하시는지, 새 구멍 밖에서 울어줍니다. 이때 암컷은 둥지로 들어가 나그네 목구멍이 아프도록, 눈이 시리도록, 나오지 않았습니다. ('내'가 졌네. 잘 살게나.)

'야, 경치 좋네. 진시황 부럽지 않겠네, 알랑꼴랑한 커텐 쳐놓고 바닷가에도 정상에도.' '야는 배운 게 그것밖에 없어요.'(심장박동이 좋은 80줄 청년들 왈 솔가리도 탄답니다.)

그러면 안 돼! 어둡기 전에 내려갈까. 그러면 안 돼! 한 동가리 턱뼈! 한 뭉터기 총탄자국 뼈! 다 한 핏줄로 보이는데, '그러면 안 돼요.' 미움도, 사랑도, 연민도, 고통도, 적적함도, 국제적 규범도, 발아래 실지렁이 같이, 낙엽 같이, 난민 같이, 꽃핌 같이, 이해득실로 좋아지다가 싫어지다가, '아무것도 아니다'는 생각에 빠질 때, 그러면 안 돼. 주고도 주고도 모자라는 잔잔한 자비, 솟침, 뻗음이 사람 살이인 줄 알면서도 멀리멀리 하고 싶을 때, 그러면 안 돼. 정담 어린 씨앗은 오래 두지 말아요. 어디 가든 종자를 이 주머니 저 주머니에 넣고 다니게. 초록으로 가게, 흙정으로 돌아가시게. '삐삐삐~ 피옥! 쪼르륵~ 쪼르륵!' 어릴 적 어머니 따라다니던 날, 구성진 '관

세음보살' 듣고 가슴에서 울리는 그 어떤 원이 넋으로 바뀌려고 할 때, '그러면 안 되네.' '참으셔! 그러면 안 돼요!' '오늘 하루만이 마호 멧 오신 날, 부처님 오신 날, 예수님 오신 날이 아니잖우. 차라리 꽃 지게에 베푸시는 '삼소회三笑會'를 교분 삼아 귀환하신 넋들과 원 초 식성 흰두문화층과 지저귀는 벗님과 같이 두메 지게로 하루 저녁 땔 감 솔방울을 지고 다녀요. 사죄 발암물질이 없는 세상을 만들어요. 할 일이 너무 많아. 어둠이 있는 곳으로 병색이 짙은 자신들을 짊어 지고 이슬같이, 울창한 꽃구름 같이, 한 손엔 총기 한 손엔 말씀으로 이룬 '사랑과 평화'의 의혹을 갈아엎되 다시는 베어 넘기지 말고, 황 톳길 저편 입버릇 바나나길에 미끌리지 말고, 돌고돌아 연초록 풀빛 따라 상큼하게 흘러만 가거라.

개복숭아 가지 무거우시다. 노오란 보리 익어가신다.

'평소 착한 일을 해야 고사리가 보인다는데 밟고 있었네. 송이 처럼, 심처럼, 산령각처럼, 내 심장처럼, 생육이 좋은 개옻나무 같 은 이 돌밭 같은 무딘 마음처럼.' '토끼 아씨, 행운의 비결이 있나요.' '바쁜 농촌 어르신들한테 물 한 잔이 급하지, 수고하십니다, 라는 말 도 귀찮으셔요.'

빨갛게 무친 도라지 나물! 파랗게 무친 두릅 나물! 누군가 삽짝 문에 걸어둔 착한 마음씨에 모닥불가에 앉아 싸금싸금 두릅두릅 씹 을수록 어머니 생각이 울컥 난다. 님들 손잡으신 날, 오신 날 덕분에, 난 나아물 먹다가 울었다. 참 맛있게 울었다.

산미나리밭 물가에 빤짝빤짝 별모양으로 흐르는 저 매밀 같이 작고 맑은 님은 누구실까?

방울도마도 모종 50포기 판때기를 십이만 오천 원에 주고 사셨다. 모자라면 집에 가서 다음 장에 주서도 되고 차비가 없으면 빌려 드리겠단다. 노인네가 돈이 많게 보였거나 뭐하게 보였던 것이다. 따지자, 500원씩을 잘못 계산해서 십만 원을 더 받았단다. 알고 보니 직접 모종을 키운 이가 아니고 건고추, 홍초, 마늘, 버섯상회 겸 무슨 묵은 종교인지, 신흥종교인지 신도회장이라 했다. 어린 새싹을 심고 싶어서 가신 노인네까지 덮어씌운 것은 님이 시킨 것이 아닌 것 같지만, 실은 그걸 빽으로 믿고 새파란 사기를 친 것은 아닐까. 일말의 반성이 있어 다행이지만, 오죽하면 생고생해서 키운 남의 어진 모종을 가지고 어르신네들한테 장난을 치겠는가. 수십 수천억 고위공직자를 보면 큰 도둑들의 스승 같다. 나라가 썩어 빠졌기 때문일까? '깨끗하고 가난한 신'이 가셨기 때문일까. 작두날이 빛난다. 믿을 수 있는 마지막 싹티움까지 그러시다니. 아, 통탄스럽도다. 웃다가도 통탄스러워! 살아있는 향기 잘 맡고, 귀때기 큰 '우리'에게 '토끼어사증'이 있기에 망정이지.

장미야! 아름답구나. 기술도 좋지! 한 줄기 분홍꽃에서 흙장미까지 매혹시키는구나. 그분의 전쟁은 어디에서 왔겠니. 네 곁에 훨

썬 드넓게 겹겹이 감싸고 도는 빛나지 않는 뭐랄까, 신오색일채神五色—價를 이룬, 열두 폭 치마저고리, 따뜻한 젖무덤, 뒤 목단꽃을 보아라! 저 동남, 중동, 남미, 꽃 아프리카, 상처 난 신단수에서 늘어뜨린 총소리도 없이 미소 짓는 자연스런 어머님들을. 더 없이 향기로 우신 옷맵시로 스칠 듯 기도하는, 꼬까신과 겉모습을 차별 않는 여인들을 우러러 보아라!

'야! 참새들아 기억이 나니?' 왜 천에 물감 들일 때 일본 도래이, 이태리 어느 품목이라더라. 원사를 보풀려 스위스 산도스 염료가 맞는지 모르겠다. 사우디 바이어들이 공장에 자주 보일 때 염색이 고르지 못하거나 조제가 조제를 낳고 재탕 삼탕 쏟아내면, 거품 끓는 하수구로 샛강으로 금호강으로 낙동강으로 쌔까만 유신 말기로 흘러가다가, 끝내 민물고기가 밀려나올 때가 고비였는지 몰라. 옷을 보는 눈이, 색을 느끼는 촉감이, 유난히 빛나고 화려할수록 검은색도 흰색도 잿빛도 누렁색, 친근한 풀색 흙색으로 가야 해! 전쟁꾼! 군비리물과 같이, 우리들의 결 고운 영혼까지도 우리 모두의 생명줄마저 결국은 죽음으로 몰아간다는 걸 말이야. 저 모시진달래 꽃잎도 연둣빛 연분홍색 연살색 줄무늬가 아침저녁으로 변하고 색이 바래지네. 자연스런 신빛 천빛으로 돌아가는데, 눈에 띠는 색상이 가고, 인간이 장난 친 그 '평화함' 염색조제가 아주 가고나면, 저 38선의 봄들판과 자연히 가까운 너희 참새류와 그 옛날 은빛 제비도, 우리 엄마의 젖향도, 산에 들에 '뻐꾹! 뻐꾹!' '찰랑! 찰랑!' '어~어~어!' '핫~핫~ 하!' 알았다! 알았다! '나도 배고프다야! 이 땅에 뿔난 송아지는 특효야 말할 것 없지만, 삼밭 가 '하이로드', 풀 잡는 약 없어도, 홀로 울고 가는 저 왜가리 황새 여울 따라 찬란하지 않는 그 민들레, 도라지밭으로, 철책과 전선을 거둘수록 사랑했던 님들도 기쁘게 살아 돌아오시지 않겠니.

구수한 호밀이 익는다. 개구리 새끼들도 익어간다. 떠밀린 푸른 바위에게 기상이변은 없었다. '꺼겅! 꿩! 깜짝이야! 6·15 선언은 인간의 힘으론 안 되나 보다.

심어 봐야지, 마늘쫑 땡기지 말고.

층층나무도 연미색 꽃향기를 날립니다. 딱따구리 친구들이 자지러지게 웁니다. '엇차! 기면서 얼른 지나갈게! 너네 층층계단님을.'

너울너울 흰 두루미 검은 빛 도는 강 따라 올라가시고, 흰 수건들 쓰신 여러 어머니들은 푸른빛 도는 새벽산길 내려가십니다.

길이 없는 곳에 춤추며 노래하는 천국새들이 모여 삽니다.

"밥 먹을 새 있어!"('기도' 한다고 마음 먹을 때 '기도'가 아니듯이.)

"가물어 강냉이 씨도 안 붙고 윗께는 어름이 얼고 날씨가 시원찮아."(갇힌 생들은 무얼 먹고 사시나.)

"음~ 머~ 우~ 으~!"(어떻게 살어.)

"호박이야 일찍 심으면 일찍 먹고? 늦게 심으면?"(하늘에서는 설
욕전, 평화놀이에서는?)

"아저씨! 왜 나한테만 돌을 던져요?"

"뭐! 잣알을 겉저리 배추밭에 송이채 숨겨두고 한 알씩 빼먹으
며 밟으니까, 니나 나나 생거 바로 된장 바르는 거 알지."

"새끼 치고 봬요! 참! 땅에 무슨 주인이 있남!"

"얘, 알록토끼! 너 있지, 지금 저 노란 녹두부침개 굽는 아줌니
옆에 아까부터 앉았다 서는 할머니 보여? 아이고 할머니 웬일이에
요, 하면서 니 새끼 한 쌍 판 이걸로, 알았지. 기분 안 상하게."

"토끼 대장님! 어쩔까요? 높은 공직 구린 재산 숨긴 게 많다는
데요."

"알았어. 희야! 홀라당이 좋을지, 의문의 자살사가 좋을지, 겁주
는 총살 집행이 좋을지."

어저께 두고 간 산적들은 그대로 두고, 쇠파리 두 마리로 시작
해서 나의 두개골을 해체하여 사라진 것은?(개미도 우리 사람 기름이 역
겨웠나보다.)

코미디 친구들과 퇴비 포대를 타고 썰매질 할 때 넘어진 곳에, 5월이 되자 주머니에서 쏟아진 깨, 도라지, 더덕, 잔대, 삼, 해바라기 씨앗이 내리막길에 예쁘게도 새싹으로 돋아났습니다. 무엇보다 정직합니다. 차라리 물이 피보다 진한 세상이었으면 좋겠습니다.

　　머리를 땅에 대고 흙에 묻자, '성체'는 시작되었다. 꽃잎이 되시었다.('영혼구제'에 꼭 행렬을 이루어야 되는지, 논밭두렁을 지나쳐 성골로 모여야 되는지, 그렇다면 신수를 모셔 보았는지, 으르렁거릴 여가가 없다. '하나 된 종교' '하나인 흐름' '하나뿐인 지구'가 '계시님'의 허리를 꺾기 전에,)

　　와아! 초록바람으로 말씀하시는, 속삭이시는, 나뭇잎이시여!

　　"참으로 큰일이다!"(배 곯는 신을 본 적이 없으니, 하늘부터 헛꿈을 꾸는 것은 혹시 아닌지,)

　　하아! 엎어진 영이혼시여! 길이길이 흙, 꽃, 뿌리, 향내음이시어라!

　　"네가 먼저 올라가! 난 물가에서 노랗게 변하다가 삭아도 돼, 긴 목을 쭉 빼다보면 꽃이 필 거야."(원자로 무덤 매각할 걸.)

　　딩구는 분홍꽃잎 한 장! 그 옆에 연회색 깃털 하나!

9부능선에 쩌먹는 떡호박 움텄습니다. 님의 샘물이 고였다 흐르는 마음자리에 사이좋게 솟았습니다.(2009년 5월 27일, 물 된 가슴속 논바닥이 푸르러 가는 날에,)

아무리 생각해도 당신은 아니 계십니다. 저토록 순진무구한 꽃들을 생매장 할 수가 없습니다.

소녀는 어머니가 집을 나가 할머니와 살았습니다. 남의 집 일 가리지 않고 팔을 걷어 붙였습니다. 행주 걸레 마당 빗자루가 때로는 하늘 따라간 아빠의 베게 옆에 걸려 있기도 했습니다. 해는 졌는데 호미를 따라오면서, '토끼 아씨, 우리 할머니가요 여기가 좋으시데요. 싫어하지 않으실 거죠?' 나도 몰래 얼싸안았습니다. 어찌나 착한지 울지 않는 이가 없었습니다. 이날따라 뻐꾸기도 목이 쉬었습니다. 하산길에 눈물이 앞을 가렸습니다.(장구에 걸린 태우다 만 문종이에 연필로 쓴 희미한 글씨 한 줄, 하늘 2반 173번지.)

아, 절이야, 성당이야, 교회야, 구름이야, 산새들아, 꽃들아, 나비야, 당신께선 님을 돌려 세워 놓으시고 그 좋은 텃밭을 놀이삼아 어디쯤 어디메쯤 지나쳐 가셨나요. 오늘 같은 이슬밤 다들 우리 피붙이인데 울먹이지 않으시고 어찌 지진더미에 개미만도 못한 죽음을 스쳐가셨는지요? '나'도 모른다. 단, 갯버들 거품 물고 물 떨어지는 풀잎 아래, 피눈물 아래, 지상최대 기업, 영원불멸한 산업단지가 아닐진데, 서로 '아프간'을, '시리아'를, '베들레헴'을, '불교나라가 소수종교'를 차지했다고 장담하지 않을진데. 이 시간, 이민법, 행동! 지금!(건강보험 개혁! 왠지 흐뭇한 마당에,)

'세우지 말아라! 우리 뭇생들의 골육을 기둥 삼고 벽과 벽을 삼고 그 천장 그 바닥에 세우지들 말아다오!'(누, 누구시옵니까?)

"옛날처럼 열댓 식구들이 모여 앉으면 김치밖에 더 있소. 얼마나 공정하오. 핫핫핫하핫~! 딱 한 가지~ 군말이 없지요. 야! 지금은 저들만의 배추농사가 끝난기요. 뭐! 망해야 산다니요."(우리 님께서도 '신김치'를 좋아하시려나,)

♪둥~ 글~ 래~ 야~, 둥둥~ 굴래야~ 둥글수록 휘어져가며 사는 거니, 초록 잎에 초록 입술로 피었다 지고 마는 거니, 꽃 중에 꽃이 니네들처럼 연초록 세상을 굽이쳐 주는 사랑이라면, 자연스러움 중에 자연스러움이, 성의 성이, 맑디맑게 흐르는 이 흙밭 저 숲속에서, 성 아닌 성으로 성의 고정관념마저 묻어버리고, 비워버리고, 떠나시는 넋들을 보게. 새 아닌 새처럼 날아가 버린 뒤에 남는 향기로움 하나로 둥글쳐 주시는 어느 골짜기, 참 평화로움을 보게나. 아, 그대는 성! 꽃다우셔라. 때로는 그대 눈먼 사랑! 둥둥글레 꽃다우셔라! 오오 예! 이 세상 모든 어머니의 꽃마음이라 불러도 좋지 않으랴! 예쁜 거를 보면 나이를 잊고설랑 마냥 얼라가 된다니요~ '하하하하하!' 예, 역시 연세가 드실수록 우리 어머니 젖가슴이 더욱 향기로운 것을! 예예, 우리 아부지 말씀이 꼬옥 맞지어! ♪어디 한 번 안아봅시다~

꿈엔들~ 아, 등줄기 붉다 말어~ 힘들어도~ 둥글방실 살아가 보입시
더~마!(흙향기 깊은 속으로 낙엽 따라 가신 내 영혼이여.)

향물 단지 두둥산 꼭대기에 핀 산당귀꽃에 범나비는 연신 날아
들고, 영마루 타오른 칡덩굴은 더 진하게 감아든다. 이 7월의 푸름
에 묻히면 부활하신 우리네 푸성귀가슴 같이, 하나뿐인 향내 따라
자연스레 잊어버리실까? 꽃 같이 아주 반가워하실까?(눈 감으면,)

새가 되셨네. 나비가 되시고 말았네.

나비 더듬이가 되신 님만 올려보다 보니, 사실 항간에 원했든
원치 않았든 인간미를 뒤로 하고 '특권세력'이 판을 치고 있다네.

그래, 얼마나 사랑하시면 층층이 나무나무 서열화 하지 마시라
고, 손발이 밥숟가락 되시라고, 껍질일랑은 다 벗겨내고 새 판 짜시
라고, 저 숲마저 몇 달이나 불태워 가면서, 옥수수 뿌리는 척 들소
떼를 풀어 놓았겠나? '찌이쪼쪼! 찌이쪼쪼!' 그대, 영나비! 지구촌새!
우리 친구 라틴계 야리오야, 니네 새 주인은 누구시뇨?

처음풀 초, 마칠나무 종, 이제물고기 금, 처연한 흙의 눈물 토,
오, 나 죽어 마지막 안기고 싶은 우리 어머니 품속 세상! 물 흘러갈
콩깻묵 수! "쪼르륵~ 쪼롱쪼롱! 촐촐~ 찰찰찰찰찰찰!

무거운 짐이 넘치는데, 우리네 지게짐이 무겁다. 왜 '십자가' 생각에, '돌부처' 생각에, 더 무겁게 하셨을까.(사실이라면, 즐겁게 흐르지 못한 그 자비와 사랑의 과정과 구속된 역사의 뒤안길에는 여러 계급신들의 남모를 샛바람이 필요했으리라. 신비스런 물감이 필요했으리라.)

일어나야 한다. 무릎을 꿇고 나무를 잡고 바위에 기대어 엄마 젖을 붙잡고 일어나야 한다. 뚝뚝, 금이 가고 가다가 숨 거두는 날까지 우리는 가야 한다. 이 무, 배추, 장가시집 보내야 한다.(너덜거리는 소쿠리 같은 사랑의 힘만 주신다면야,)

'선아! 옥아! 희야! 고생 많았제. 어릴 적 뜻밖의 사고로 부모님을 잃고 그동안 얼마나 고생이 많았냐.' 그 하늘에서 한솥밥을 먹고도 도탑지 못했던 오빠였다. 너희가 커서 실세 종교에 귀의한 후, 조금씩 그 달빛이 푸르러진 후, 덩실 자리를 잡은 후, 남은 어린 들꽃들의 자살 소식과 그 '모임'이란 번잡스런 향기가, 그 '소금단지' 뒤 갈수록 가혹하고 용서함이 없는 저들만의 '진리' 아래, 그 '금가루' 옆에 눈을 감으면 '명상' 앞에, '염불' 속에 심불心佛 같이, 해가 지면 '신공' 같이, '낙엽 속에 빠진 옹달샘' 같이, 자연스럽게 흐르지 못할까 걱정이다. 남은 모정을 떠나 각자 독특한 향기 속에 고이 잠들까 조금씩 걱정이란다.

♪아~ 의리에~ 죽고 사는~ 문둥이들아, 앞에서는 싸사삭, 뒤에서는 해꼬지 하는 넘들, 우리 보지 않더냐. 있다고 뻗대고, 쥐꼬리만

한 권세로 뻐기고, 좀 배워먹었다고 얕보는 것들, 우리들은 눈앞에
선 그냥 지나칠 수 없지 않았더냐. 화해가 뭐냐, 상생이 뭐더냐, 언
제 한 번 제대로 물 맑게 대청소라도 했더냐. '흙 좋게 쟁기질'을 했
더냐. 산천에 끊임없는 통곡의 소리들 이슬 맞으며 들어봐도, 저 많
은 도피 재산 종교단에 처박아 숨겨두고도 기부란다, 감사헌금이란
다, 봉헌이란다, 계속 지극 정성이란다. 아, 강물이 마른다. 속들이
탄다. 저 굽이도는 강바닥, 이 풀기 없는 속가슴, 허옇게 뿌시러진
다. 비틀어 죽어간 송사리, 피라미, 버들치, 그 물 맑던 모래사장 용
바위 밑 황쏘가리들, 내 고향으로 다시 울려오는 그 뱃노래, 여기가
황천이라더냐. 거기가 수용소라더냐. 의리에 죽고 사는 자 이 땅의
웃물 꽃들을 지켜오신 대들보 선배님들께, 청수나마 한 잔 떠놓고
비나이다. 그간의 '맹신들', 부유한 믿음질로 지구는 녹아내리고 큰
구멍이 났음에도, 신의 몰골로 끝없이 전쟁을 치러 셀 수 없이 굶어
죽어감에도, 적대적인 이 산마루 처음 떠오른 잠자리 떼 푸른 바람
잡는 날개에 띄워서라도 탈신앙 하나 날려 보낼까 하오니, 저간의
우리 같은 반의문사도 부디 잘 거두어 주시오. 두 주먹 불끈 쥔 그날
들을 잊지 말아주시길. 오늘처럼 보릿고개 잊지 말고, 보리매미 우
는 날 다 뽀시랍게 살아온 신들을 모두 제치고 익을지니, 내 관 정도
는 짜놓고 새길지니, 오, 의리와 공리, 자립과 인정 인심에 죽고 사
셨던 5천 년 전 사랑과 평화의 주인이신 초록파 선친들게 삼가 바치
나이다. 그 어떤 신이던, 산이던, 죽은 이던, 그 무엇만은 다 통하게
되어있지 않았습니까?

강산아, 물 맑게 흘러다오. 이제 너를 믿고 짐 지리라. 신의 의리에 잘 죽어 가리라.

"훗호~훗호!"

"벗새여! 너! 어디에 날아 앉았느냐."

"여기 강풍! 상황 발생! 무전 자제! 진화대원 절벽 조심! 헬기 송전탑 조심! 급수전 비상! 앞뒤 안 보이고 날아갈 것 같다."('벗꽃'이 필 무렵.)

'탕! 탕탕! 탕탕탕탕!'고압선 옆 권총 사격 중!(2013년 5월 30일 목요일 오전09시 38분, 오후 5시경 90°각도로 빙빙 도는 수송기들 비핵화 앞마당, 오늘도 무기상을 위해 불안 조성함.)

흙을 믿고 살아온, 흙의 진실을 믿고 살아온 농민의 자식들아! 쭉쭉 뻗고 굵은 나무는 절단 내고, 잘라가고, 개구리는 울고, 젊은이는 총을 들고, 물은 미끄럽고, 재두루미 가족은 몸살이고, 모내기철 찰거머리 황토 들녘은 철골로 뒤덮이고, 이웃 간 불신과 전쟁의 불씨는 날아들고, 저 수호신들아, 어쩌면 좋을꼬? '고급일손' 일자리는 탁한 공기 내뿜으니 어쩌면 좋아!(색깔 좋고 맛좋은 우리는,)

야들아, 식수를 찾아보자. 우아, 엉겅퀴! 제주 이시돌 목장에서 홍초지 과장과 태풍 속 진드기 달라붙어가며 골프 치듯 가씨꽃 날리던 때가 그리워. 영령꽃도 잘 모르고. 피로 붙든 다음날 땡빛에 머릿

수건 두르셨는데, 안 쓰신 인디언 할머니와 우리들은 또 건너서 이렇게, 백사도, 산양도 자고 가는 이 우묵골! 푸른 바람 쉴 새 없는 9부능선에, 동북쪽을 향해 샛노랗게 '이름짓지말아꽃'으로 피었다가 지자꾸나. 길 건너 몰아치는 산바람을 먼저 눕혀가며 지자꾸나. 주홍빛과 분홍빛 사잇꽃은 서남해를 향해 지는 듯 수만 꽃송이가 온 사방으로 깊숙이 절 하옵는 뭇 생의 넋이 꽃불이 되었다. 누누이 피자꾸나.

세상을 맑고 곱게 사시다가 원혼이 되신 꽃이여! 여기 지팽이 하나 눕히나이다.

사랑의 허리가 어찌 님의 통나무를 이기겠습니까?

"일손이 부족한가요?"
"예, 한 몫 필요합니다."
"빈집이 있나요?"
"수리를 해야 합니다."

'강변인데 주울 게 없나요?' '주님의 땅이라고 십자말목을 막아 돌아가라 해도 말 안 들어요.' 한 분은 공대 나오셨는지, 중고 바가지를 싸서 골짜기를 다 차지하려는 주지이고, 한 분은 어느 나라에서 공부 하셨는지 장비를 직접 몰며 언덕을 거의 차지한 주임신부시고, 또 한 분은 종묘제 지내시는 마을 어른과 법적 분쟁에 얼마를 따

지는지 밤에 차 유리창 깨지고, 투기된 요지에 빈집이 불타도 점잖
빼는 담임목사였다. 급하지 않는 나그네셨다. 신이여! 감사하오.

'손 내리시게나.' 이권 개입도, 취직도, 유학도, 특혜도, 무한한
존경심도……. 그런 즉, 버스간에서 내 아들이 아무개 성직자라고,
암도 낳았다고, 기적이 일어났다고, 친구끼리 주고받기로서니, 저
승에까지 가서 이 기록을 보게 될 줄이야. 없는 병실도 생기고 보니,
임자는 한 자식으로 인해 굶고 있는 이들은 눈앞에도 없고, 병들어
죽어가는 저기 시장 바닥 요단강 건너오면서 아무도 못 보았단 말인
가? 이것이 살인 중 으뜸 가는 '그 분의 처형'이 아니고 무엇인가? 그
래서 기댈 수 없는 베들레헴 들꽃들께서 오늘 또다시 이르시길, '요
지경일세.' '참말로 믿을 수가 없네그랴.' 점잖게 말해서.(가만, 거기 나
팔봉, 둘! 해석이 잘못 되셨소.)

무섭다! 자연이 무섭다!(짜임새 있는 종교가 더 무섭다.)

분명히 말할 수 있다.
새들에게도 눈물이 있다.

가까이는 소에게도, 개에게도, 염소에게도, 꽃잎에게도, 글썽이
는 눈물을 우리는 자주 본다. 풀짐 지고 걷길 원하는 지겟꾼이 어쩔
수 없이 어린이들에게 권한다. 이름 나고 소문 난 광고판에 따른 보
기 좋은 신빛 음식들, 탕탕탕, 처방비결, 저 전작권식 기름을 조심하

여라. '햇빛 감은 연초록잎'으로 찾아가거라.

행복은 흙에, 사랑은 물에, 흐른다.

'쌌콩 따는 산비들기' 한 쌍을 너무 미워하지 말아라. (이 DMZ에
도 당신의 사랑과 평화가,)

'아씨, 옷 좀 입고 다녀요. 무명요. 모시요. 온난화에 예의도 없
어요.' '웃겨! 야, 저 번쩍거리는 찻길에 눈부신 데이터류가, 비니루
제품들이, 지구를 달구는 거야! 다 벗고 다니는 오솔길에 무슨 신비
가 있어, 대리모가 있어, 성추행이 있어, 준법이 있어, 까불지 말고
쳐든 대가리나 내려!' 검은 독사였다. 허물을 벗더니 마치 숲을 뚫
은 터널로 아랫배가 문짝 사이로 검은 점 하나로 스쳐가듯이, 비늘
과 비늘이 생 초록으로 변해가고 있었다. 열이 터진 그리스도 가르
침 같이 사라질 뭇 생물들도 햇볕을 쬔다. 온몸으로 항거하는 이슬
람 여인들 같이 바다 수온 3도 상승 쯤에, 이상은 뻐꾸기 소쩍새 우
는 봉화치 연가였다.

방금, 토봉 한 마리 향나무 연필을 맴돌고 갔다.
이렇듯이 자연을 울리신다.
그 소리 '어응어응어응'에 가까웠다.
흐느끼고 있으시다. 해마다 다르시다.

날개가 짧다. 많은 에너지가 필요하다. 가장 부지런하시다. 하지만 꽃이 사라진다. 향기가 죽어가고 있다. 오, 의문의 꽃송이들아 도와다오. 인간의 불이 자연의 불을 앞지르고 있단다. 물부터 흙부터 공기부터 푸른 마음부터 살려다오. 내일의 '핵무기'가 딴 게 아니란다. 새들과 벌, 나비에 방해가 되지 않으시려고, 탈것을 뒤로하고 천 번 만 번 이 땅에 엎드리는 분들이 많으시단다. 그래 사셨듯이 우리 초록새처럼 돌아가자. '쪼로롱! 쪼로롱!'

존경 받는 만큼 대접 받는 만큼 비밀은 없다. 재력은 공개되고 씀씀이는 밝혀져야 한다. 그때쯤 되면 우리 하인들도 엔간이 끌어모을 것이고, 엔간이 끌어안을 것이고, 엔간이 사랑과 자비와 평화를 누리고 갈 것이다.

참 아름답다. 주홍빛 부리에 청자빛 안날개에 솔빛마저 숨 죽여놓고 나는 새야! 너희는 산까치도 아니고, 꾀꼬리도 아니고, 갈가마귀도 아니다. 하늘 아래 어느 누구 하나 어느 뭇 생 하나 아름답지 않으리요만, 바깥 날개는 무슨 빛이었더냐? 벌써 잊어버렸느냐? '무고한 양민학살', '일제만행'을! 의문사 천지를! 덮어버렸더냐, '비밀문서'가 무엇이란 말이냐? 그대 양심은 살아 있는가? 말하라! 주술하자! 다음신에 의지하지 말고 용서를 빌어라! 세상에 어머님의 뜻이 아름다울수록 아버지 혼자 날지 말게 하여라!

지게가 말한다.

지게가 하늘을 공구며 간다.
죽은 후에도 지게짐이 있기를 빈다.

아차, 미안하다. 두루미 한 마리가 떠올라 강으로 갑니다. 올챙이라도 내려다 보고 있었는데, 지금은 제초제를 치는 계절이라 저 강물은 죽었다. 오죽하면 어두운 밤에 이 작은 산간마을 연못까지, 고구마순이 말라 물 나르러 가던 길.(정말 미안하다.)

친구가 되겠다고 했으니 모내기철 서리철에 만나세.

그들이 '성스런 직장'이 있었다면, 우리 뭇 별들은 '방화선'도 못 치고 강도짓을 했을까.

감자잎에 뛰어와 여유롭게 앉는 녀석은 청메뚜기 새끼였다. 그 아래 도사리고 있는 녀석은 밀뱀이었다. 어떻게 두더지를 잡았을까. 꾸역꾸역 산 채로 삼키고 있다. 안 보이는 멸종 위기종은 많은데 사람 눈이 작았나보다.

시들지도 지지도 않는 최고의 꽃을 보라. 끝내 물과 흙과 공기와 민주주의를 더럽혔다.

'곡식 농사' 이 외 그 '어떤 작업'도 눈에 차지 않는 것은 왜 그럴까.

김치부침개 세 쪼가리 매달아 놓고 가신 귀혼은 누구실까? 그 세상에서 '고추 말뚝'은 다 박았을까?

"여보게 오리 사또! '가난한 자 편을 들지 마라'가 아니고, 보시다시피 자본주의의 병폐를 신들의 선명한 눈빛으로 다가서는 그 옛날 어깨동무법이 없겠나, 이 말씀이네."

잘도 커간다. 입에 벌레를 문 채 어미가 왔다. 잠시나마 이상 없었나 팔랑이다가 쏙 들어갔다. 하얀 똥을 물고 나와 어미아비 공평하게 교대로 서동으로 북남으로 날아다닌다. '쯔쯔쯔! 배배배배!' 사랑과 사랑 사이에 사람도 이 바보자식도 커간다. 저 입이랑 앞가슴이 자꾸 벌어진다.(숲신께서 지켜오신 서낭제에 무슨 대응 매뉴얼이 필요할까마는,)

찔레가 믿음이다. 달래가 사랑이다.

"예, 길을 잊어먹어 마을이 나왔대요. 어떤 마을이 아주 홀라당 벗고 사는 마을이 나왔대요. 그곳으로 내려오래요."(혹시 토끼 아씨 동네가?)

건전한 꼬다리는 관대한 신의 영역을 잠시 지나친다.

비가 오려나 보다. 두꺼비가 운다. 어떤 친구는 경쟁자가 불의의 사고로 떠나자 벌어진 입 못 다물게 값을 올리더니 건물을 지었다. 골프장을 샀다. 남은 것은 사람이 영악해진다는 것이다. 가진 자는 끝없이 부자가 되어갔다. '향정신성의약품'이라 했던가. 자신들은 음료수라도 병에 든 것 거의 먹지 않았는데, 다들 자식 대학원 그만두고 유학 겸 보따릴 싼단다.(독사가 두꺼비를 비켜가던 날에 산천에 검은 비닐만 펄럭거리니 울어줄 넋은 바로 너로다.)

비록 떠나며 물려주신 땅일지라도, 전 세계 아름다운 기도처는 물이 부족한 특정종교권 밖에 있다.

"섭섭치~ 비비, 쓸쓸치~ 비비비!"(품 팔다 가시오. 품앗이 하시다 돌아오시오.)

"냉혈동물이 많아!"(아이고, 깜짝이야. 또 날 보고 그랬나? 가만, '안전한 잡초약'? '안전한 신의 약'?)

고요하다. 윗산에서 '파~아!' 아랫산에서 '찌~이!' 밤하늘 밝은 별 하나가 '파~아!' 희미한 별 하나가 '찌~이!' 늪지에선 '오옹~옹~옹!' 소리 계시다. 국화꽃도 산작약도 들장미도 목단꽃도 다시 오셨다. '꽃 아닌 꽃은 없다.' 하신다. '떨어지는 꽃잎은 볼 수가 없다.' 하신다. 울 어머님의 꽃은 내 가슴속에 살아계신다. ♪월남달이~ 밝으니~ 님이~ 오실까~ 앞서 가신 사랑과 정의와 민주와 평화의 큰 별들이, 이슬에 젖은 꽃잎들이 날개를 접은 나비들이, 손등에 앉은 초록눈 잠자리가 저토록 아름다울 수 있을까. 아침해가 밝아온다.

물잔을 높이 든다. 자연히 두 손이 모아진다. 공손히 엎드려 절한다.(남북 사이에, 죄 없는 어린 자식들에게, 역습이, 패권이, 다 뭔가.) '쪼끼! 쪼끼! 호르끼!' '튀끼! 튀끼! 뽀르끼!'

♪내 품에~ 쉬었다~ 아주~ 머얼리~ 가거라~

흙 속에 무슨 깨우침이 있을까?(맨 사랑과 죽음보다 향기롭다 하시니,)

도대체 공기와 물의 양식인 '나'를 찾았소? '너'를 지웠소?

꿈속에서 어머님의 무릎을 베고 눕다.

오늘은 어린 여치까지 감자잎 구멍을 내며 맛있게 냠냠 하신다.

메기 닮은 도롱뇽이 올챙이 큰 놈을 뱀도 아닌데 한 입에 물었다. 콕 건드리자 뱉어냈다. 꼬리치며 가라앉는다.(방해 했나? '자연의 질서'를,)

벼도, 강냉이도, 배추도, 양파도, 사람도, 신도, 그대로 묻혀 움이 터야 했다. '모종'마다 가뭄이 탄다. 보는 이의 가슴도 다 탄다.(인류 역사를 묻지 않아도,)

♪사라앙해~ 에~ 그대를~ 나는 나는 딘장~ 너는 너는 낌치이

~(햇쌀햇쌀,)

작년 가을 당근 캔 자리에 꽃씨들이 날아와 꽃밭을 이루었습니다. 바람 따라 날아와 옛날 꽃씨를 퍼뜨리고 있었습니다.(꽃씨도 약 반 년만에 '빈자리'를 내어 주시는데,)

'몰라요!' '먹고 나왔어요!' '아니에요!' 새소리 멋겠소. 묻긴 왜 묻소. 괭이질 하시는 저 노인네 더 배고프게 하덜 마시오. 내가 뭘 믿을수록 속정은 날아가고, ♪다시~ 돌아오지~ 못할~ 길에서~

"뭘 심나?" "콩요!" "아니, 한 알이라도 먹게끔 해야지. 풀밭인지, 꽃밭인지,"

"핫하! 만만해서 그래?"
"며느리가 살림 나가는데, 조상님 혼이 깃든 옷바구니와 장롱은 국사신당 모시듯 여럿이 들어야 하잖는가."

우리 김삿갓 어르신네도 해 안으로 찾아 드신다. ♪죽장에~ 삿갓~ 쓰으고오~ 방랑~ 삼~ 천~ 리~ 이~

'뻐꾹~ 뻐꾹~ 뻐꾹!' 뻐꾸기 진하게도 웁니다. 장마 지기 전에 꽃 피고 씨 뿌려 빛이 모자란다고, 돌 구른다고, 울지 말라고, 가을 걷이에 쭉띠기밖에 없다고, 한숨 쉬지 말라고, 벌써부터 진종일 위로해 주십니다. 낭낭하게도 목이 쉬시도록 털어주십니다. 오, 신보다 가까운 새! 그대, 뻐꾹 애인아! '죽어도 괜찮을 새'가 들르니, '그방'에 쑥 들어간 뒤에는 홀로 더 아름답고 구성지게 피터지게 우시는구려.

'왕골은 하나씩 심거요, 모 심듯이. 아유! 큰 혼수품이래요. 그때가 좋았어요. 우우, 모여 삼꽃이 하면서 인심이 얼마나 좋았다구요.' 으름덩굴 향이 날리는 올해는 간장독에도 꽃이 잘 폈으니, 풀만지던 가슴들이 풀향으로 시집이나 아니 오실까. '토끼 아씨! 나가 보래요.'

별밤에 나와서 부시럭거려 주시다.(먹이를 주되 아직 잡아먹지 않는 주인이라고,)

가고 싶다. 생땅으로 가고 싶다. 오래오래 묵은 땅에 오늘처럼 단단하고 돌이 많아도 한 삽씩 들어가며 오만 향기를 길어 올리는 흙! 그대와 길이 죽지 않는 첫사랑의 고향으로 아주 떠나고 싶다.

아름다운 숲길에 누가 빨간 리본을 달아 놓았을까. 숨 쉬는 흙길 가운데 빨간 페인트를 동그랗게 그려 놓았을까. 혹시 씨멘길? 어디 여쭈어 보자. 귀찮아 하실까. 옛날처럼 쫓아내려고 하진 않겠지. 정보 공개? 좀 겁은 나지만 반나절 걷는 길에 비린 여러 향내와 날아서 갔다 올 거야.(오전 4시경 영상 12도, 안개 피어오름, 돌아올 땐 지표는 50

도를 넘을 것 같음. 옛길은 하늘을 울리지 않았으니,)

'찜삿갓 아씨~ 뭘 해요~ 땅바닥에 구부려 앉아서~ 조시는 거예요~ 하하하~' '오, 딸랑이 어딜 가? 껄껄! 세 번째 심는 거야. 요 참외수박 또 삶았으니, 야, 기온이 잘못된 거니, 성급한 내가 잘못 된 거니. 껍질이라도 옛날 맛을 좀 살려 보려는데 재미가 없네. 작년 이맘때 한 일주일 늦게 옮겼는데도, 야, 손가락에 땀이 난다 땀이 나.' '쟤들이 좋아하는 콩이나 더 심그세요.'(오, 우리 딸랑이 말씀 속에, 님의 음성이? 혹시,)

세상에 '사랑'이란 말도 못하시는 눈물 속에 핀 꽃들은 '바브바브' 라고 들릴 듯 말 듯 울먹이셨다.

'쿠쿠! 컹! 묵욱! 컹!'(7부능선). '애앰! 캐앰!'(9부능선). 2013년 6월 3일 밤 2시 15분께, 피울음 소리다. 어제 낮에 반가이 본 윤이 나는 굵은 깜정똥 세 모디기, 그 자리 같다. '곧 만날 거야!'

두 뼘 자란 수박넝쿨에 노란 꽃이 피고 탱자만 한 수박이 자랍니다. 능 넘어 저기 쪽진 머리에 사뿐사뿐 너울너울 춤추시며 넋을 달래시는 굿, 저 무녀가 오늘따라 처연하게도 아름답습니다. 재 넘어 노동복 군복 입으시나, 치마저고리 입으시나, 태양이 이글거릴수록 속맛이 당그러질 북녘땅 각시들도 너나없이 아름답습니다.(갖은 고생을 다 해본 이는 그 수박, 그 줄기, 그 북소리, 그 가락을, 피처럼 정직하게

맛볼 줄도, 들을 줄도 아시므로,)

감홍씨 빛꽃 주머니가 주홍빛으로 다시 연노란 꽃으로 커져갔다. 오늘은 쩍쩍 벌어져 한 방울 반짝이는 물이 고였다. 꽃나무에 자연퇴비를 윗거름으로 덮고 보니 꿀이었다. 어떤 비닐 마대에 담아 독소를 숨기고 '거름퇴비'라 하는가? 오늘날 무차별로 공격해 오는 죽음의 신은 또 어떤가? 내세來世라는 겉포장만 다를 뿐!

'찔룽! 찔룽!' 어디선가 약통을 메고 풀을 잡고 있다. 물을 죽이고 흙을 말리고 있다. 위아래 사는 노인네들 두 분에게 다른 좋은 길은 없을까 한다. 가뭄에 타다 큰물 지면 와장창 실려 가시고도 '죽어야 알리라' 하시니, 이거 어찌하면 좋으리까.(내 땅 내 하늘 없는 주제에,)

종달새 높이 뜨셨습니다. 불교, 기독교, 천주교, 원불교와 선민새들께서 '평화풍어제' 지내시던 날, 새파란 보리밭 사이 웃거름 주던 날, '빙어야! 좀 숭고하게 볼 줄 알아라.'

산 위에도 산중턱에도 산 아래에도 쌀꽃이 폈다. 한창 모내기철에 벌바람꽃이 폈다. 뻥튀기 아카시아꽃을 주르르 훑어 꿀밥을 씹으며 풍년을 기원하자 한다. 자기 친구는 장삿꾼이라며 천억이 앞에 있으면 숨은 돈이 얼마인지 아느냐며, 나라가 빚더미에 올라앉았다며, 오늘은 한 번 잡아당겨 70을 벌어 바로 쫓아왔으니 이 돈은 내 것이 아니라며, 차비만 남기고 들녘에 막걸리야 수박이야 포도배야 우리 밀에 콩국시야, 지나가다 장사집 설거지 하시는 아주머니들이 잡숫고 가시라며, 한 턱 내고 가는 사람, 알고 보니 경영학과 동창생이래나요. 기름값에 핸드폰에 학원비에 보육비에 물값에 장사비에 죽는 것은 진짜 서민! 기사 아씨나 나나 하빠리 인생이니 쌀독이 안 찼거들랑, 이 시절 논에 들어가기 싫거들랑, 터지기 전 아카시아꽃을 채워두래요. 헛, 그것 참! 웃다가 배만 더 고푸다. 뭔 소린지 모르고! '신경제' '대운하' '행복만땅'이란 놈이 뭔 놈을 때려잡는다는 소린지 뭔지 내가 아는가?

내가 왜 그랬을까. 시골 다리를 건너려는데 연미색 치마를 나비처럼 날리며 일요일 같이 여행가방 매고 오는 외국학생이 '안녕하세요' 한다. 먼저 미소로 인사를 두 걸음 앞에서 했으나, 멀건 얼굴로만 답했으니 큰 실수를 저질렀다. 앞서 지구촌 한 가족으로 반가운 여러 좋은 언어가 많았는데 나의 배낭이 무거웠나, 만원 한 잎이 백 원만 못했나, 그녀 옆에 낀 금빛 책, 이 땅의 믿음이 갈라졌기 때문이었나.

자아, 청수 한 사발 뜨고 막간을 이용하여~

메마른 땅이 촉촉해졌습니다. 풀이 우거져 갑니다. 도마도와 오이가 주렁주렁 꽃잎마다 벌어져 갑니다. 달맞이꽃 대궁과 밤송이가 넘어지고 파묻히지 못하여 무릎을 절고 손가락을 찌르며 말합니다. 부모 재산에 놀고먹으며 목청 높이는 별장집 아들이 건방졌기로서니, 죄 없는 삽을 옹봉산 석양빛 너머로 내던질 게 뭐 있냐고, 학력중후군 병든 사회에 원인이 더 큰 것을. 인간성이 메말라갈수록, 저들 가족끼리만 살겠다고, 돈이 있다고, 길과 물을 막겠다는 것이다. 2050년까지(?) 온실가스를 반으로 줄인다는 미국이 진지하게 말을 알아들었다고(?), 중국은 혼낼 신이 없을 거라고(?). 생풀, 생땅, 생물, 자연 그대로 퇴비인 것을. 또 박박사 할애비들이 '친환경농약'을 개발했단다. 단 면역성 항생제(?). '글쎄, 돈 놓고 돈 먹는 이들이 어느 이름 없는 미생물을 죽이려는지 자네야 걱정할 게 뭐 있냐고.' 밤나무 아래 밤생이들이 마구 찔러대는 것이다. 더구나 개들을 풀어놓아 짐승의 피맛을 보니 기름값이 하늘에 붙었다. 걸어다니는 옛 샘물 세상이 속히 올 것만 같아, 초가삼간 오막살이에 살 '애인이나 한 개' 구하려나. 잎 중 두터운 바가지 박꽃은 하늘 위로 뻗어 가시려나. 이때였다. '낮질 그만, 해가 지면 추워. 불 때요, 불!' '예, 신령님! 이제야 속이 좀 풀립니다요.' 자동차소리, 전투기소리 덜 나는 곳은 어딘가요. 이 참에 쌀이 바구미 먹긴 했으나, 얼마 안 되는 작년 콩에 잣에 막걸리 한 말 정도 38선 넘어 지고 갈 수는 없을까요. 요 거름꾼은 할 일도 많고 아니, 좀 무겁다 했더니, 당장 집 앞이 전쟁입니다. 2008년 5월 26일 임도에 쎄멘 포장이 웬일이야! 귀찮아하는 '민원'을 또 산 넘어 강 건너 손발로 띠우며, 모 한 포기라도 더 꼽으려고 허리 펴지 못하는데, 나 역시 미련하게 어만 생각을 하고 있었으니, 예, 미안 천만하여이다. 아, 하루를 공쳤나, 아니면 '객지넘이 까불지 마!' 또 그러시려나. 하지만 다 같이 먹고 살자는 것이요, 뒤따라오는 생을 위하여 흙향기 잠시 잊었사오니, 좀 봐주슈들! 저도 사자밥 남기고 내일 갑니다. '잠깐, 저 분이 누구실까?' 아름드리 솔, 백두루미 가족 날아온다. 오른쪽 웅덩이엔 좀 길쭉한 송어 새끼들, 왼쪽에는 통통한 붕어 새끼들이, 한낮 기온이 25°~30° 되자 수면으로 올라와 떼 지어 다니는 장면을 솔 위에서 군침 삼키며 보셨나 보다. 뒤따라 노래소리 들립니다. 찰랑! ♪ 이곳은 '언제나 부처님 오신 날' 찰랑! '모하메드, 알라' 찰랑! 찰랑! 쭉! 날개를 폈다. '기쁘다. 구세주 오셨네' 꾸욱! ♪ 쉬쉬! 산새소리도 잠든 시간에 뭔 뚱땅 소리일까? 지금 휘파람은 아름다운 둥지를 위한 것! 살며시 건초로 지은 초록 옷을 걸치고 기어가나 볼까. 새알은 몇 개나 깠을까? 따끈! 오, 우리 모두의 알벗! 여느님도 즐거운 잉태! 인류의 희망! 새알만큼 따끈하셨나니, 당신의 품속만은.(솔직히 매말라가는 나의 인간성을 바라볼 때 말할 수 없이 부끄럽나이다. 알집 알집 어머니!)

인간이 만들어도 그렇게 상쾌하고도 따뜻할 수 없었어요. 결과적으로 그 분이 주신 놀랍고 황홀한 선물 중 가장 향기로운 사랑놀이였어요. 때때로 자연을 거역하는, '성과 성문'을 닫아 걸어놓고 한시라도 뺑뺑이를 돌리더래요. 세미나요, 특강이요, 그들만의 '방황하는 순교'요, 때로는 '빗나간 개벽'이요, 어쩌면 '구름 잡는 법문'이요, 머라머라머라…….

과연 스스로 즐기는 자 누구실까? '대자연의 흐름'에 '고행'이란, '가르킴'이란, '희생'이란, 있는 것인가? 뒤집어 보다가 생흙에 묻혀서, 허리를 꺾어서! 옛 향기에 실려 가거든, 물인정 인심 속에 흘러

가시거든, 거침없이 오오, 님아님아님아!

세상에는 신의 이름으로 속은 평등은 있지만, 모심 정다운 흙과 천진한 향기 속에 두루두루 빠지면, 평화가 무엇인지 죽음이 무엇인지 순수한 그대의 진솔한 답이 술술 피어난다.

잔다. 젖을 물고 잔다.

괜찮다. 개구리야! 뛰지 마라! 지금 세상에는 뛸 이유가 없어졌단다. 머잖아 그 댐과 장벽과 눈물과 사랑은 터지기 위해 있거든.(소양강댐 막을 당시, 토종 수생물과 고향을 잃은 길손과 앞을 내다본 임진왜란 루손 어느 일본 측량기사 일기 너머로.)

그대는 언제나 꿈틀거리는 초록신! 내 가슴에 물기가 남아 있는 한 살아오시는 개구쟁이! 손가락이 간지러운, 흙빛 발가락 마디마디가 넋이 되어 누런 벼물결로 살아나, 진흙 속에서 정을 풍기는 당신과 나는 '파릇파릇!' 향기 찬 미나리골 벗논이시다. '차랑차랑!' 저 하늘 끝까지 임을 향해 달그림자 차고 오르는 산 미꾸라지 일생이시다!

'쭈욱~ 쭉, 꿀덩꿀덩!' 생풀을 많이 뜯어 먹였는데 이토록 맛있는 물이 필요했을까? 깜깜한 밤 님의 발자국 소리를 기다리고 있었다. 아핫, 말 못하는 그대가 나를 죄스럽게 하시니, 누가 가축이더냐. 누가 사람이더냐. 기다림에 지쳐 애 말랐더냐? 말 없는 정에 목

말랐더란 말이냐!

'독재타도! 독재타도!' 엊그제 같은데, '어디어디' '촛불타도' '쇠
고기타도! 미제타도!'로 돌아서고⋯⋯. 아, 6월의 시민대항쟁이여!
민주주의 타살이여! 쓸데없는 생각에 고삐를 세게 챘더니, 소 뒷걸
음질에 그만 내 발등만 빠그라지게 얼얼하네. 아이고, 아파라!

'마알따아! 너를 사랑했다. 님 따라 오르고 내린 그 산, 그 호숫
가 향내를 우린 사랑했다.' 모자로 만나, 처녀엄마로 만나, 맺을 수
없는 사랑에 우린 울었다. 엄청난 계명 앞에 손 한 번 잡아도 지옥
가는 줄 안 우린 속으로 울었다. 오, 우리 모두의 엄마로써, 더할 수
없었던 어머니로써, 부디 ♪조은데~ 가서~ 만납~ 시대이~ 당신이
지어준 저 미련 곰탱이~ 그땐 진짜 업어 줄 거지~ '천당'을 열 번 가
는 한이 있더라도~ 아주 터지도록~ 꼬옥~ 안아~ 주실 거지~

맑은 물 한 중발을 떠올렸습니다.

깊은 독에서 동치미를 꺼냈습니다.

노랗게 잘 익어 단내와 새콤한 향에 나비와 조금 후엔 벌들까지
왕왕거렸습니다.

아, 자연 그대로 무씨 한 톨 맘 놓고 뿌릴 우리 땅은 좁아지는데,

당신의 향을 살려낼 무한한 정, 샘솟는 물, 님의 새콤달콤한 맛을 이어가면서, 다 퍼주고도 남을 그 무엇이 넘쳐흐름에, 예! 소자, 역시 실없이 흐르는 새카만 흙의 눈물로 덥석 엎드려 감사드리나이다.

'홋호 홋후!' '뽀뽀! 홋후!' 밤 호후새 운다.

'원앙 열여섯 마리가 새 식구 사십다섯 마리를 달고 날아오릅니다. 그 곳에는 몇 십 년째 목만 등뒤에서 끌어안고 있는데 그렇게 편한지, 올챙이 사랑이 그리운지, 황토빛 다리를 펴고 숨도 안 쉬고 있습니다.'

초록 벼메뚜기 삶이 어떻게 자연인인가? 눈이 오나 비가 오나 산동무들이 좋아, 거의 관망탑에서 침식하고, 봄가을 불 본다고 나랏돈 '고무신 값이나 하고 소금이나 사먹고 병 치료나 하라'고 엽전 몇 푼 받았다면 그게 어찌 자연인인가? 어쩌면 메시아도 메카도 풋나물도 봉안제도 좋은 벗이라고, 청정함도 미몽도 괴로움도 아름다움도 거름짐이라고, 홀러덩 벗고 멋대로 산토끼와 똥강아지와 소새끼들과 뛰놀며, 아랫세상 변절한 귓속말이 없더라도 춤추는 갈대밭에서 울어 예는 뭇 새들과 발 빠른 물새 원자수소화확폭탄을 안고 사는데, 우째 저들만의 종교가 '세배로' '뉴풀마게'식 유제약제로 땅거미 땅벌까지 씨를 말리는데, '인간동물농장'만이라고, '대자연인'이라고 '모듬 양상추'라고 말씀들 하실 수 있겠는가?

'뽀뽀뽀뽀오!' '호호! 홋호!' 외나무다리 아래다. 퐁당, 개구리 뛴다. 화라랑, 논붕어 흙탕물을 일으킨다. 미꾸라지 숨는다. 창 같은 꼬리를 감추는 녀석이 연밥 속 청개구리를 감싸 안으신다. 재미있는 신 때문에 골짜구니가 그나마 향기롭다. 초록눈 잠자리가 솔, 잣, 송진 속으로 잠잠히 날아들어 가신다. '안 믿어도 돼! 가만 좀 놓아둬요!' 화아, 꽃바람 인다. '찬찬히 건너올 걸!' 크게 잘못 알았나보다.

마굿간이 투닥거린다. 내보내 달란다. 향긋한 풀밭으로 냅다 뛰게 해 달란다.(때로는 '오만하고 증오 섞인 정의론' 대문짝을 치고 나가고 싶어하다 보니 너희들마저.)

'뭘 배웠어?' '카리스마!' '먹고 사는 문제는?' '……?' 한쪽은 굶어 죽게 하고, 또 반쪽의 반은 썩은 신주론에 휘말려 있다. 이봐, 너의 신에게 물어 봐. 나는 허깨비라고, 나는 이미 떠나간 지 오래라고, 난 죽었는데 묻을 방법에 또 수 천 년이 갈 거라고. 그래, 너희 죽음보다 큰 아픔이었지. '나'의 하잘 것 없는 소원이 있다면, 6월이면 재고가 떨어지는 우리 밀 야채건빵과 밀 타작 무렵 장마가 지나가는 거야. 서있는 채로 씨앗이 트지 않기를 바라는 거야. 끝으로 올가을 뿌릴 땅과 그때까지 쫓겨나지 않는다면 푹푹 빠지는 그대 부드러운 가슴에 씨 한 줌 잘 건사하는 일이야. 우리들의 할머님들을 모시고 나면 당신네들보다 저 위대한 신을 믿지 말라 해도 이것만큼 믿기를 간절히 바라노라!(지구 구석구석 '물기'를 찾아, 곡식 먹을 '밀뱀'을 위하여.)

'산세도 험악한데 어젯밤 불 끄신다고 수고 많았습니다.' '저희

가 수고 한 일이 뭐 있나요?'(오랜만에 들어본 어르신이다. 서울양반이시
다.)

입법 예고, 손쉬운 손가락을 까딱거려 창밖으로 내던진 담배꽁
초 산불, 까딱거리는 전자판 공황, 망할 눈요기 영상, 고걸 짤라 저
절뚝거리며 코방아 찢는 뭇 생들에게 이식시킨다. 봐서 삼십년 후
에, 아니 실행한다.

배추 뿌리는 평소보다 한 뼘 더, 알타리 뿌리는 한 뼘 반 더, 뽑
혀져 나왔습니다. 난데없이 30도가 넘는 봄 가뭄에도 산삼처럼 풀
과 함께 파릇파릇 길고도 통통하게 자라주었습니다.(첫 수확이다. 조
상님께 그리고 무수한 의문의 영혼들께, 그리고…….)

♪ 떠나가는~ 김사앗까앗~ 껑충~ 껑충~ 꺄~ 악~ 꽈 꽝! 꽝!

누가 까만 돌담장을 넘보나 했더니, 그 돌빛마저 감싸안고 초록
빛 어린 돌배가 둘셋 달렸네요. 건너가는 넝쿨 하나 받쳐 주었더니
파란 알들이 조롱조롱, 내 이름은 다래라며 늘어지게 달렸는데요.
야, 귀 좀! 이 땅에 니나 나나 어지럽게도 매달렸다야. 야들아, 늦가
을까지 더 이상 땅이 꺼지지 않게 해. 두드려 박지도 말고, 처지지도
말고. 알지? 사슴사슴! 사랑하고픈 찔래꽃망울이 빨간 영마구리로
부풀어 오른 이 계절이 엎질러지지 않게요, 베어 먹히고 사는 건 좋
으나. (오! 그것만은, 그것만은,)

'왕~왕~왕!' 1초에 꽃잎 하나씩에 처지게 매달리는 왕벌이 있습니다. 모름지기 은은한 착취로 얼룩진 진리와 성령의 역사는 님의 숲을 뚫고 갈수록 찔레꽃 향기는 무지무지 독했던 것입니다.

이제 알에서 깨어나나 봅니다. 노란 부리에 작은 날개로 한 발짝 앞에서 연습을 합니다. '병아리 아씨, 날 좀 잡아줘요. 큰일 날 뻔했어요. 산 아래에서 위로 어떤 발톱에게 내쫓기고 있었다구요. 휴!' '그래, 지구가 소멸되기 전에 조금만 더 멀리 날 수 있기를.' 늘어나는 총기를 거두기 전에 종교 간 소수종족 간 분리독립이 오기 전에 빌기만 하랬다.

잎은 꺼칠하나 보드럽습니다.(사랑을 주시기만 하시니,) 뿌리는 매우 단맛이 돕니다.(죽음을 기쁘게 맞이하시니,) 올해는 행운인가 봐?(산 동무들이 알음알음 찾아오시기 전에,)

'비 오면 빠진다.'고 서있는 법률가 통박으로 앉아 '비 와도 풀밭에 일거리가 그리 많으냐.'고 물으십니다.(질통 지고 '악법은 개풀'이라며, 하필 약 처 잡았으니, 우린들 이 반란을 안 빠지는 민생고를 알리 있겠소.)

토끼풀이 잔디처럼 번져가 고랑고랑 짜여갑니다. 수분도 거름도 좋은지 채소가 싱싱하기만 하니, 가만, 전 세계 갈아엎은 골프장에다, 뜻한 바 '혁명수비대' 사이사이 '새콩법'과 함께,(어려울 걸요.)

'인간'은 똥품이다. '풀똥'이 되면 인간이 보인다. 인간 성품이 '사랑한 님'의 작품으로 완성된다. 그렇다면 엎질러진 부자종교와 난타 중인 일류신이 심연으로 밀어낸 것은, 또 달리 물 맑고 거름기 있는 생명체 중심신인가, 죽지 않는 우주목 본품인가?(막을 수 없는 기상이변인가?)

펄펄 뛴다. 훨훨 난다. 장구소리 징소리가 어딘가의 만신을 부르시는가? 서운하고 섭섭한 사람들에게 우리 어머님 청수 한 잔 떠올림 같이, 멀리 가슴을 울려주시는 점 하나만도 신 이전, 인류 역사 이전, 높낮이 이전의 자연스런 어우러짐이 아니겠는가.(K22 전투기 이전에, 핀셋미사일 이전에, 피맛골 망건 뚜꺼비는 여직 우시는데,)

'가톨릭 사제 출신의 페르난도 루고 파라과이 대통령이 주교 시절 아들을 낳다.'(폴리리라. 강물은 흘러 자연인으로 돌아가리라. 지금 욕 많이 얻어 잡숴!)

입이 벌어진다. 가슴이 뚫린다. 향내 흙내가 덮쳐온다. 비 온 뒤에 산 공기 때문일까. 먼 길에서, 등 넘어 양재기 들고 소쿠리 드시고 또 오셨다. 다들 '염치 불구하고' 오셨단다. 고마우셔라. 맛있게 잡수신 것만도 고맙다. 열무맛을 아시니 사람의 입맛은 똑같으신가 보다. 바보가 한 것은 없다. 하지만 죽은 녹색을 보아하니, 비료 친 파 넣으면 안 먹습니다. 서로 팔아주지 않기로 했거든요. '자아, 이 산마늘, 들미나리, 똘배, 홍당무 새끼를 넣으시고. 열무김치 맛 좀 보여주십시오. 믿을 신에 말고 신을 넘어서, 핫핫하, 그 옛날 어머니 옛 물이 살아 계시는데, 첫 번째 하늘님, 두 번째 하느님, 세 번째 하나느님처럼 뭘 자꾸 따지겠습니까?

인류가 멸망의 길을 재촉하는 것은 숫자다. 경제다. 비교 셈이다. 우주 장터다. '줄기세포'다. 신과 인간의 '사랑 우열론'이다. 결국 대가리 큰 자들이 장난 친 대자연의 질서를 거스른 것이 해충 같아서, 저 '선정적 언론'이 고화질 머머머가 또 한 번 헷갈리게 하고 있다.(하늘 위에 길이 다 뭘까.)

'애해라!' '떵거덩!' 조의 모종, 콩밭에 심고 보니, '옳고!' 신통 맞은 내 마음 논바닥에서, '떠덩! 떵!' 벼 심은 것 같구라. '오호! 저런!' 할머니 혼신을 받은 손주딸 한없이 울며 날아간다. '후 엿~ 후~ 후 여!'

옳다. 이 지구상 각 교세 확장공사 간 가장 치열한 전투가 벌어지고 있는 곳이 사우스 코리아다. 돌아서면 멀고 먼 남이다. 역사의 질곡마다 진취적 기상이 왜 꺾이거나 구렁이 담 넘어가듯 제대로 된 반성과 결판 없이 뭉개지고 말았겠는가. 이제 발가벗고 무정한 세월 빌고 빌며 던진 녹 쓴 동전 한 닢 찾아내는 심정으로, 각 재산제평가 작업이 우리들 어머님 매일 새벽 정한수 한 사발 떠 올리는 해맑은 심신으로, 돌아와 진정한 나눔과 사랑과 평화운동이 고요히 전개되어야 할 때가 왔다. 각자 '믿음'이 클수록 왜 '자연'의 '신뢰'가 땅에 떨어졌겠는가? 인간적이고 인간적인 '인심'이 망가졌겠는가? 이 진실 앞에, 이 땅에, 귀 크고 눈망울 초롱초롱한 바지저고리께서는 한시바삐 어우러져 주시라. 우리 모두 태초에 인간미 있으심에 솔향에서 참향으로 얼싸안고 돌아가게 해 주시라.(단, 더 이상 걸치고 폼 잡지 마시라.)

나는 어딘가로 가고 있어, 사라지고 있는 거야. '계약 제배한 원주민'이 농사지으러 오셨다. 샘 마르지 않게, 인덕 마르지 않게, 가을 추수 끝나면 떠나가는 거야.(이끼 낀 샘을 청소하는 마당에 뭇 생들이 갈 곳 없음에,)

'가장 중요한 건.' 어떻고. 하는 바로 이런 '신학문'이 사기성의 원초가 된 건 아닌지.

사랑하고 싶었다. 그러나 사랑할 건덕지가 없다. 가는 곳마다 벽이요, '불신'이요, 침몰이요, '허물 많고 호기 어린 주역론이요, 철조망이다. 이것이 이 좁은 땅 '님'들의 피맺힌 하소연이다.(농자천하, 갯지렁이께서는,)

재미 있었다. '동강댐 백지화'는 옳았다. 자연경관도 민물고기도 이름 모를 꽃도 잘 보전되어가고 있다. 관계 군에 단식을 계속한 유일한 어름치도 어린 수달도 잘 오르내리고 있다. 겨울 한철 물길은 건강하시다.

'총연장 5.95㎞ 개설된 임도구조 개량사업은 일부 차량소통의 위험과 노면 붕괴 우려가 있는 구간 약 240m의 콘크리트 포장과, 그 외 구간은 자연친화적인 임도로 관리하기 위해 순환골재(자갈)를 1.645㎞ 까는 계획입니다. 집중 호우 시 산사태 및 노면 유실을 방지하기 위한 배수시설을 할 계획입니다. 귀하께서 염려하시는 전 구간 콘크리트 포장 계획은 없음을 알려 드립니다.' 이것이 작으나마 여러 선배님들이 참여하신 향긋한 움직임이시다. 저 '순환골재식'은 진보라면 진보다. 허나 달라붙은 쎄멘자갈 위로 맨발은 물론 산토끼도 돌아갔다. 그러기에 먼저 뜻있는 주민 여러분께, 저 솔 휘어진 숲길로 발길 닿지 않는 사랑을 보듬어오신 선신님들께, 초라하고 보잘 것 없이 보인 촌 어머님의 무명저고리를 여의시며, 이 아름다운 옛 오솔길을 물려주신 선현들께 깊이 감사드리고 또 감사드린다.(물잔을 높이 들고 보니,)

'보고 싶었다!' '정~ 말이야?' '더 보고 싶었다.'는 말도 목메어 못하시는 이 하층식물 사이로 울며 날아다니는, 청낭새야! 세상에 우리들의 고향무정이여! 모정의 세월이여! 생머리 가름질 타신 청녀들이시여! 파란 잎들이 잔설을 들어올리는 이즈음, 묵직한 지겟짐 잠시 세우고 이슬 말간 물잔 간신히 떠올리며, 저 울며 나는 옛님을~ 포근한 옛님을~ 포랑 포르릉 받드시듯 모셔드리면 어떻겠나이까?(오늘도 청청 하늘가 아버님께옵선,)

♩저희도~ 터놓고~ 얘기하면~ 안 될까요.

신무기 내려놓으며 진실을 말하면~ 안 될까요. 평화의~ 꽃길을
~ 열면~ 안 될까요.

사아랑~하고오~ 싶~어~요.
이뻐지고~ 싶~어~요.
정 들고~ 싶~어~요. (당신은 멀어도,)

'끼욱 끼욱!' 옛날에 아주 오랜 옛날에는, 대각선으로만 누우실
수 있는 꼬두막이었어요. 벼랑 앞에 거의 7초를 머뭇거리셨어요.
'토끼 대장님, 왜 앞에 나는 새가 울어요?' '글쎄, 아무래도 알록달록
한 저 숫컷이, 구름 진 하늘이, 아빠의 일생이…….'

"맑으시다. 참 먹는 시간에는 더 가까이~ 초롱초롱~ 깔깔깔깔~"
"뻐꿍~ 뻐꿍~ 빠꿍~"

♪샘솟는~ 신 물줄기~ 풀숲 사랑으로~ 초록맘으로 돌아서지~
않는다면~ 모처럼~ 평화스러웠던 꽃은~ 눈물 속에~ 지고 또 피시나
요~
"넘어가세~에."

"독재타도! 독재타도!"
엊그제 같은데,
쇠고기 타도! 미제타도! 촛불혁명!
아, 6월의 시민대항쟁이여!
민주주의 타살이여!

망월동 묘역

개구리타령

'으으흐!' 표현할 길이 없어요. '흐흐으으!' 울어울어 같이 운대요. '애으아리, 웅웅아리! 하으아리오오!' 드디어 돌아왔구나. 새봄이 돌아왔구나. 부활이, 또 뭐가 있긴 있는가 보구나. (가만 있자. 있는 그대로 기록해 두자. '동동' 떠가며 헤엄치다.)

그 저녁 수저 놓으시고 이마저 돌려드리려고, 우리가 먼저 3월 3일 천봉마루 연당에 돌아왔어요. 동동! 에으아리~ 하으아리오오~

거 봐요! 그렇게 울리고 가시면 안 된다 그랬죠? 그토록 사랑에 빠지면, 어떤 님의 자애에 넋을 잃으시면, 여느 신이 언제 나리시는 동, 의문에 울다가도 연에 가시는 동, 잿상 없이도 홀리시는 동, 한날한시에 생매장 학살된 우리도 미워하지 않으시고 그 곱은 길 열어주실동, 메주 같은 나를 님들과 같으신 그 머이냐? 찹살고추장 띄울 옛밀끼울 파시는 동, 외상으로도 주시는 동, 힘들어서 올핸 무씨 작업 못해도 이 세상 맞게 살다 가면, 억수로 온전히 건방지고 온전히 시건방진 저 머리 큰 신, 점잔 **빼는** 신, 힘센 신, 예쁜 신, 폼 잡는

125

신께서도 맘 고쳐 잡술 동, 우리네 하루 품팔이 흙지렁이에게 안하무인인 저 석상목상동상와상, 그림상, 문자상, 공상, 환상, 꿈상마저 대자연에 상처가 안 가실 동, '다 듣고 있소! 나 오늘 용역 가 차좁쌀 심고 뉘엿뉘엿 두만리를 넘어왔지. 심적으로나 물질적으로나 같은 처지니 마음으로 시원한 대화나 하고 삽시다. 하하하, 벌레들과 살지 말고 아늑하게 봉창문도 좀 바르고. 안타까워 마음이 안 좋더라고.' '옹옹옹옹!' 짐생이나 나나 밑바닥 인생이지. 우리는 그래도 소박한 꿈이 있소! 눈빛 하나 맑디맑아요. 그죠? 비참한 거 노출시키지 말자고. 하찮은 미물들은 집이 없으면 없는 대로 찬이 없으면 없는 대로 살지. 사나운 사람들이 가졌다고들 아주 아니꼽지! 예, 영원함이 다 뭐요. 평화로운 비둘기는 쫓아도 또 달려들고, 콩대가린 꺾어먹고, 고라니는 무배춧밭을 헛바닥으로 날름날름, 말씀과 말씀으로 솎아내고 파먹고 뜯어먹다가, 전능한 신으로 개구릴 휘감은 독사가 되어 들어앉아 풍부다, 채림이다, 증거다, 안식이다, 하니 듣기야 좋지. 우리에게 쉬는 날이 다 뭐요? 예, 12일에 비가 온다니 '골골골골!' 울어나 봅시다. 초록 거울을 받쳐나 봅시다. 도망도 안 가고 농사가 다 뭐요. 몸이 말을 잘 안 들어요. 헛헛헛, '뻣국!뻣국!' '한국인 선교사가 인신매매 했다'나요? 넘어가! 우리네 돌같이 굴러와 낮은 치 갈 곳 몰라 애태우시던 둥글상님들도, 오늘 장에 볼일 보러 가는 날이나마 화목하시며 우우 데불고 가시어 한 바가지씩 퍼주실 동, 여기 해맑고 향기 찬 달궁별궁천궁샘물로 씻어주실 동, 우리같이 소같이 양 염소 토끼같이 풀 보고 땅만 보고 땀 흘리고도 머이 좋다고 쏠려다니지 않는 신, 전지전능하신 님이로다! '얼쑤! 홋호홋호! 뽀뽀뽀뽀!' 아, 우리도 아무 때나 마시고 싶을 때 퍼담아 한 동이씩 이고 지고 가는 천상복락의 길 어데 빈자리 하나 마련해 주실런지요? 내 노력하면 작으나 크나 받아 주실런지요. 없어도 한 무더기 교회 절 깐 성전도 더 활짝 문 열어 주실런지요. 학교 운동장 근처 처마 밑에 도 재워주실런지요. '아니여! 그게 그렇지 않더라고! 줄이 신줄을 밀 치드라고!' '아리아리동동.'

'으으으으! 흐흐흐흐!' 사랑하리! 미워하리! 아니아니! 오오오! '애으아리! 웅웅아리! 하으아리.' 오오 어머님시시여! 그 옛날 빛 모 음과 그 심불, 대서사시와 재미있는 이야기는 우리 뼈 동백숲속에, 우리 혼은 잦 밤나무 아래, 몸뚱아리는 작은 웅덩이에 계십니다. 님 이시여, 당신께선 우릴 똑같이 이뻐해 주시겠지요? '음음음~ 올올 올! 동! 동!'

고맙다 개구리야! 이 땅에 지친 아바이들 어마이들도 잘 좀 부 탁 드린다. 그래, 미안해! 토끼 아씨 입이 방정이지야. 얼마나 또 얻 어터질라고! 핫하, 누구에게나 숨어 있는 아름다운 마음들이 모여 기다림에 지쳐 빠진 영혼들을 화끈하게 건져 주실는지? '누가 알어! 꼬롬!' 얼마나 좋은 세상이 올런지? '스리스리!' 삼가 비오니, 더 이상 동사, 실종사, 몰사, 객사, 종교 피살은 더 이상 이 세상 어디로 나가 뛰던 없애자고, 오늘도 혼을 흔들며 '개구리'가 우십니다. 폭설에 봄 정을 다 태우며 울며 갑니다. 죽어서도 사랑으로 덤벼들라고 다 뛰 나와 엎음을 익히 아는 동, '성향' 하나로 와장창 우십니다. 한 마리 울면 뒤따라 천지간 조화롭게 울립니다. 두 다리 뻗고 산 같은 눈 밝히며 찰랑찰랑 물결로 웁니다. 같이 붙은 땅인데, '왜 중공군은 북진통일을 방해'했으며, '유럽은 왜 같이 붙은 신인데 이슬람을 배척'했으며, 왜 '의문투성이 천안함'을 만들었으며, 다들 복수에 복수초, 잎잎이 독을 지어 우릴 피하게 하실까? 돌아가야 하나뿐인 지구인데 흥건히 젖어가며 맑게도 옹아립니다. 먼저 녹은 복사꽃 조선뽕밭가 새초롬하신 산미나리 밭가로 다시금 어울리로 모여듭니다. 이제 곧 저 아래 허기진 천둥오리 떼 날아오시리라. 살며시 뜀뛰기로 다가온 재두루미 황새에게도 먹히시리라. 간밤 님 부르는 소리 들으시고 능선 넘어온 담비, 삵, 오소리, 쪽제비, 너구리, 멧돼지 새끼까지, 참매 가족들까지, 너희 종파싸움 땜에, 썩어도 한참 썩은 기득권층까지, '썩힐 민주주의'까지, '향찬 사회주의'까지, 보기 좋게 맛나게 아파도 울지 않고 먹혀 주시리라. 그래 살다 오라고 일러 주시리라! 기상 이변과 달리 변함 없이 사랑하였노라고. 몸통아리~ 애으아리~ 아으오오~ 아리요~ 아리오~ 동! 동! 동! 동동! 으응아웅!

'이놈의 첨지, 거름 지고 어느 장에 가셨나? 오실 때가 되셨는데?' 애들아, 황토빛 홍시빛 저 배부른 암컷들은 살려줘라. 웅웅웅, 그래 고마워. 니네도 마니마니 복 받아요. 내년 이맘때 우리 살아 또 만나자꾸나. 아, 우리 어머니 앞산 가슴에도 연분홍 진달래꽃, 철렁꽃, 봉긋꽃, 하! 저 하늘 젖꽃 같이 향기롭게도 꽃펴났어요. 어디선가 '먹고 싶어?' '아니!' '이 바보새끼야.'(아무래도 불씨가 남았나 보다. 귀여운 욕을 다 하시니,)

봄날 다시 오셨다. 장에 가신 님 하늘 향해 흐느껴 우셨다. 청수 한 잔 떠놓고 이 땅에 크게 엎드리셨다. 두 손 모으시듯 손에 드신 횟불마다 무겁고도 가벼운 발걸음 떼시며, 종파색, 종족색, 학벌색, 남녀차별색, 영혼색, 직업색, 물고기색, 꽃잎색마저 날려주시고, 내 진정 인간답고 인간다운 인정 하나로, 흙정 하나로, 풀꽃나무에 날아온 아침 새들의 샛정 하나로, 대자연의 품에 참으로 넉넉히 안기셨습니다.(우리도 어느날엔가.)

한편 겁난다. 대낮에 올빼미가 운동 삼아 쫙 펼친 날개만 보았는데도 겁난다. 봉청매의 발부리만 보았는데도 사람 아니 보고 소리 없이 날아가시다니, 아, '나' 스스로 새 천지 창생을 보여주실 날은 언제쯤이시려나. 한 번도 만나 뵙지 못한 나의 님이여! 고개 들어 이 땅에 허리를 뚫고 맑은 물 한 줄기 쏜살같이 빠져내려간 저마다 빈 배를 들어도 되겠나이까? 죽었다. 한마디로 쪽팔리지 않으시려고 하신다. 그 중 비천하면서도 웃음 치는 뭇 생들에게, 죽기 전 고요히 낮은 데로 미리 내돌리질 않고, 도덕론, 통찰론, 예감론, 숙명론에 끝내 흙물 더럽힐 침략론을 읊는다. 웃김도 없이 뒷간은 우물우물 우리 같은 웅달 개구리처럼 건너뛰고, 5만원 웅티기에 검은 곰팡이로 가당찮게 묻히려 하신다. 이건 맑은 영혼이 아니다. 이게 틀렸다. 이토록 개구리 혼신을 빌어본다. 어리고 한 많은 넋이 살아있음을 모르신다. 개골개골! 개골개골! 골깨꼴깨! '그대 어떻게 잘 죽으시려고 그러우!' 아무 데고 사랑사랑 사랑밖에 없습니다만만만! 골! 골! 고오올!

또 한편 춤을 춘다. 높은 가지 타고 붙잡을 수 있음에도 바로 밑에서 돌아 삐욱삐욱, 소리치는 오색딱따구리가 춤을 춘다. 30° 각도로 가지를 틀며 멋진 빛을 보이면서 두 마리가 사랑싸움을 하는지, 이 가지 저 가지로 나르며 따라가는 아래로, 숫컷 두 마리가 암컷 개구리 목을 결사코 끌어안고 대를 이어간다. 하늘을 봐도 땅을 봐도 즐거우시다.

'이 쪽 나무 밧줄 풀고 오래.' '나는? 밥 먹으러 갈 집은?' 이번에는 좀 슬프다. 오오오오! 호호호호! 비를 맞으며 울면 꼿꼿이 서서 안깁니다. 함박꽃나무를 그리워하면서 울어줍니다. 남북 간 우물 속에도 울어줄 동무 있음에, 봄갈이 할 수 있음에, 남은 건초 있음에, 하루 더 이어갈 수 있게 해주심에, 모국에 조국에 감사를 드린다.(달빛이 밝아오며,)

'김삿갓 어르신요, 저 말씀 좀!' '말씀 낮추셔!' '세상에 멀리서 언니가 보낸 거름포대라 일련번호를 써 놨는데 또 두 포가 없어졌어요. 카메라를 몰래 설치할까 봐요.' '허허, 하나밖에 없는 이웃인데 그것도 복수를 낳습니다. 잠깐만요, 어젯밤 우리 동네 아카시아가 끝나 진부로 해서 꽃 따라 삼팔선까지 벌통을 옮겨가면서 좀 품앗이 한 꿀입니다. 맛 보셔! 장작이다, 풋거리다, 과실이다, 못본 체하고 갖다 놓으니, 그보다 더한 것도 손 안 대요. 대문도 필요 없고요. 동서남북 신꿀이 흐르니. 헛허, 벗어제낄수록 홀징이랄지, 부끄러움은 사라지고 아무리 윗물이 썩었더라도 이엉 꼬챙이들은 꽃나비들은 물이 맑을수록 공기가 좋을수록 더 크게 없어진답니다. ♪정만은~ 남겨 놓고~ 껄! 껄! 껄!' '자아, 짐을 내리고 와. 도시락 반찬이 웬 말이요!'(2013년 6월 6일, 순국선열께 잠시 엎드림.) 별님에게 감사할 겸 꿀본 김에 개구리제를 지내다.

예, 여러분! 잘 아시듯이 옛부터 산은 신이셨습니다. 우리네 조상님은 마을 앞뒤 높은 산을 찾아 세상을 미리 보셨습니다. 봉화불을 올리지 않을 적에도 생명을 어루만지셨습니다. 웃어른은 개구리 우는 골짝을 지나 순통일의 외길을 365일 찾게 되시므로, 국방 산림 소방 환경 노동의 '최첨단 지혜'는 물론 죽어야 인권이 달린 이 시간. 2~3분내 급변하는 기상 변화까지 헤아리고 계시므로, 8, 9십 어르신들을 산마루에서 뵙고 보면 무어랄까, 상쾌한 기운 신령스런 기운이 펄펄 나립니다. 드넓은 도량이 아주 환하게 비치십니다. 예, 인정은 살아오시고, 돌지 않는 물결은 달아나시고, 꾸부러진 허리가 끊어지는 백두대간이 절로 퍼지는 것 같습니다. '뻔쩍!' '우르릉! 꽈꽝!' 아뿔싸, 비가 오고 눈이 내리면 일당이 없으시다. 아무 때고 샘은 흐르자 하시는데, 이 버르장머리 없이 뛰어드는 깨구락지, 나는 만고 푸른 천년지기, 재 넘어 님이 품을 잊었나보다. 이때다. '아니! 서로서로, 때로는 몸을 다치고 아픈 게, 가족도 없이 남은 인생 서로서로 도와주고도 길바닥에서 눈뜨고 죽는 이들이 많은 게.' 하셨다.

이럴 때 '충청도 양반'이라는 옛말이 틀린 게 없으시다. 그 세월하고 많은 아픔 속에 봄비 내리는 이 밤, 엊그제 산불에 며칠밤 세우시고 곤하실 텐데, '죽었는지, 살았는지' 단 한 분이 귀를 세우고 뜨거운 가슴을 여시고 웃음빛 도는 느릿느릿 걸음 속에 찾아드셨다. 정말이지, '서로서로'란 천신답고 천하양반다우신 위로의 말씀 한마디가 산을 울린다. 그 존함은 양화섭, 옛 어른과 저 숲속에 뭇 생을, 마치 바우바우 사이에도 북남 동무 사이에도 '서로서로 이웃인 게' 또 울리신다.(음, 복지사회란, 사회적 중립자본이란,)

있지요. 토끼 아씨! 개구리귀신 이야기 있지요. 저희가 그 '신동물의 왕국'이 돌아가는 뒷얘기를 들었걸랑요. 이제 눈이 녹아 흐를 테니 더 울타리를 좁혀야 할 부류를 말씀드리자면요. 미안하지만 첫째가 구렁이 종교인이고요. 두 번째가요, 쪽재비 제벌가이고요. 세 번째는요, 멧돼지 예비역 장성이고요. 네 번째는 살모사 검사 부류고요. 또? 야들아, 거 투표용지 다시 봐! 관상이 보여? 어, 청설모 대사고요. 그리고 두더지 연예인에, 너구리 언론인에, 생쥐 투기꾼들에 ,진작 걷어버릴 반깽판대학에, 원전 독불장군들이 뭔지? 농수산물, 기름, 광석, 약재, 목재, 마피아는? 싹 뒤집어본 야바위 놀갱이 꾼들이래요. 야, 임마! 그렇게 할 일이 없어? 대서양 기류도 기류지만 저 북미, 남미, 중남부, 아프리카 등 어느 한 신 대지주가 움켜쥐고 걷어들인 대초원 말뚝 하나 값이 몇 가족이 죽지 못해 사는 원주민! 제3세계! 버림받은 허파! 몇 개인지 아니, 모르니? 자고로 니네들도 일 꾸미는 거 아냐? 낮잠이나 자라고 그랬지? 저희가요, 흙심 천심이 뜨면요, 이 변화무쌍한 지구공이 사라지기 전에 111가지 고루 잘 사는 대안을 제시할 거예요. 진담이래요. 저희 청개구리 눈을 봐요. 젖고 또 젖은 우리들의 기도를요. 예, 이 향기로운 똥알이면 됐어요. '웃지 마세유. 진실이래유. 진실!'(어디 다 그러실라고, 저흰 소나 기구름 따라 흘러가면서 듣습니다.)

우리 친구들은 뛰면서도 눈은 맑고 멀리 내다본답니다.

친분 있는 어른들은 '일본인은 부럽고, 일본은 겁이 난다'고, 왜 솔직히 그러실까? 폭넓게 들여다보면, 그 짠 물결 흘러온 녹나무는 친환경적이고 다 같은 핏줄이니, 좋은 일 아닌감요?(연둣빛 가지는,)

반찬이 한 가지 이상 또 나타났다고? '그것은 또 다른 살육이다.' (흙바람 속 맑은 물 청수꽃이 실뱀 사이에서 살살 맴도시며,)

"저는 커피맛을 모릅니다. 물 한 병 가지고 다니며 손가락식사를 합니다. 쫓겨난 것이 한두 번이 아닙니다."

혁명의 핏잔을 포도주로 꺾어 마신다.

푹푹 빠지는 거름에 무너지는 날이 왔다.

거미줄을 거두고 '문디반상회' 하는 날이 왔다.

삐져나온 다리를 걸친 채 헉헉거리며 신음하는 어미소를 붙들고, 두 가닥 쇠줄을 둘이 잡아댕기는 순간 양숫물을 덮어썼다. 환호

133

소리도 잠시 깊숙이 손을 넣어보니, 또 한 마리가 움직이는 느낌이 없었다. 눈 뜬 개구리 두리번거린다. '여기는 바람 많은 섬입니다. 그 일을 하시려면 육지가 열 배 백 배 쉽습니다. 제가 잘 아는 교령님도 계시고, 스님도 계시고, 목사님 계시고, 도사님도 계신데, 소개해 드릴까요?' '와, 서러움과 황무지 심정을 초원화하신 꺽다리, 저희 케네디 고향, 한국명 임 신부님께서요. 육지로…….' '역시 말 못 하는 아이들이 장애인 중에도 제일 불쌍합니다. 눈빛 한 가닥도 외면하거나 수근거려서는 안 됩니다.' 80년대 초 미아리 농아학교 서양 수녀님의 작은방 쇠창틀 사이로 햇살 한 줄기가 고요히 젖어드는 눈물의 기도가 될 줄이야.

그렇게 사랑새도 이름 없는 들꽃들도 흐느끼는 나날에도 저들은 미사일을 '평화의 공포'라며 얼러치기 바빴다. '식량이 원조의 대상입니까?' 사실이다. '깨골깨골!' 빙하가 급격히 갈라지고 녹아가는 이유 중 하나였다. 어찌 우리 올챙이만 떠내려 갔겠는가. 그 분은 거기에 계셨다. 홍자색 칡꽃도 해녀콩도 더 이상 크게 울지 않으셨다. 미워하지~ 말아요~ 무시하지 말아요~ 때가~ 되~ 면~ 다시~ 못 올~

'까르르르르삐르삐르뻐꿍찌욱뻐꿍아앙아리아르르르싸리리리이!' 사랑은 이렇게 하는 거예요? 뭐 알아요. 토끼 아씨, 애인 하나 구해줘요? 매일 찾아와 나하고 놀아 줘, 뽕낭구 위에서 망보지만 말구우. ㅎㅎㅎㅎ~! 이참에, 아으리~ 아리아리아리쓰리동동!

보삽이 하나 더 생겼다. 이빨 빠진 낫도 알게 모르게 생겼다. 이 땅만큼 따뜻한 이부자리가 어디 있을까. 푸른 바람은 아무 때나 불지 않는가보다. 오늘도 우린 초록강에 닿았다.

　　똑똑한 사람들 선경지명이 있는 사람들은 신을 찾아야 했다. 왜냐하면 이미 세상을 똘똘 뭉쳐 차지하고 있었기 때문이다. 특별한 겉옷을 입음으로써 신의 언약을 스스로 배반하기 시작했고, 집단화함으로써 종교전쟁의 도화선을 끊임없이 제공하였으며, 가난한 자와 약한 자들 편에 선다 하면서도 앞일 뿐 뒤에서는 셀 수 없는 재산과 막을 수 없는 권세로 제 3세계는 벌써 초토화 되었다. 각자 신의 제국을 넘어 세계 제패의 반대급부인 금융위기의 실제적 대사기꾼들, 신권과 편익을 얼굴 한 번 안 붉히고 알게모르게 기부헌납 받았다. 죽음을 상품화하고 다음 세상을 미끼로 존경과 흠모를 또 한 번 얻어서 최고의 직업이 되어, 춥고 배고픔을 연례행사와 교육 과정에서 삭힐 뿐이다. 한 끼 한 끼 언명하는 진정 이 땅의 신들을 칼 같은 시간표에 맞게 베풀므로써, 어제의 박해와 오늘의 중동, 아프리카, 발칸반도 건너 신들의 민주투쟁에까지, 믿지 않는 순수한 양민이 희생양이 되어도 한 눈만 뜨고 바라보았다. 그 선별의 믿음을 그들만의 피로 반석화함으로써, 이제는 '믿는 사람들이 약았드라.' '믿는 사람들이 진짜 부자더라.' '믿는 사람들이 인간성이 부족하더라.'에 이르러 결국 수천 년 예견과 달리 빈부격차의 중심에 섰다. 메말라 가는 인정에 양날을 보임으로써 환란에 불을 질러도 막지 못하고, '자비와 사랑'마저 불신의 장벽에 부딪치고, 못 믿는 자는 여전히 다수를 차지함에도 서로 다른 팽나무가 된 듯 똑바로 보지 못한다. 이마저 절대 그 분의 뜻과 달리 결과적으로 사행화 함으로써 끝 간 데 없는 생명체의 멸종과 지구의 병고에 큰 몫을 차지하기에 이른 것이다. 각종 무기 하나 제어하지 못하는 '악덕상인'에 이른 것이다. 그 어느 큰 신도 같이 죽어야만 낫는 자중지란에 이른 것이다. 그렇다. 사기 중 왕사기, 사기꾼 중 세계사를 뒤엎는 대사기꾼에 이른 것이다. 기초적인 대차대조표와 손익계산서조차 볼 수 없을 지경에 이른 것이다. '원, 개구리타령치고는, 튕길 게 따로 있지.' '야, 다 같이! 토끼새끼들 우릴 놀리지 말고 시작!' '먼저 인간이 되어라. 먼저 신이 되어라. 먼저 새와 꽃이 되어라.' 그러나 염려 마시라. 저 토끼 아씨 장난 섞인 다음 세상 이야기일지도 모른다. 이만 청숫잔 맑은 물에 떠오른 부질없는 단상인 줄 아시라. 그러기에 2009년 3월 9일 개구리 우는 골에서, 이 핑계로 향기로운 푸른 뜻을 다 받아 적지 못함이 '나' 역시 정말 안타까웠다. 오히려 100m 앞에서 뛰다가 절벽에 이르러 죄스러움이 가랑잎 경지에 이르렀음에, 가히 두뇌 회전만 빠른 신들께선 새 풀 꺾어보시란다. 즉, 저기 앞서 떠내려간 넋들께선 이 돌밭길을 걸어오기까지 아마도 님들의 밥벌이인 찌그러진 지게를 분리하면 기분 좋은 물지게도 되셨고, 가벼운 십자가로도 부처상으로도 넉넉히 맞출 수 있었다.(2009년 7월 14일, 하늘이 갈라지는 소리를 따라 다시 폭우 속에서 건진 한 생을 말리며,)

겨울밭에 파아란 새싹이 멀리 있는 신보다 향기롭습니다. '아차, 내 정신 좀 봐!' 찰강냉이 삶은 물에 나생이 캐서 살짝 대치고 콩기울에 같이 버무렸다. 언뜻 태평양전쟁혼과 잘려간 저 솔등걸 넋이 떠올라 삼가 제를 지내다.

'토끼 아저씨, 저기요. 믿는 분들이 황당하시대요, 열 받는대요.' 종교가 사라져야 평화가 온다고 했다면서요. 핫하, 시원한 물한 잔 드시고. 응, 그건 한 분 한 분이야 눈에 띄게 희생적일 수도 있겠지. 그런데 종교가 '사업'을 넘어 실질적으로 세계 곳곳 전쟁의 씨앗인 폭발적 재산증식에 있다는 것이지. 이미 경제는 말할 것도 없고 모든 분야가 휘청이잖나. 그야말로 아야 소리 못하고 기본적 생존과 근본적 인간의 따스한 핏줄성은 고사하고, 아주 깡그리 멸족, 역사적 대살육에 버금감에도, 아무 신도 손 쓸 수가 없는 현실, 종교집단놀이가 바로 썩어도 보통 썩은 게 아니란 것이지. 요새는 투항할 여유도 안 줘요. 둘은 없어요. 따라서 이 세상 종교는 좋은 말을 아무리 고르고 누가 무어래도 죽음 장사치요, 천하대사기꾼임이 증명된 거야. 속히 평화가 오고 지구가 빨리 회복되려면 무기보다 더한 각자 믿는 한편의 종심부터 끌어야 된다는 얘기지. '갑자기 개구리 울음소리가 딱 끊어질까. 그 참!' 오늘은 그만 하자. 어디 어떻게 풀리시나 보자. '오, 그래! 님의 해결책이? 혹시.' 나가 보자. '끼룩끼룩! 희익희익! 싹싹싹싹!' 개구리 반찬에 새끼도 칠 겸 아래 강에서 재두루미와 청둥오리 한 쌍이, 저어새, 철새까지 멋진 숫컷을 앞세우고 눈 덮힌 갈왕산 노을 속에서 연당으로 날아오나 보다. 정말 반갑다. 어떻게 소문을 내 데려오는지, 철새 포함하여 한 50마리가 적정수인데, 산짐승도 포식하겠지만 비의 량에 따라 산미나리밭, 아래 갯버들 사이 미꾸라지 산천어, 도룡뇽, 산가제, 아기뱀, 실지렁이 등

수초량에 따를 텐데. 누가 뭐래도 오, 물! 햇빛! 몰래 가림과 잠음만 없다면 '신의 일치'를 이룰 텐데, '물'이 살아 있으니 이 실도랑에 모든 생이 천둥소리에도 나직이 고요히 숨은 듯이 사는 게 아니실까. 당신의 사랑은 왜 흘러가서야만 향이 차십니까요? 잘은 모르나 짐작컨대 3천년 전 우리네 옛 어머님의 맑고 맑은 물 한 잔의 기도로 돌아갔으면 좋겠어요. 그러면 모여라. 좋은 데 간다. 몰려다니는 물 좋고 정자 좋은 땅과 건물들도 한 알의 곡식을 위해 '인류애의 초석' 인 푸른 초원으로 변화 되지 않겠어요. 얼마나 좋아. 점령식 선교도 착취식 물물교환들도 맨발의 원주민들에게 순수히 다가설 수 있겠다. 순국선열 신앙성인들도 더욱 모든 종파를 넘어 끝없는 존경심의 표상이 되시면서, 입양 등 물심양면으로 원조 받은 나라에서 한 시바삐 빚을 갚는 나라, 진정 떳떳한 나라로 돌아가자면 이 땅에 불신의 근간인 마음꼴 종교, 그 행복 분열에서 벗어나야 해. 누구도 부정할 수 없는, 신께서도 간절히 원하시는. 예, 생명수! 여기 흐르는 솔향과 맑은 물 한 모금, 향기로운 원시 인간성으로 태어날 수 있길 바라는 마음에서 질러본, 간 부은 큰소리일 따름이라오. 창피를 무릅쓰고 오늘도 아까운 물에 이 흙티 페션, 작업복을 통째로 행구면서 마지막 숨 몰아쉬는 산소마스크인지 모르지만, 향기로운 낙엽 아래 흙 한 줌씩 모두들 코 밑에 달고 다닐 수 있다면, 아마도 온 세상 욕심도 범죄도 전쟁도 달아날 거예요. 기호식품으로 인한 모든 이의 건강과 노동의 질, 이웃 신들과의 우정도 밥상도 그만큼 향기롭지 않을까 싶어요. 사실이지 너무 아까운 공기와 물을 흘리면서 늘 미안한 마음도 들고, 문명에서 멀어진 사람들의 해맑은 미소와 자연스런 베풂에서, 어쩌면 우리네 선조님께서 늘 기원하신 천지조화가 생겨나지 않을까 생각해 봅니다. '개골개골개골골개!' '이제 우리 개구리가 와장창 우는 이유를 아시겠지요.' 야들아, 우리 사이 그냥 해 본 소리야. 참 맥이 빠진다야. 버릇없이 말로 길게 떠들고 나니 허탈해지면서. 가만, 정지에 나가 군불을 좀 지펴. 된장시래기국밥 한 밥상 있기만 하다면야, 물리지 않는 나물죽이나 한 사발 마시고 보자. 내일 불 보러 나가야 되니까. 낙엽은 쌓이고, 뉘 가슴은 날로 건조하고, 흐르는 비는 오지 않고, 이 몽글리는 거름은 져날랐으나, 사랑방에 고구마, 감자, 야콘싹은 뻗고, 밀보리 마늘싹은 노랗게 움츠러들고, 못난 사자 두꺼비가 참 걱정이로다. 오라, 자나깨나 두루두루 자연살이 사람살이 걱정 없다 하신 하나둘, 신신님들 셋! 응답하라. 오버! ♪이별에~ 홍수를 만나~ 조각배처럼 떠나간 당신~(그 다음 머더라)~ 어어 떨려!~ 고까짓꺼~ 사랑이란 게~ 야! 개구리타령~ 하나 재미없어도~ 갈려면~ 쏴악~같이 떠내려 가자꼬나!

'으으으응~ 오으으응!' 순식간에 수천 마리가 고요하다. 인간이 뭐라고 저래 두려워하실까? 우리처럼 맘껏 울지도 못하시고. 이 세상 어디든 폐지되어야 할 사열 받는 것도 아닌데 쏙쏙 잠수들 하신다. 폭침이라니? 긴 겨울 아무것도 못 먹고 버텨왔을 텐데. 참 미안하네. 종신께서 열려진 만큼 지구촌 밖 인디언 샘터로 가는 길이 하나니, 어떡하며 좋지.

댕기물떼새가 날아가는 한겨울 눈밭에 동면 끝난 푸른 묘목이

듬성듬성 보인다. 오늘도 일생을 헤매며 산간 오지 노인네 움집에
는 하얀 연기라도 피어오르시나, 양식은 있으시나, 땔감은 안 떨어
지셨나, 약품에 필요한 것은 없으시나, 공무 수행길에 묵묵히 찾아
나섰다. 스스로 향기로운 숲이 되었다. 참으로 아름다운 이 땅 산림
지기들이시다. 이름하여 꽃 피고지는 진달래 능선, 공익요원 박준
태. 공인의 뿌리가 실한 김갑수, 석록기, 최용진, 유동우, 그리고 이
름 모를 수많은 숨은 나무들. 세상에 순토종, 신목도 다 있다. 숲에
드니 참 맑으시다.

'예, 급사 월급으로 5백 원 받았시더. 탄광 골짜기로 TNT를 지
고, 물고기는 왜 그래 많았는지.' '그만큼 평화스러웠다는 얘기죠.
안 그렇소. 저 김삿갓 아씨한테 일거릴 맡겼드라면? 안 그래도 씨끄
라분데 혹시 또 모르지.' '우~핫~핫! 예잇! 여보시오!'

터널, 그것은 우리네 가슴을 뚫은 것이었다. 물도 인간도 말라
갔다. 이즈음 '촛불민심'을 짓뭉게 놓았다. 물길 막음은 준사법살인
이상이라고 기록해 둔다. '용서'니 뭐니, 피 한 방울의 가치도 모르고
뒷전에 앉아 또다시 깔아 뭉개놓은 저 '때깔 좋은 종교계' 검은 양떼
들을 보라. 얼간이 일부 '속인들'을 보시라. 지상 최대 종잇장 살생
을 보시라. 총칼 위아래로 휘둘렀으니 조만간 강 건너 쓴맛을 보게
될 것이다. 초록눈도 흙향도 없는 나의 주뎅이가 길거리 마른 개똥
처럼 덕지덕지 붙어 있는 줄 몰랐으니……. '물은 영원한 것'이라고
실눈을 감자. '깨굴! 예, 벌써 살았을 겁니다.'

♪무을~ 차아~ 즈은~ 나그네야~
아~ 근심으로~ 얼룩진~ 모정의 세월~

사라질 위기에 처한 개구리는 사람과 신의 마음을 읽고 있네~

"뻐꾹~ 뻐꾹~ 떡꾹!"
"잘해 놨네! 까르르르르~"

♪퐁당~ 퐁당~ 돌을 던지지 마라~
"훗호~ 훗호!"
"뽀뽀! 뽀뽀!"
"찰찰찰찰~ 졸졸졸졸졸~"

인류가 가고 나도 '개구리'가 마지막 희망이다. 올챙이넘이 자연 유산인이시다.(무슨 말씀.)

방앗간 목사님

그 아버지 산간벽촌 새싹들을 키워주셨다. 야생 조수류가 길 열지 않는 길로 누런 광목 싸맨 박스 하나 울러매시고, 버섯, 머루, 다래, 터지지 않고 잡아 땡기지도 않으시고, 베어 넘기지도 않으시면서, 만나는 사람마다 옛맛을 보여주셨다. 그 아드님 산더미 같은 왕겨 쌀가마에 묻혀 산다. 알게 모르게 나눈다. 다들 좋은 달라도 '우리 신도' '우리 교우'라 좋아한다. 참새들을 찾아가 거름할 것, 가축 먹일 것, 남모르게 놓고 간다. 쌀 잘 찧는다고 이삼백 리 먼 길 물어물어 찾아오신다. 그 이름은 생전 별 말이 없는 '방앗간 목사님'이시다. 이런 날에, 산새들이 청산을 떠나며 위로해 주시는 마지막 말씀 하나! '여보! 누우소오. 편히.' 잔설에 휩쓸린 나뭇잎, 흐르는 흙, 구르는 돌, 나무, 얼굴마다 이 땅은 의문사 천지라 하시면서, 방울방울 우짖으시면서, 귀 기울이자 하신다.

눈밭에 서서 죽은 소나무 톱질소리에 새소리와 물소리가 풍겨난다. 죽음을 타넘은 향기에 신도 타들어 가신다. 나이테는 맑다. 노란 선도 검은 선도 내가 묻힐 자리 하나 마련해 주실 것 같다.

성실? 정직? 당신은 부모를 잘 만난 덕이요. 부인께선 신을 바로 못 만난 분이로다. 복채 필요 없으니 돌아가시오. '삿갓 어른, 오랜만이시더.'

들거라. 세상은 뒤집어지는데 지들끼리 요리저리 다 말아먹으니 한 나라 꼬라지가 이러하다. 당연히 신법을 아는 자가 앞뒤 밥상 아래 더 썩어 빠졌으니, 드디어 하늘뿐만 아니라 '공공이익' '특권의식' '연합군이 제2의 십자군 전쟁'을 일으킨다. 곧은 소리 언론인 피살은 불어나고, 별 보는 점성가들은 한 치 앞 대설도 못 본다. 두해살이 '진리탐구' 앞에 '급상승한 기온'이 무수한 동태 씨를 말리면서, 님의 자연적 질서를 음양으로 빨아대고, 결국 우리네 어머님의 가슴에도 구멍을 내었다. '신학교' '도도학교' 그리고 소위 전 세계 '일류대'를 과감히 철수시켜야 될 대안 중 하나로다. 그대 '죽인 학생'의 부모가 아닌 자여!

이놈하고 싸우고 악수하고, 저놈 통쇠 퍼주고 또 악수하고, 이놈의 한반도 둘 다 얼마나 군사문화가 센지, 부녀자들을 계급으로 보는 신들과 같다. 오줌에 피가 흐르다 못해 가는 곳마다 주저앉고 싶어도, 나는 이 봄의 웅덩이에서 피어나는 콧구멍 백 개 달려도 빠져들, 이 흙내음 이 물향기 속으로 가야 한다. 기어갈 수 있을 만큼 주물러 주셨음에 기필코 님 계신 거기까지 가야 한다. 반보씩 앞서 나가시는 여러 성직자와 같이, 샘 찾는 뭇 사상가와 같이, 나날이 허물을 벗고 나는 가야 한다.

그 유명한 사람들은 많고 많지만 물고기와 새들과 풀꽃들은 '조직관리'는 모른다는데 세상이 왜 이런가. 잘 나가는 넋도 엎어저 다시 죽는가. '그것은 뱃속을 끄집어 내지 않아서야. '젖가슴'을 내놓지 않아서야.' 진정 자연다운 사랑, 물향내 나는, 이 반선진적인 흙내음 나는, 사랑을 안 해 보았기 때문이야. 뭘 알아? 나 같은 머구들아!(농담이야) '토끼 아씨, 너무 당돌하대요.' '괜찮아. 아홉 마리 새끼를 끌고 온, 눈 덮인 내 헛농사 양배추밭머리, 어미 산돼지에게 고개나 숙여라!'

산을 깎았다. 한 시절 한 시대 잘 살았다. 물이 갔다. 인심이 망해 갔다. 이제 그야말로 풀혼을 불러서라도 '역사적 작두심판'의 날이 왔음을 알아야 한다.

너울너울 백두루미 날아오르신다. 향기로우신 꽃다발들이시다. 불의가 있는 곳 이 땅의 민가협, 민주화운동실천가족협의회 어머님들이 계시다. 그대 아시는가? 눈 부릅뜨고 떠도시는 영혼들, 청청한 눈 감지 못하고 하늘 우러러 흙 앞에 진실하지 못한 자들 위하여 눈물로 지새신다. 그날의 중남미 어머니들처럼 자신을 원망하는 사람들에게 꽃을 건네주신다. 우리 모두에게 무진장 사랑 많으신 어머님들이시다. 참으로 아름다우신 인권활동가 님의 장한 딸들이시다. 진실을 찾아가는 평화와 진보의 선두에 서 계신다.

2월 28일 오늘은 3·15부정선거, 4·19혁명으로 분출된 대선배 제현의 핏빛 봄눈이 녹아가는 대구 마산 길모퉁이에 선다. 강냉이가루 받아 들고 멍하니 바라보던 족벌들, 일제침탈에도 성직의 대열에 끼어들어 그들 자신만의 뱃때지를 채우고, 출세가도를 손에 흙 한 번 바르지 않고 달려온 이중적 양심가, 그 자제 그 종교 사학가들을 바로 이끌어 내지 못하고 대형 부정부패 집단처럼 눈감아주라 한다. 그러나 서로 놀라서 다시 다이빙 하려는 뻘건 개구리 뒤집히는 바닷가를 저 플루토늄식, '새성장산업차'로 콱 밟아 창자 튀어 나오고 눈깔에 헛바닥 터지는 즉살의 순간을 저지르려 한다. '이 사람아 쟤들이 무슨 죄가 있나? 윗물이 썩었는데, 윗대가리들이 다 도둑놈들이나 마찬가진데.' 어쩔하다. 거름지게 김이 오른다. 그래도 또 하나 깨우쳐 주시리라 믿고, 오늘은 깨진 옹기를 추스려 맑은 샘물 걸러 넓적 엎드려 본다. 무엇보다 소리 없이 자결하신 노동자 농부님들! 열사분들! 얼마나 고통스러웠을까! 여기 작지만 질그릇 당신의 눈물 어린 청숫잔에, 얼어터진 머구의, 봄눈 녹은 물로나마 한 잔 받아 주십시오. '잘못했습니다.' 잘은 모르지만 조상님요, 우리 친척, 우리 아버지, 어쨌든 잘못했심니데이! '예예, 여기부터 크게 잘못했습니더.'(용서를 구합니다요.)

'쾅!' 별밤 2시 반, 총소리 울리다. 개소리 크다. 특히 믿는 자들은 더 이상 '겸손한 말씀'에 울리지 마라. 성전을 속히 허물어 벌나비들이나마 초식동물이나마 드나들 흙구멍을 만들어 먹이를 주시라. 자연히 살다 가게 하시라. 그리하여 오로지 인간으로, 저 초자연적 인간미로 돌아가게 하시라. 각자 떠있는 '성령', '자비와 사랑론'이, 한밤 온 산을 울리신다.(호루라기를 못 찾아 하모니카로 두 번째 총성을 멈추게 하셨다. 님의 피댓줄 방앗간 기도는 제즘 먼지에 쌓여 돌아가는

가고 싶다. 생땅으로 가고 싶다.
오래오래 묵은땅에 오늘처럼 단단하고
돌이 많아도, 한 삽씩 들어가며
오만 향기를 길어 올리는 흙!
그대와 길이 죽지 않는 그 첫사랑의 고향으로
아주, 아주 떠나고 싶다.

봉우제 거처

데……)

"여러부운! 좋은~ 일드을~ 있으서~ 요오~ 오!" ♪ ♪

오늘 아침도 산 많다고, 반듯한 게 좋다고, '창의적'으로 만든 쎄
멘 수로통에 수백 마리 어린 개구리가 거의 직각 장벽을 기어오른
다. 수백 번 떨어진다. 다시 오른다. 뒷다리가 힘이 없다. 쳐다보고
있다. 운다. 커다란 달맞이 꽃대궁이 비온 뒷끝이라 흙돌 채 뽑혔
다. '얼싸! 아이고, 부처님! 아이고! 하나님! 아이고! 하느님! 아이고!
님요. 님요 님요! 꽥! 꽥꽥꽥~ 개골개골개골개골~'(2010년 6월 27일, 흙
향기 낮은 곳에 산나리꽃 필 무렵,)

"저녁 자셨써어?"(그냥 인사.)

장마 시작. 삽을 누가 빌려 가셨나.
억수로 후려친다.

"또롱~ 또롱~ 또롱~"
"찰랑 찰랑 찰랑 찰랑 찰랑"
"빠-꿍~ 빠~꿍 빠꾸~ 뒤빠꾸~"
(잘 안됨. 저 흐르는 맑은 소리조차 다 담을 수가 없음.)

오, 따뜻한 따뜻한 밥 한 끼.(어느 뒷세상으로 가면 혹, 2010년 7월 17일.)

새봄에 함박눈이 내렸다

'나'는 지게꾼으로 다시 태어났습니다.
알몸이 되어 통나무를 집니다.
솔향기가 넘쳐 흐릅니다.
새들이 우는 소리를 조금 알아듣습니다. (찔레꽃이 그리워,)

'물'을 으뜸신으로 모셨습니다.
'흙'을 어머니로 두루 살폈습니다.
'나무'를 아버지로 삼가 받들었습니다.
(그 옛날 해양신처럼,)

'천지못'과 '가슴 아픈 위안부 대목'이 잠시 맑아집니다.
한ㆍ중ㆍ일이 하나의 바다로 격의 없이 넘나드십니다.
한 뿌리로 갈매기 국경이 사라집니다.
(그 곳에 닿음에……,)

죄 없이 밀려나와 이 땅에서 넋이 되신 분들의 친구도, 아버지도, 불란서군과 쏘련군과 또 일본군과 중국군과 미군과 우방 혈연군의 가족친지도, 그 큰 품의 어머님도 껴안을 수 있을 적에 앞뒤가 같은 '조찬기도회' 등을 함께 할 적에……,

사랑을 내나 봅니다.
땅을 보고 사는 뭇 생들이 저녁을 짓습니다.
하늘을 날아 아침먹이를 찾습니다.
평화통일의 꿈이 당신의 품안에서 이루어집니다.(조만간 어느 '진실'이 뒤집히면서,)

산새소리, 물소리, 솔바람소리, 혼을 달래주시는 신성이 들려옵니다. 이어서 양손 마주 잡고 '님'을 향하여 걷거나, 자연직으로 한 핏줄같이 패대기칠 일을 하십니다. 우리 주변 사회적 그늘로부터 전쟁의 불씨로부터 인간의 향을 피어 올리십니다. 뻐꾸기 울음을 듣고 있습니다. 아리고 서운했지만 가슴을 활짝 연 젊은 일꾼들 다 같이 선한 얼굴들이 반드시 이루어낼 것입니다. 선배님들이 학대한 지구를 마지막으로 어루만질 길이 있습니다. 오만 가지 '문명적 양극화 기계', '각자 노래하는 신'을 내려놓는 일입니다. 무겁기 전에 돌려드리고 가볍기 전에 같이 지면 더욱 힘을 얻습니다. 그래서 '메모리 반도체'가 아닌 향긋하신 물지게와 거름질은 옛 비석에 공명심共鳴心이 돌 듯, 만사 떨어진 날개와 지렁이를 힘 모아 물고가는 개미거미의 숭고함을 말씀해 주셨던 것입니다. 그렇게 한 지진대 함박눈을 맞았습니다.

요 녀석들 다람쥐가 찾아왔습니다. 시루떡 같이 잘 뜬 거름을 제낍니다. 향기 찬 맞혼인의 씨앗이 숨어 있었던 것입니다.

언제나 내일 죽어도 여한이 없게끔!

"찝지! 찝지! '집짓꼬새'가 울어댑니다. ♪정답던 애기~ 가슴~ 가득히~ 핀 우린 한 둥지!

저희들은 '나무나무' 생각만 하면 기분이 좋습니다. 내일 눈보라가 쳐도, 짐이 휘청거려도, 낫을 갈아 넘어진 가지를 팍팍! 쳐 세 다발로 묶어 져와서는, 이우제 불감도 하고, 사랑간 뭇 생들의 울도 치고, 나머진 삭여 꽃거름이 되게 해야지. 기쁩니다. 우리가 깨끗이 물려줄 저 아름다운 바다새들의 고향, 파도치는 해당화 한반도에도 첫 함박눈이 펑펑 내립니다. 당신과 나는 '쪽쪽새~ 쪽쪽쪽쪽~! 찐짜 찐짜찐짜~ 어우러러찌! 어우러러찌! 뽀롱~ 뽀롱~ 빠롱새!' 한 고개를 넘자 연분홍 모시진달래 꽃잎이 휘날립니다. 고라니 혼자 울고, 파름한 다리를 가진 꽃거미 한 마리가 움직이기 시작합니다. (2010년 5월 21일, 또다시 님 오신 날에,)

"굴 밖에 나와. 먹어 먹어! 가져가서 많이 먹어……."

"엄마, 아저씨가 손 잡아줘따아!"

"홍당무 먹을 때마다 토끼 아씨가 생각났어~요. 하나 씻어 드릴게~요."

정월 초하루다. 꿇어앉는다. 톱질 한다. 또 향기다.
배고픔도 추움도 깊은 산속 외로움도 향이다.

저 '시끄러운 무당새' 또 날아왔네요. '저흰 더 이상 슬퍼하지 않아요. 찌즈 째즈~ 삐즈 째즈~' 해바라기 가지에 앉아 잣알을 물고 가려고요. 그렇군요. 저녁에 우는 새는 봄이면 님 그리워 울지만, 이 한겨울에는 먹이 달라고 어미 홀로 가냘프게 울어요.(가녀리게도,)

고맙다. 이 터지고 째지고 못생긴 과실!
♪ 개복숭님아!
♪ 부처님은 개복쌍!(다람쥐.)
♪ 알라님은 들복쑹!(산까치.)
♪ 예수님은 산복쑹!(청설모.)

"냠냠냠, 배고픈데 잘 주어 먹고 갑니다."
(너네 큰 숫컷부터 전쟁의 틀을 깨고자,)
"째잭!"

어리석은 질문

왜? 어느 분이, 어떤 민족, 어떤 종교인, 반정부 시위대를 특별히 선택하셨나? 도대체 선택 받은 자들은 지금 발 아래 의식주 대학살을 저지르고도, 저들의 '핵'과 그들만의 '신전'에 숨어버리는가? 예수님을 믿으면 서방국가이고 아니면 야만국가로 차별하는 그 '신들의 군대와 언론'은 누구의 자식들인가?

1. 하나님+부처님=어떤 생명이 될까?
2. 하느님+하나님=어떤 지구가 될까?
3. 부처님+알라님+하나님=어떤 큰 사랑이 되실까?

♪ 초록빛~ 산하에~ 한 눈을~ 감으면~

루이새와 탱자

"어디 가세요?"
"빵-빵-!"
"바닷가요? 거기 머가 있어요?"

♪ 정이월~ 다 가고~ 꽃삼월~ 이라네~ 아이랑~ 아리랑~ 아라~
리~ 요~. 알프스~ 아가씨~ 탱자꽃에~ 앉으셨네~

"대르 대르 댐댐, 디 대르 댐댐!"
"매아 꿀빠, 매아 막시마 꿀빠!"

"파란 탱자야, '무조건 믿어 봐.' 이는 신의 음성이었다.

그는 수월치 않는 환경에서 '루이새 누이'의 성글성글한 파아란
눈을 따라 대청마루가 울리도록, 뜻은 잘 몰라도 라틴어 '큰 탓'과 함
께 재미나게 외우고 있었다. '자알, 해에, 써어, 요!' 더듬대는 한국어
지만 방울 같은 목소리에 햇푸른 미소가 한바탕 웃음을 자아내고도

남았다. 빈틈없는 시간이었다. 이번에는 서 있는 이 않고, 앉은 이가 섰다. 탱자의 장구채가 히드러지면 타국만리 그녀의 손길은 이른 아침 해 뜨는 바이올린 가곡으로 맑은 물 떠올리는 외기러기들을 보살폈고, 별밤이면 피붙이로 자원한 어머니의 피아노 연주와 해금, 소금, 대금으로 이어지는 외톨이의 꿈나라까지 지켜주고 있었다.

둑 안에 능금 꽃망울 꽃피어 가는데 강 건너 저편에서는 탱자의 큰형 뻘 되는 가시 돋친 목소리가 날아들고 있었다. 바로 2·28 대구학생의거요, 3·15 부정선거요, 4·19 민주혁명으로 가는 길목이었다. 탱자도 이 때 루이새의 아름다운 인류애를 따라 어디선가 날아온 강냉이죽의 돌을 건져내면서도, 속눈물은 흘러 님의 탱탱한 탱자나무 삼각 새총 마냥 세월 따라 다듬어져갈 수밖에 없었다. 왜냐하면, 탱자꽃보다 가시 울타리를 알아준 과수원 주인들 때문이다. 이 무렵 월남 갔던 팬텀기 날아들자 새떼들이 자지러져 숨도 못 쉬고, 쑥대궁, 철조망에 우르르 나가 떨어져 있었던 것이다.

탱자는 국광과 홍옥, 그리고 인도를 지켜주고 싶었다. 옛맛에 정이 들었던 것이다. 샛도랑에 잠겨오는 버들붕어와 찰거머리까지도 바라보고 살고 싶었다. 갯마을을 찾은 루이새는 1분도 못돼 양낚시에 걸려드는 망둥이를 말렸다. 동네방네 끓여 퍼주는 된장 망둥이 맛을 잊지 못했다. 얕은 바닷가에 많던 굴과 새우, 살살바위 아래 손 내밀어 잡던 그 많은 꽃게와, 손에 칭칭 감겨들던 낙지며 크고 작은 어여쁜 조개들은 지금 어디로 가고 있을까. '갯벌'은 바다가 없었던 독어권 나라, 노랑머리 루이새의 무한정한 나눔이요, 애인이요, 짝사랑이었으며, 향기로운 우리만의 천국이었던 것이다.

원 세상에! ♪마음마저~ 미스 알프스~! 절세 미녀가~ 무엇 하러 우리들과~ 살갑게 어우러져~ 갔을까. 한 발만 나서면 베어 넘겨버리는 탱자꽃들을 몸서리치도록 바라보고, 치료해 주고, 그녀의 촉촉한 벌판에서 미국 농민의 강냉이가루와 유럽시민의 우유가루를 넘고넘어, 있는 것 없는 것 다 거둬주시며 살게 해 주셨을까. 조금씩 밀려왔던 그 바다는 어쩌자고 인정 어린 소금끼로 남아 주셨던가.

그녀의 활짝 핀 S · O · S(save our soul, 우리의 영혼을 구해 주소서), 어린이 마을에도 푸른 능금 같은 꿈 많은 꽃잎들은, 새벽 종소리에서, 꿈결 같은 집에서, 저 바다 건너 가족사진과 함께 붙여온 장난감, 쵸콜릿, 손뜨개질 색색의 이불, 자전거, 하늘에 꽃밭 일구시고, 이 땅에 김장배추를 손수 심고 안아내시는 분, 어쩌면 '홀로 핀, 천상 어머니'의 또 다른 눈물을 다 읽지 못했다.

'양친부모 안 계신 학생 손 들어봐요.' 소리 없이 책보자기에 끼워주신 분도 계셨지만, 그 창세기에도 촌수가 있는 듯, 어떤 젊은 선생님은 강냉이빵 반 개를 불러내 더 주셨다. 이럴 때면, 과수원길을 걷기가 싫었다. 교실 커튼 뒤에 숨어서 풍금만 어루만지다 잠들고 싶었다. 기르는 예술성은 천장에 붙어 있었고, 각 나래마다 잠재된 성스런 업은 시름없이 나르고 있었다. 노랗게 익어가는 탱자는 둘 셋, 하늘같이 솟은 어머니의 젖멍울이 그 때마다 한없이 그리워 울었다.

어느날, 언제나 싱그런 미소에 여장부 같은 루이새가 새벽 복사들의 꽃가루길 샘터에서 웃물을 넘보다 보지 못하고, 그 분의 다 찌그러져 새린 두레박과, 물동일 대신해 따발도 없이 그 팔등신 큰 엉덩이를 울렁이었다. 그날의 독일 병정같이 성큼성큼 내딛다가 하필

이면 한참 클 때 '우유빛 없는 기숙사의 옥수수죽' 그 '원더풀'에 크다 말고, 보수적 정·교 일치론 군사정권 비호 아래, 그만 구부러진 탱자목 십자가상 울타리에 독을 안 깨려고 그랬는지, 자신이 지킨 '서구적 믿음과 사랑'이 온 힘을 다해 가시짱구에 박히고 말았다. 뽕뽕뽕! 맑은 피가 흘러내린다. 교리주의와 세속주의의 중심 나무가 흐른다. 어쩌면 오도된 진화주의가 약육강식과 사회통합과 민족 대통일 앞에 초자연주의 잿빛으로 살아났는지도 모른다. 피꽃이 떨어지고 있다. 아직까지 평화의 뒤안길에는……. 허나 '가난한 신'은 여기에 숨었다. 탱자울 아니, 철조망 둘레 어느, 동사, 아사, 횡사로 터져버릴 것만 같은 그 수용소가 떠오르고 있는 것이다. 어떤 믿음을 바라보던 넋들이 울고 있었다. 그녀는 가시 면류관을 대신 쓰고 싶었다. '주님'은 누구실까? 나 같은 '무신앙' 휴전인은 왜 만들었을까? 저울먹이는 소릴 딱 그치게 한 뽀드득 소리에 뭔가 그렸던 바로 나다.

태양은 비치는데 펑펑 쏟아지는 눈송이가 시퍼렇게 살아있는 고목나무마다 님이 보고픈지, 배가 고파 우는 듯한 어린 루이새들 꽃가지마다 사뿐이 내려앉았다. 검고 흰 붕대로 온 천지 감싸주시는, 그 분과 달리 가까운 능금꽃 아래 한 하늘 아래 한 가족으로 한 쪽 음식으로 청청이 버티시며 서 있는 것이다. '나 먹은 것 찾아보아요.' 그녀는 껍질에서 사과씨까지 다 맛있게 먹고 달랑 꼭지 한 개만 남겨 창 넘어 무화과 아래 갖다 놓았던 것이다. 약끼 없는 자연산, 그녀의 검소함은 탱자마을가에 퍼져 나가는 돼지감자꽃과 같으셨다. 새벽녘같이 술도가 자전거 빌려 매달아온 짬밥으로 누룩돼지를 키우게 한 자립정신이셨다. 허한 지구를 앞가슴에 품어도 아프지 않는 시절이었다. 흙내음도 좋은 도랑물소리 친구이셨다. 거미와 개미들도 따뜻한 이웃이셨다. 나아가 사랑의 샘물을 길러 우물을 솟게 했다. 님의 창밖에는 한 3,000여 그루 세력 센 솔가지가 얼어붙은 눈바람에 쩍쩍 꺾어지고도 서 있게 하셨다. 그토록 염원하던 전 세계 민주목과 자주독립과 박애주의와 생태주의에 대한 님들의 마지막 숨결이셨다.

님께선 이 순간 저 능선이 새하얗게 날리는 지금도 오색딱따구리가 홈 파 빼먹은 나무 굼뱅이가 되어 날아간다. 아, 아무 재목에도 쓸 모양 없는 나무가 있었던가. 그곳에 썩을 거름이 되시려나. 이틈바구니에 뒤뜰 포도나무 아래 새 움이 튼 초록잎 얼굴 하나, 여쌩이 같은 딸기잎, 나쌩이 같이 솟은 풍란초, 그 옆 흰머리 동여맨 파, 쪽파, 달래, 아이들은 엄청난 이 땅의 사회적 장벽 앞에 스스로 헐은 창조신화에 꺾이고 말았다. 오, 저만치 핀 산도라지꽃! 당신의 하늘, 꽃 중의 꽃, 모정의 꽃만은 안겨볼 수 없음이여! 피보다 진한 꽃잎이여! 그러시다 소리 없이 데려가셨다.

모두가 흙 덮어쓰면서도 안 아프게 웃어주시는 내 님 곁으로 떠나신다. 당시 고속화에 앞장선 이들은 나라 임금 받고 잔을 먼저 받고도 따라줄 줄 몰랐다. 그럼에도 여자의 마음은 그런 식이 아니었다. 어딘가 끌고 갈 우그러져 형편없는 '나'를 '덜커덩! 쿵덩!' 사랑의 짐칸으로 옮겨주신다.

어깨가 울릴수록 어저깨 탱자꽃에 찢어진 날개로 내려앉은 루이새를 떠올려 본다. 생전에 못 다한 정이 떠나면 어느 아리랑 고갯마루 꽃도라지 세상일까? 아프면서도 시원한 보람이 되어 작지만 저 솔방울새 한 마리가 알을 낳아 새끼를 까고, 다시 저승으로 같이 날아갈 수 있으려나. '째재잭! 뽀롱포롱!' 날아간다.

능금나무도 기온 상승을 탔다. 그녀의 향긋한 날씨가 고르지 못한가 보다. 눈이 빗물로 변하여 오솔길도 묻혀 간다. 그녀는 다음 임지인 희뿌연 안데스 산록 까미샤 마을로, 아래위 끈 달린 청작업복 몇 가지와 씨앗들, 그리고 톱과 낫, 호미! 가장 무겁고 귀중한 만년책 몇 권이 당나귀 등에 업혀 굽이를 돌고 있다. 웬일인지 극빈자는 늘어나는데도 저 짤룩한 나라 '3공 주요인사가 역외권 부동산에 거금을 묻어 둔다'는 소문에다, 올림픽까지 여는 개발도상국가에 무기를 지고 온 전도단이 아님에도, 이제는 중립지대에 강냉이 가루와 우유가루를 맡기고 떠난 것이다. 비록 하늘에 맺은 사랑인들 보고픔이 없으리요만, 신끼 어린 여인의 산 고독인들, 급변하는, 휘날리는 눈꽃송이 사이로 어찌 젖어드는 얼굴들이 없으리까.

님이여! 당신이 누구시길래…….

점차 깎여지며 흘러내리는 산! 그녀의 가슴팍! 이 노새 입김에도 무너져 내릴 것 같은 만년설! 어언 50년만에 만났다. 한순간 뜨겁게 녹아내리며 우린 포옹했다. 너덜거리는 치맛자락에 얼다 녹은 그녀의 맨 등발에 푸른 눈물은 끝없이 빤짝이며 흘러내려 저 아래 대서양으로 흘렀다. 눈보라에 묻혀 날아간 눈물은 태평양으로 흘러 검은 흙물로, 여린 옛사랑의 파도를 타고 있다. 그 분의 '바람직한 신성'은 여기에 흐르셨다. 오, 그대는 나의 진정한 은인! 은자의 꽃!

이룰 수 없는 연상의 연인! 이 못난 바우가 사과꼭지보다 젖꼭지를 찾아 떠난 추억의 강나루! 오! 부활 또 부활!(난, 난 죽어버렸나이다.) 그날 이후 우린 다시 날아갔다. '포르릉! 포르릉!'

　'맨날 흙을 밟고 살죠. 그게 얼마나 좋은지 몰라요. 허리가 작살나요. 굉장히 가뿐해요. 먹을 시간이 없어요.' '자아! 한 세상 풀다 가세여!'

　이름하여 모정의 여울! 그 나무 꺾지 않는 '초재생에너지'를 찾아가신다. 또 다른 '유전자조작감자'를 알아보신다. 어딜 가나 종심을 잃어버리면 다 잃어버리는 세상, 승려, 수도자와 또 달리 새빠지게 일해야 밥 한 술 뜨시는 이들이 해맑게 흘러가신다. 신께서도 다음과 같이, 오락가락 제멋에 겨운 청빈송을 부담스러우시겠지만 살짝쿵, 귀담아 들어주시리라. '떵!'

　'화통한 기 좋지!'

　'저 먹을 것 다 벌어놓고 다들 죽으라 이거야.' '어쩜!' 다시 날개를 펴 주셨다. 저 고봉고봉 해바라기는 그녀의 부푼 가슴이었다. 너그로움이었다. 존경스러움이셨다. 그러기에 신의 신뢰성을 산 자들이 다시 만들어 가자는 것이 아닌가. 아무리 구박해도 우리는 낮은 세상을 이루어야 했다. '따당!' 난데없는 산사태는 없었다. 근본주의와 일류는 깎음, 누름, 막음, 짓밟음이었다. IT강국이란 온 천지 폐

159

기물 이전, 결국 '조작된 종교' 분쟁이요. 마약류들의 폭풍우를, 강진을, 양식 없는 연쇄 폭탄테러를, 끝없는 노동의 추락을, 빈민을, 안기게 하는 것이다. '너희 망할 징조' 앞에, '구원의 기대심리' 앞에, 저 '재충전식 물구경' 앞에, 저 '세슘식 대기이동' 앞에, 오늘도 '다국적 예수님'은 어디선가 이름 모를 새들을, 꽃들을, 숨넘어가는 찔레꽃 향기를, 까닭 없이 파묻혀 가시게 하는 것이다. 님께선 꽃모종을 하면서도 이 땅의 어린 양과 바보들, 오동나무 장구가 놀 새 없었던 나무꾼 탱자의 잔걸음과 함께 했다. 그녀와 하루같이 밝은 날 한 번쯤 꽃피던 시절에는, 그야말로 볼 수 없었던 성심들이 살았건만, 그렇게 아쌀한 성품들이 죽다시피 했으니, 아, 잉카의 영혼과 약속된 '영원한 사랑'을 붙잡을 수 없었으리. 잉태의 아픔 없이 떠도는 '움막 속 가정' 없이 신들끼리 과연, 체면에 안 걸리고 '영원히! 영원히!' 노래하는 그 곳에, 루이새처럼 쉼 없이 어찌 날아갈 수가 있었으리요. '따당!' 바로 시방 내 곁에 내 눈 아래 발 아래 당장 죽어가는, 눈뜨고 죽는, 눈감을 기운도, 눈 감고 누울 자리도 없는, 그곳에서 텅 빈 채 서 있는, 피투성이로 누워계시는, 당신은 젖꽃! 떠나온 사랑! 손발이 날아간 참사랑꽃! 꽃샘도 걷어주신 님아! 핏빛 님아! 아, 우리 모두의 천상 어머님이시여! 풀 한 포기 뽑힌 그 자락이 대홍수 되셨으나, 이제 잘 계시라! 편히 쉬시라! 흰 수건 하나 짬매고, 입산하신 누이들의 허연 치마 접어두시고, 자연적 흐름을 낚지 마시고, 이제 내려놓으시고, 아무리 하늘에 띄운 마지막 편지지만……. (루이새 누님요, 차마 돌아서서도 너무나 안타까워 영 눈물이 나서 못 살겠네요.) 이 시간 저장한 과채류 옮겨 실으며 강냉이 한 짐만 더 재 넘어 보릿고개로 가자

하오니, 더 이상 잘 모르는 하늘님이시여! 그 어떤 별빛 예언으로도 막지 말아 주시기를…….

♪꽃삼월~ 다 가고~ 하늘 저고리~ 돌아~ 오면~ 루이새가 날아 간~ 저 산너울에는~ 우리 부모님 얼굴~ 인디언 마음에도~ 사막에 엎드린 양떼들에게도~ 무심한 북녘 하늘에도~ 아프칸과 팔레스타 인과 이스라엘의 원 모정에도~ 피 어린 탱자 꽃망울~ 우리 어머니~ 가슴에도~ 오~오! 여한 없는 잔치가~ 벌어졌으면~ 꽃가마~ 일어나 고~ 하나같이 사랑해 주시고~ 혈색이~ 돌아오신다면~ 애해라! 아, 나도 덩달아 땅거름, 하늘거름, 얼싸 지고 천당극락 다 같이 가리다. 유리벽으로 가려진 부패 만연 세상에 말씀 밖 신의 독재자가 누구 시길래? '차라리 시집 갔더라면' '천사의 피는 못 속인다'고 '선한 핏 줄은 빛 따로 있으시더라'고. 그럼에도 '왜 내가 믿는 신께선 신비에 쌓여 속삭일 수가 없을까' 흘러내리는 연두가슴을 연분홍 저고리로 감싸안으신 님과 함께 왜 나를 수 없을까. 어허야! 한 번 가면 얼마 나 좋은 곳이길래 아무도 돌아오지 않으실까. 하오나 님이여! 저 하 늘이 시도 때도 없이 우습니다. 맨땅이 꺼지곤 합니다. 붉디붉어 너 나없이 따뜻한 이 심장, 화해의 강, 주홍빛 흙탕물이, 꽃잎들을 떨어 뜨리고, 산토끼 길을 지우고, 계곡마다 총질해 먹고 사는 그날의 비 참했던 '핏빛숯불갈비'를, 6·25 비극을, 다시 뒤엎고 흘러가게 하십 니까? 어찌 중노동 속에 푸른 물과 겹쳐가라 하십니까? 맑은 물 다 시 흘러가게 할 수는 없겠습니까?(어설픈 기도는 계속 되었다.)

대자연의 품은 남김 없는 사랑이 아니신가요? 그럼에도,

꿀을 사실상 빼앗아 먹었으므로, 무 배춧꽃이 6월에 핀대요.

파란 탱자 벗님들과 오지리 루이새와 순수 인류애를 '재물' 삼아 놓고 십자가를 가리지 않은, 저 아이티, 일본 대인류 참변! 그리고 뉴질랜드 그리스트 처어치! 오직주의 교회! 곧, 쌘디풍을 보시고도, 연두빛 정을 이대로 묻어 놓고서, 여기 청숫잔 어리는 눈물로 어이 넘쳐나라 하시나이까? 이래도 당신께선 무슨 욕심으로 다음 세상까지 소유하려 하시나이까?

저 '매력 있는 검은 새'들? 까마귀에게 배울 수 없다면……,

"토끼 아씨! 머하고 놀아요?"
"핫, 풀밭! 온난화엔 지금 우는 여치, 메뚜기, 귀뚜리, 쓰르라미, 츠르라미가 지표 같애. 대홍수 머, 그런 우리 자연농사꾼도 절반은 곡물, 절반은 잡초, 토끼풀처럼 향기로움에 묻혀 산다면 말씀이야."
"혼자 하세요, 뱀하고."
"헛헛허, 더 예뻐지셨네.

'여기 아마존, PJC(페트로, 환, 까발레로) 베드루와 요한의 신사도시, 산동무 여러분, 그저 옛이야기로 지나쳐 주세요. 예! 실은 누이 같이 그립고요. 님 같이 보고 싶고요. 다 하늘 같이 고마워서요. 이

렇게 봄눈은 쏟아지는데 심심하기도 하고요. 예, 그저 소리쳐 본, 그냥 실없는 토끼 아씨의 넋두리로 생각해 주시구랴. 미안하우, 가만 있으니 많이 추우시죠? 오후엔 눈이 낙엽에 쌓이면 봐서 철수합시다. 앳치이!' '핫하! 내내 재미나게 들었소. 앞뒤는 없지만, ㅎㅎㅎ!' '더 깊고 넓은 예기는 품앗이철에 듣고요. 자, 하산합시다.' 우리도 ∮낙화유수라~ 별 거 있수. 조심하시구요, 내일 또 건강하게 만납시다요.

"내가 좋으면 세상이 좋아야 되는데, 우릴 탱자로 취급해요. 괜찮아요. 한 끼에 목숨 걸게 해주심만도……."

나는 왜 제비들처럼 팍팍 꺾어가며 하늘 높이 날 수 없을까?

오라, 신의 신이시여! 솔직히 또 다른 맑은 지구체, 생명체가 있다면 터놓고 말씀해 주십시오. 어떻게 어르시고 부추기시고 겁주시고 이뻐하시고서 꼬셨길래, 우리네 주위엔 보시다시피 일찌감치 독신녀 천지로 만드시어 아기 울음소리 따라 대륙 간 산으로 오지로 내모시어, 노을 지는 평생을 저토록 꿈결같이 숨 막히는 사랑으로 묶어 세우셨나이까. 저희 가족도 7녀 3남이 다양래신에 퐁당 빠졌사옵니다요. 이게 웬 말씀입니까? 진짜 너무 하셨습니다. 이제부터 장난 좀 치겠습니다. 아무것도 고개 쳐들어 보지 않으시고, 믿지 않으시고, 오로지 씨앗만 의지하며 살아온, 너무 착하신 내 주위 흙덩이 자체이신, 우리 아버지 어머니같이 두렵고 두려운, 그대 이름

난 신보다 더 위대한 신이라 부르겠습니다. 이제 흙손만이 스스로 영웅이라 받들어 모시고자 합니다. 신의 이름으로 얼마나 많은 것을 소유하고 있는지 저들은 뼈저리게 깨닫지 못하고 있습니다. 아시다시피 신의 무기로 이 땅 남북 간, 양쪽 예루살렘 간, 산비들기처럼 콩나물도 안 나게 세계신화가 되어, 아이고 노인이고 아녀자고 볼 것 없이 살육을 감행하고 있습니다. 신의 부름으로 당신의 공놀이마저 빼앗아온 뒤 겉치레 틀에 가둬놓고, 흙기도 나무기도 놔두고, 뽀얀 언어로 한 집 건너 갈라놓고, 물 좋고 정자 좋은 곳 다 차지하고, 독사가 되어 세상이 뒤집어져도 저들만은 먹을 것을 챙겨두고 있습니다. 받치자 혼마저 흔들어 놓고, 어쩌다 조상을 잘 만나 높은 신을 잘 만나면 자자손손 똑똑치들이 주름잡고, 그물 치고, 앞뒤로 말아먹고, 또 다른 만리장성을 쌓아놓고, 고귀화 된 신들끼리 세력다툼에 지진이다, 전쟁판이다, 어린 백성들만 굶어죽고 산간 오지산에 병들어 가고 있습니다. 신의 집단이 한 땀 한 땀 어린 누비이불을 건어차고 모임 많아, 격식 많아, 예단 많아, 골수에 사무친 조상은 소리소리 치고, 양식은 거덜나고, 껍뻑껍뻑 순하다고 젖도 못 먹이고, 배꼽은 튀어나오고……. 죽음은 어디서 왔느냐, 저 사후 앙금인 우주적 말씀은 머냐, 펼쳐 보자. 하나도 틀린 말이 없더라고, 살살 빌게 만들어 놓고, 제 명에 못 살 저희는 눈 떠 있고, 주변에 억울한 이 태산 같은데, 끼니를 잊지 못한 이 수두룩한데, 물빛은 죽여놓고, 농어민은 쫓아놓고, 일시적 밥주걱으로 몰아놓고, 안 믿으면 어디 간다 하셨는지 내 신을 외면했으니까 까무라쳐 죽던 말던……. 사실상 저토록 군림하면서 환호성 빛과 소금은 권위적 말씀에 눌리고, 책임지는 놈 별로 안 보이고, 저 의문의 죽음들 뻔히 알면서 다 숨어버리고, 윗대가리는 후식자 잘 돌아가 활보하고, 술이야, 담배야, 커피야, 전기전자놀이야, 반 정신 나간 발통놀이야, 섹스식 스포츠놀이야, 좋은 것만 내가 좋아하는 노략질 깍쟁이는 양서류가 검은 예물인 줄 알면서, 생선 회치고 피를 뿜고 생태환경을 논하고, 자기가 편하면 됐다고 그림 같은 별장 짓고, 끼리끼리 다국적 신들 간에 차상위 계층 따져가며 꿀물을 먹이고, 폭약의 원인이 이런데도 남이야, 여타 신이야 뒈지던 말든, 어휴! 다들 맥이 빠지십니다. '쪼로롱! 삥! 쪼로롱 삥!' '밥 뭇써!' '사랑의 힘으로!' 따라서 당신의 말씀은 반거짓부렁이십니다.(멸치, 꽁치, 오징어 선단 주위로 흰 갈매기 떼 얕게 날면서,)

날 밝으면 호박구덩이 파야 한다. 쓸데없다. 가만, 때마침 기분 좋은 소리 하나 스쳐간다. '와, 불어오는 밀밭 향기~' '우아, 논이다! 이런 산말랭에 논이 다 있다야!' '거 봐, 까마귀하고 커다란 매가 같이 원을 그리며 붉은 솔가지 휘도록 붙어서 노는 모습을, 아니 네 마리 까마귀가 에워싸대니, 약해, 발톱 아래 챈 산비들기를 못 뜯어 먹고 있는지도, 그것도!'(조선반도 '천진함' 너 말고,) 그런 즉,

① 힘센 바가지가 올챙이 씨 말림.
② 샘을 건드리니 물이 딴 곳으로 빠짐.
③ 수많은 뿌래기와 흙돌이 걸려 내린 옹달샘 찾아감.
④ 퇴비철. '영차 영차!' 파란 벌레 물고 가는 개미들 살 판이 났음.
⑤ 쇠! 쎄멘공사가 산을 무너지게 했으므로 도면생태사회가 '사

탄세력'이 됨.

⑥ 휩쓸린 종편류가 이 땅에 떨어진 인권물을 벌벌 기게 함.

⑦ 7월이 가기 전 씨앗이 맺히기 전에 언론자유 없는 두엄더미에서 지렁이와 두더지, 뱀, 그리고 보이지 않는 샘이 살 자리를 내다보심.

⑧ 향긋한 물지게, 거름지게가 남은 지구 물을 되살릴 수 있다고 하심.

⑨ 자본주의, 그 모든 저장고 쓸모가 없어짐.

⑩ 결국, 내가 쓰레기가 될 수도 있음.

⑪ 이상, 신과 하늘이 존재 못할 그럴싸한 이유임.

⑫ 죽어서도 초록 얼굴을 바라보다.

⑬ 부들잎에서 오색잠자리 깨어나다.

⑭ 알맞은 비가 내린다.(극빈자와 우울증 환자에게,)

두 손을 내리면 허전합니다. 두 손을 뒤잡으면 어느 근육이 풀리는지 시원해집니다. 두 손을 앞으로 모으면 나무가 됩니다. 두 손이 더듬어 가면 사랑스런 물빛이 흘러갑니다. 두 손이 배를 안으면 기아가 스쳐갑니다. 두 손이 돌가슴에 닿으면 절로 사람이 됩니다. 두 손을 '의문사 머리'에 모으면 새가 되어 날아가지만, 두 손을 크게 벌려 생흙에 입 맞춘 채 눈감으면 님의 하늘귀에 닿습니다.

노랑댕기새 한 마리가 나의 뿔로 치받을 수 있는 가지에 앉아 얼마나 울어대는지, 달아나버린 내 두 발이 어느새 씨앗주머니를 매

만지다 쏟아지고 말았습니다. 깨, 아주까리, 해바라기, 봉숭아, 곰취, 파, 채송화, 더덕, 목화, 도라지, 그리고 무, 배추씨 그리고 무엇이 떨어져 저절로 피었겠습니까?(우리 엄마 가슴에,)

'잠깐, 눈보라에 감을 잡을 수 없어요.' '여보게 젊은 친구, 초소가 왜 있어야 하오.' 더구나 '믿음' 날리는 그 곳이 사무실 안인지, 식당인지, 차 안인지, 러브호텔 근천지 모르겠으나, 늙은이한테 '감시카메라' 유리를 닦아달라니 직접 올라가 보았소. 그 좋던 진달래동산 주변 참나무들이 다 베어 넘겨져 있고, 노루가 망보며 잠자던 자리는 벗겨지고, 그 옆 오목길이 바로 백사며 심이며, 안 믿으셔도 원래 선한 새 움이 오육십 개 넘는 산도라지가 바위에 붙어 씨앗을 날리니 망정이지, 머잖아 멸종? 인간이나마 살아남겠소. 잘 아시잖아. 높낮이 많은 신끼리 쇠문 열쇠도 안 주고 철조망을 넘어가 철골 사다리가 '노인네' 맨손에 그대로 눈보라에 달라붙고, 이음세 어떤 거는 녹 쓴 철사로 감아 놓고, 상판 얼그미는 나사도 없이 얹어놓아 올라서다 덜커덩! 그대로 미끌어졌다면 어떻게 하늘인들 책임지겠소. 경험 많은 어르신네니까 그만 했지, 비 오고 눈 오면 일당이 있소, 뒤에서 누가 살리오. 복지생리, 착하신 저 순수한 목소리 들어보지 않소. '끼리 노조라도 있소?' 어제도 눈바람이 세찬데 낙엽이 젖을 때까지 산꼭대기가 춥고 쓸쓸한데도, 서로 '몸조심 하시라고, 감기 조심 하시라'고 위로해 주시는데, 신앙인 한 사람도 어디 숨었는지 혹시 불 나면 책임질까. 내려 오시라고 한마디 말도 없다가, 그 뭐지? 핵테러리즘인가 뭔가 위험성을 다음부턴 알리라고 쇠뭉칠 잡으

니, 기어드는 소리로 '별빛 따라 내려오시라'고 이게 말이 되는 소리
요. 백성을 뭘로 보는 게야? 저 날씨 뉴스만 듣자고 귀 기울이면 매
번 여긴 다 틀리고, 그 세 끼어든 뉴스엔 맨날 뭔 게이트인지 개구멍
인지 수백 수천 수조씩 처먹었다가 뒷구멍으로 다 빠지고, 젊은 양
반이야 그래도 수고 하는 걸 알지. 윗놈들은 어디서 꿈짝도 않는 거
야. '여이 시원해!' '얼씨구, 싹 쫓아내!' 일당쟁이, 하루살이 우리 같
은 반나절 생명들 가기 전에 두 입 하자고. '그래서?' 너희 일자릴 싹
우리와 바꾸던가, 철조망 철거작업이나 저 똥내 나는 거름포대 올
려주고 내려주고, 가서 좀 뿌려주기요. '아, 좋치이!' 골골 이 땅 잡초
속 우리 어르신네들, 아~ 거목처럼 어울려, 빈 세상 빈 골을 휘드러
지게 지키고 있지 않소. 내가 아쉬운 말 잘못했소? '저들끼리 마술사
는 정신없이 날고, 번갯불이 이 삼초 안에 딱딱 끊어지는데, 저 창밖
에 저 피나는 갈비들, 술병들, 담배꽁초 좀 봐요.' '앗따, 그 양반 되
게 떠드네.' '예예, 어쨌거나, 다 고마움이 남아서 하는 소리니, 고깝
게 듣지 마시길 바랍니다.' '나래요! 염세이 잘 커요? 하하하! 어리각
시는 잘 있고요? 요세 마이 고단하지요?' '아, 난 누구시라고! 원통 흙
집에 상냥식이라고! 빈집 마루에 동치미 갖다 놓고 주인 행새 했네.
그날 뭉돌 나른다고 혼겁했지? 그 세상처럼 여기도 일꾼이 있어야
지.' 듣자하니 '난' 아주 귀머거리다. 아무튼 여왕벌처럼 날아가시게.
인정은 이곳에 살아 계시게 해도, 왠지? 섭섭해. 당신의 강이, 당신의
산이 깎여 나간다. 파래 친구가 됐던 냉이가 달래를 못 잊게 하신다.
'응, 잘 살게, 사람 사는 건 다 똑같애. 불꽃놀이가 스크린 안에 있고,
또 총기를 소지하는 게 문제지, 여기도 사냥철이 끝나서 고개는 좀 들

고 당분간 두 고랑씩 잡고 김 메겠지만, 응, 그래 편지해~에!'

'알았어, 접때 탱자꽃 이야기 있잖아. 그 시절에 내가 끊어먹은 방패연은 높은 까시장구에서 다 찢어져 너덜거렸지. 그럼 지뢰가 없는 벌판, 그 차이야. 핫, 신문 돌리려고 고것도 몇 알 주어먹고파 능금밭에 기어들어가다 시커먼 개한테 피를 봤지만.' '떵따!' '아유, 비 맞으며 강냉이를, 올해도 초파일에 떡도 잡숫고 올라오세요!' 하늘도 애를 먹는다. 비록 마침맞게 내리셨는데 물이 안 되시니, 바다는 바다이신데, 때마침 춤거리를 지나는 짐삿갓 어르신네 지팽이, '서로 같이 살아야, 온 세상이.' 몸이나 성히 잘 걸으시길 빌어보지만, 작년에 꽃 핀지 48일째, 오늘도 산백합 향기 찾아 옛벌이 날아들지 않드라고. '우리가 아는 게 있는가?' 하시고는 상차꾼에게 가장 큰 일인 지게를 고쳐주시고 가시다 멜빵끈 하나뿐인 단봇짐이, 이 땅 어린이들 모두가 옛 책보자기 무궁화대훈장 차듯, 달빛 나그네 입맛 다시며 꽃뚜리고개를 돌아서시드라.('화각' 근처에 계신 당신은 또 누구십니까?)

밤새 싸락눈이 내렸다. 동서남북 넋께서도 '부웅으웅!' 부엉이도 새봄 맞이 하시나보다. 숲속으로 같이 가 보잔다. 발자국이 녹기 전에 뭇 생의 고백이 있을지 모른단다. 다섯 마리로 불어난 봉청매가 기역자로 긴 날개를 꺾어 바람을 타고 하늘에 서 있다. 아니 무서운 눈매로 눈 덮인 산하에 움직임을 찾고 있는 것이다. 멀리 강 건너 불어오는 생선 나팔소리가 가슴마다, 눈가루 쏟아지는 능선마다, 들릴 듯 말 듯 점차 홍겹게 들려온다.

♪ 오징어가 한 보따리에~ 꽁치가 한 보따리에~ 불평등 새치가

한 보따리에~ 자유가 한 보따리에~ 양미리가 한 보따리에~ 사랑이 한 보따리에~ 자아~ 이런 날에,

　갑자기 샛바람에 눈뭉치가 떨어졌다. 노란 탱자 뒷덜미를 적시며 차갑게 흘러내린다. 1987년 12월 4일 밤 9시 뉴스가 끝날 쯤이었다. 공중전화인가보다. 잠시 후 울먹이는 소리가 또 걸려 왔다. '정상병이 맞아 죽었슴다, 야당을 찍었다고.' 철컹! 양심이 뛰어들었다. 푸른 솔가지가 고개를 쳐든다. '기호 3번을 세 명이 찍고 말았습니다.' 얼룩진 편지도 날아왔다. 고추장이 묻어 있었다. 된장이 끓고 있었다. 김치가 맛있게 삭아가고 있었다. 청년들의 생기가 어머니를 일으켰다. 포항으로 가자. 이미 보안사 요원들이 집을 포위하고 있었다. 미련한 곰바우는 어둠을 기다려 송전탑 뒷담을 넘어간다. 시장, 군수, 읍장, 면장, 이장, 반장에 친인척까지 아버지를 또 에워싸고 앉았다. 아버지는 그의 멱살을 잡고 저들 앞에서 고함을 치면서 일어났지만 살살 잡아 옆방으로 끌고 갔다. 뭔가 있다. 동료들이 땅을 치고 통곡했었지. '너의 죽음은 만천하에 알려도 영광된 죽음이다.' 뭔가 잘못되었다. 마지막으로 때렸다는 백 병장도 육군교도소 면회 시에 반 울고 반 웃었지. 뭔가 덮어쓰고 있다. 생사람 또 잡는구나. 높은 놈이 분명 시킨 거다. 진실을 찾아 나서자. 세상엔 좋은 사람이 더 많더라. 세상엔 착한 이들이 더 많더라. 얼마나 많은 이웃들이 찾아주셨던가. 기도해 주시고, 기자회견으로, 거리거리 손마이크로, 맨바닥에서 그 수많은 세월을……. 꽃은 폈는지, 새가 우는지, 올림픽이 무엇인지도 모르고 백골단에 짓밟혀 정신병동으로,

자살로, 보안사 얼룩이에 미행 감시 당하면서, 그 못된 '정보 끄나풀' '녹화사업'을 맨손으로 격파하다가, 어찌 억울해 소리 없이 이 아름다운 강산에 재가 될 수 있었겠는가. 아직도 찾지 못한 시신들, 헤아릴 수 없이 많은 의문의 주검들을 저 잘난 신들은 모른다. 인간성은 여기서 드러난다. 쌀쌀맞다. 절이나 교회는 그날의 피를 마시고 성장했다. 종교 간 시커먼 짐승들의 발톱자국이 선명히 찍혀 있었을, 도토리에 산밤에 잣송이까지 남김없이 밤새 먹고 가버린 저 위대한 '전노일당', 천하 역적들! 바로 울고 넘어야 할 좋게 말해 이 산천 소복 입으신 부모형제의 피어린 가슴이다. 오늘도 언 손을 맞잡고 녹일 생각을 않는다. 보아라! 제 자식들만 배 터져, 말씀마따나 예수식 뼛골로 반성이 없다. 믿음이 침묵케 했다. 재벌끼리 엮어졌다. 점잔 빼는 게 민족의 상처와 자신의 성스런 상처를 더 덧나게 했다. 신의 아들딸들을 울리고만 있다. 진정한 위로가 없다. 잘 먹고 사후까지 챙긴다. 이건 말짱 거짓인 과거사다. 거짓 진실과 화해다. 놀지 말라. 우리 산토끼가 삼각편대로 가로질러 이 진달래 강산을 핏자국 하나 없이 씻어줄 꺼야. 우리가 남김없이 밝혀주고 이 돌구멍에 들어갈 거야. 이 돌산이 있는 한 저 천년동굴이 뭉개어 내리지 않는 한, 독사에 물리고 쪽제비가 밀고 들어오지 않는 한, 우리는 살아남는다. 우리는 초식동물이다. 우리는 그 분의 초록음성을 듣고 있다. 우리는 자연수행교自然水行敎를 믿고 있다. 우리만이 땅 속 이 공동묘지 곁에 굴 파고 서로서로 닦아주고 말씀 들어주신다. '쪼롱쪼롱!' '지쪼롱! 피초롱!' '나는 억울하다.' '나는 자살하지 않았다.' '나는 차별 않는 한 가슴! 한 향내!' '째빛째빛!' 그래서 세상의 빛 나눔! 풀빛 평화밖에 모른다'는 넋들의 피울음을 다시 새겨듣는 것이다. 숲에서 운다. 흙 속에서 운다. 부슬비 오는 밤 울음소리다. 굶어 봐라. 매일 관에 들어가라. 매일 피를 흘려 봐라. 저 눈감고 놀아난 높고 낮은 신들을 이 아궁이에 곱게 처넣어 보자. 땀 챈 손을 잡는다. 이것이 노동과 노동의 끈이다. 뿌리와 뿌리를 건드리지 않고 열두 가닥 흐르는 샘물을 맞이한다. 석돌도 차례가 있다. 이 초자연 에너지 신 기루만은 그만들 태우고 '내가 죽거들랑 이 가슴 위에 우리 아들 식이의 문중이에 쌓인 뼈마디를 얹고 묻어다오.' 푸른 앞바다 돛단배가 저 섬으로 삼각점을 그린다. 산토끼 발자국처럼 찍고 노도 저으며 바람에 실려간다. 또 다른 영혼이 서로 쓸어안고 이유 없이 떠나가신다. '우리가 의문사가 아니던가?' 여보, 지금은 어디로 가야 하는지요? 오늘은 두건이 웁니다. 해가 떴습니다. 눈이 녹습니다. 발자욱 지워졌습니다. 눈의 물이 흐릅니다. 님이여! 부디 그 거짓 사체 부검서, 군의관들의 진실꽃이, 활짝 필 날이 어서 오길 삼가 비옵니다. 말하자면 '위대한 인물'이 지구를 결과적으로 망친 '위대한 정복자'였습니다. 오늘도 기다리던 님 덕분에 찬 도시락 햇빛에 약간 따스해졌습니다. 얼른 한 술 뜨고 해 빠지기 전에 내려가야겠습니다. 괜히 또 어제는 귀혼들의 유언을 받아쓰다 마음이 걸리는지 계속 설사가 났는데 속을 더 달래야 할까요. 그냥 갈까요. 가만, 젊은 친구! 연관이! 귀정이, 미경이, 용권이, 그리고 경식이! 보고 싶었네. 보오고오 싶었따고오~ 나 손도 곱고 미끄럽겠지만 아랫 세상에서 좀 붙잡아 주게나. 요즘 허리가 안 좋아. 벌써 움지골에서 몇 번이나 쭐딱 미끌어졌는가. 겉만 살짝 녹아 낙엽이 썰매가 된 것 같았어. 이젠 아예 길 아닌 길로 돌아서라도 갈까 봐. 꼭 그런 길섶에는 잠자는 산 짐승이 놀라 뛰거든. 안 되겠어. 아, 그대! 이름 모를 산정을 넘고 또 달리 꽃피고 나서도 우시는 뫼꽃 물총꽃과 님들! 기는 수밖에 없어. 그새 기온이 내려가 우리네 민주통일 영혼마저 오늘따라 버쩍 다 얼었지. 옳지! 칡넝쿨을 발에 감고 미안하지만, 당신의 광대싸릿대 두 개를 꺾어 창 같이 찍고서는 냅따 굴러가 보는 거다. '어이 손 시러! 자아, 내일 또 봅세!' '잠깐, 형! 우리 이대로 계속 둘 거야? 형도 우리 만나서 더 외롭게 지낸 걸 다 알아. 하지만 우린 그 지각변동신에 졌 잖아, 형!' '무슨 얘긴지.' '고만 얘기해! 탱자골 바우형! 그새 깜깜해. 얼른 내려가 불 많이 때. 쌓인 화기로 물이라도 끓이시고 밥 짓는 화 기로 푸세요. 근육이라도 녹이셔야지. 폭설에 물 불어터진 나무라 도 끌고 오시지. 예, 내일 또 가뿐하게 올라오셔요. 홋호홋호, 안녕.' '인디오 열셋! 오늘 눈이 와 기도 안 하는데 내려오세요.' '오우! 고맙 소.' 세상에 '신의 사형법'도 많고 종교마다 걸리는 데가 하도 많아 보고 싶고 만나고 싶고 그리운 사람들! 어디서 얼싸안고 만나겠나. 산새가 되어 봉청매가 되어 같이 이 산 저 산 이 꽃 저 꽃 이 가슴 저 가슴으로 훨훨 날아 다니셨겠지. 내려가는 게 좋아. 산새가 우는가? 아쉬움이 남는가? 난 속눈물이 많어. 업어드리지 못해 그렇지. 아, 옛 어르신 말씀대로 정들자 이별뿐이라더니. ♪ 정~ 마저~ 떠나~ 갔 드라~ 피지 못할 사랑은~ 다아 흙꽃으로~ 피나니~ 내 눈은 타오르 는 불꽃 속에 잠겨 있다가도~ 그대 코와 복사꽃에 매달린 그녀의 입 술은 묵나물 삶는 향기를 따라 있는 대로 다 벌어지시는지~ 내 귀도 지저귀는 새소리를 따라가다 보니 다 타버리고 없나니~ 다 타버리고~ 같이 즐겨 나눌 낭자 하나 없음에 무슨 입 빌어 떠먹여 드리고, 무슨 손을 빌어 주물러 드리고, 무슨 힘으로 업어드릴 것인가. 참, 머나먼 고향! 짧게는 반세기, 부뚜막에서 건초더미에서 반짐승 같이 산 것이 탄로 나 아무도 기웃거려 보지도 않음이여! 오, 한 뼘도 안 남은 나무토막, 가끔 맑은 물에 어리시는 그대 옆에 영원한 사랑으로 타들어갈 '나'는 누구시며, 길길이 쉼터가 된 듯 녹아버린 킬리만자로 아래 일구어지는 초지와 나무춤에 다 잊어버리고 한 자루 내 뼈 묻는 자 누구시며, 아마존 맨발에 흙웃음꽃을 드높여 기리는 자 누구실까. 아니라도 젖탱이춤은 신선으로 흐르는가. 꽃 같은 처자식 남겨놓고, 청바지 재봉틀들 뒤로하고, 내 꽃얼굴 하나 망향각 밧줄에 실려 내릴 때 가게마다 참한 별이요. 꽃송이처럼 따르시는 원주민 앞에 '포록포록! 왜 신은 이슬람인을 미국인을 사냥감으로 몰았을까?' '왜 신께서는 원전재앙이 터지지 않는 한국을 예수님 나라로 우기실까?' '뻐꿍! 뻐꿍' 차별 없는 흙눈물 앞에 다시 일어나 큰절 올리고, 거듭 부둥켜 안아보고, 지열답게 쓰다듬어보고, 검은 흙같이 향긋하옵시라, 안녕은 태초에 없었노라고……. 오, 사랑사랑사랑사랑사아랑~ 숲사랑밖에~ 숲평화밖에~ 없었노라고. '째직!째직!' 오로지 친모성애적 인간 되심! 흙사랑 물사랑뿐이라고, 벌거숭이춤이 빨가숭이들이 노래하며 노을 진 대평원으로 서서히 걸어 가시리라. 가다가 꺼져버린 가슴이 있거들랑 적시고, 다시 대륙 간 강냉이 수송차에 몸을 싣고 양계장 닭똥 치는 작업으로, 강냉이 죽 원더풀이 필요한 곳으로, 이 나라 저 나라 신정을 뿌리며 떠나가다가, 산상에 다섯 가닥 꿀참나무로 턱 서시리라. 원시성은 건드리지 말라며 쩍쩍 벌어져 있으시라. 굵은 몸통은 어머니의 짚신 같으시고, 안은 듯한 두 가닥은 마치 앞서 두 영혼이 맺어질 듯 맺어질 듯 눈물만 지으시고, 중심에 솟은 가닥은 아주 웃는 게 창해바다 독도 근해 밍크고래 같으시고, 모진 비바람에 뒤틀린 검은 가닥은 내 여동생의 애인이었던, 사시미칼 공장장 고바야 씨의 조상묘에 사초 준비하는 장면이 스치는데, 뒤에서 한중일 남북간 장난인지 방해 세력인지, 가만 있는 촛대바위에 뭔 놈의 돈 좀 있다고 예초기를 들고와, '애~앵!' 시끄럽게 말썽만 부리는구나. 나 원! 저 잠수함 깃발에 '평화군국주의'가 무슨 잡아먹을 한일늑약인지 또 기분이 잡친다. 이때다. '진이 뽕지!' '바우 쏭지!' '진돌이 너 이리 와!' '아야!' 꿀참나무 아래 산돼지 가족들이 파제끼고 간 자리에 개 코는 역시 예민했다. 휘어진 산딸기 가지마다 뒷다리가 달렸는지, 꼬랑지 냄새가 나는지, 몇 마리나 설치고 갔는지, 연신 쿵쿵! 코를 박으며 똥을 따라 혁혁대다가 빨간 도토리 하나 길게 뻗은 새 움을 보더니, 목이 타는지 뽀드룩! 깨물어 먹다가 떫은지 내뱉고 간, 알송달송 뽕지! 오락가락 쏭지!였다. 참 어렵다. 무슨 문단보안법인지, 개인개인의 향기로운 프라이버시! 그 옛날 한스럽지 않으신 동심처럼 구구절절 밝힐 수가 없다. 목도 반듯하게 한 번 못하고 누우신 님들 앞에 온 저녁 잠긴 반달이 춤추며 떠오르시는 얼굴, 환하신 얼굴들. 맑은 물 한 잔 떠올리며 군데군데 짤리고 보니, '앗따, 맛 좋다! 껄껄!' '이거 정말 죄송하여이다.' 사실은 어머님이 썬 시원한 챗국은 근처 품앗이에 있었으므로, 높다란 참옻나무에 벌써 오만 벌님들이 왕왕거립니다. '와와, 고마워라!' '뽀뽀뽀뽀!' '누구여?' '하하, 어신남신 옹찬, 단오날이랍니다.' '아니야,

이러고 있을 때가 아니야. 장마가 오기 전에 갈대 부들을 좀 안고 나와 추슬러 봐야 하는데, 큰일이다.'

이 시간, 태극무늬 나비 한 마리 손등에 앉았습니다. 팔랑팔랑! 노오란 대롱으로 콕콕콕 찍어댑니다.

빨강 주홍 오디가 익어갑니다. 찔레꽃 향기가 뜨겁습니다. 한 평생 흙에 벗어던진 성은 건강합니다.

양지 바른 나뭇깐 짚새에 앉은 점이할머니 볕을 쬐신다. 빙긋이 옆으로 반쯤 돌아 다시 주섬주섬 옷가지 몇 겹을 꽃잎 같이 넘기시더니, 눈깔사탕 하나 꺼내시는데 반 개인가보다. 쪽쪽 빠시더니 앞니 빠진 점이 문틈으로 쏘옥! 짜압! 쫌!(오, 흐뭇한 풍경!)

♪ 산 위에서~ 부는 바람~ 고마운 바람~ 발가락을~ 생긋생긋~ 간질이는 바람, 솜털 같은~ 안은 등성일~ 타 넘는~ 바람, 전생에~ 겨운~눈물진~ 바람~ 등 넘어~ 업어드는~ 배설비~ 그 바람, 온몸으로~ 쬐이는~ 천상의 이 바람은~ 당신의 천 년 온천에 비기리요~ 있다고~ 주변을 돌아보지도 않고~ 수십 가마니~ 삶아 먹은 한약제에~ 비견하리요. 오, 우리 친구 어머니는 열셋 낳으시고도~ 누운 녀석 뻘떡 일으키시는~ 저 중동 창과 방폐 중간지대~ 언제나 아버지와 일손 맞춘 그 중도 바람은~ 앞서 가신 님들의~ 산바람~ 흙내음~ 저저 38선~ 풀향기가 바로 평화의 상징! 우리 님이 아닐소냐! '종교일

치'가 당신이 아닐소냐! ♪ (지구 밖 핵사랑보다 더 귀한 게 뭔진 몰라도,)

토끼 소녀가 허기진 노루에게 물었습니다.

"자유가 뭐야?"

"굶어 죽는 것!"

"평화가 뭐야?"

"신을 잡아 먹는 것!"

"마지막 사랑은?"

"너와 내가 풀을 찾아서 떠나는 것!"

찬밥 한 술 뜨려는데, 비가 쏟아져 하산하려는데,

"점시임 잡싸심까, 아~ 삼거리임다~아~"

먼 능선 저쪽에서 들려오는 한 여인의 푹 익은 흙가슴, 씹다 만 날콩 한 조각이 잇몸에 박힌다. 참 고솜도 하시다. 와, 방천 뙤약볕 아래 강돌마저 갈라지던 돌망태 작업에 얼음수건 한 장 날아드신다. 자신도 온몸이 푹 젖었을 텐데, 자신도 정작 점심을 걸렀을 텐데, 쓸쓸한 골짝 어느 모퉁이 돌이끼로 피어나 얼굴도 모르는 이 산 같은 사랑을 봄비 같이 날려 주실까. 너무나 인간적인 목소리 쫓아가 안아주고 싶다. 날마다 업어드리고 싶다. 속만 탄다. 빗방울 굵어진다. 개구리 다 뛰어나온다. 빛을 받아치고 울음 운다. 가랑비가 내린다. 더 우렁차게 울부짖는 옛날이 녹아내린다. 장작불빛 사이로 산 위에 촉촉이 젖은 두 눈이 정지문을 두드리신다. 알들이 떠내려갈까 봐 아마도 저렇게 밤새껏 우나 보다. 잊어버리라고, 다 날려 보내라고, 이 한밤 연못에서, 미나리밭에서, 논바닥 고인 가슴에서, 오리 거위 풀어놓은 갯버들 왕골 늪지에서, 울며 뛴다. 널리널리 알 실을 자리 신방을 꾸미려 노란 몸통 아래 깔고 앉은 검은 몸통 등쳐 업고, 저들도 큰 물 오기 전에 편안하고 안전한 땅으로 안고 뛴다. 울며불며 의문의 넋 찾아서 뛴다. 때가 되니 산짐승 못 잡아먹게, 하나 울면 내일모래 진실 한마당 같이 구슬피도 따라 운다. '껄껄껄! 상수 취수원으로 당연히 흘러든, 눈, 코, 입, 피부, 그리고 쑥, 약초, 닭의장풀, 자연생, 망초, 여귀, 취나물, 쇠뜨기, 크로바와 어린 날개들과 유전자조작(GMO)밀 등이 뒤틀어지거나, 완전히 고사되거나, 뿌리식물과 이파리들의 무수한 영혼들, 의문의 죽음들이 인간의 본성 1급수를 붉은 말씀으로 잡아먹거나, 주색잡기酒色雜技에 맞잡이가 되어 놀아난다. 이것이 바로 다슬기마저 맥을 못추는 신들의 군사반란이 아니고 무엇인가. 마지막 천연기념물이 요새화 되고 주전부리화 되어 '수량확보'라는 병명 아래 초록 부음으로 날로 음독하여 심심찮게 운다. 따라서 이 솔직한 영업이 그의 오염원 따라 퍼뜨린 점이 바로 '전능하신 파시즘'이요 '보통독성'이다. 디지털화는 미래 꼭두각시요, 바이오지능은 잡동사니요, 기후에너지 신제품들은 끝내 자생적 범지구적 메커니즘을 망칠 테니까! 아, 다같이 울어뉘 통일혼을 빼놓고 죽어갈 것인가. 모른다. '잘난 신들'은 모른다. 나도 너희도 그 날, 세상없이 울고불며 죽어갈 것이다. 웃으며 떠나는 나그네도 청산에 소리로 남은 무덤들 꽃같이 채워 나갈 것이다. 다시 태어나도 눈 맑기만 한 우리 개구리편에 확실히 서서. 아무리 못 배웠지만 개구리 같은 이 알리고 알리는 노래! 저 산 넘어 불어와 폭, 가슴으로 배이는 모정의 소리! 저 꽃향기 날리는 눈물의 가락들! '오, 개구리 아리랑!' 그대 진심 어린 위로의 말씀만을 바라보고, 계산도 없고, 깔림도 없고, 기름끼도 없고, 잘남도, 못남도, 실패도, 승리도, 없는 이대로 꽃피어나는 인간의 목소리가 하 그립다. 개구리 혼신이 되어 이 비 내리는 솔넘개 공동묘지로 이룰 수 없는 짝사랑 일망정 우린 건너간다. 향긋한 꽃너울 너울로 떠나신다. 불러라! 불러! 물소리 새소리 다 터지게 불러라!

♪으으응! 아으응! 으으응! 오으응! 산에 논에 개구리 운다. 뻔한 부정선거에 슬퍼서 우는 듯 좋아서 우는 듯 산개구리 운다. 엄마 아빠 같이 울어 아들 딸냄이 따라 운다. 어제같이 살얼음은 깨지라고 울고, 오늘같이 가랑비는 밑 터지라고 운다. 봄이 오면 봄물 따라 울고요, 꽃이 피면 꽃물 따라 울어요. 상여소리 처량하면 물속에서 울먹이고요, 참은 눈물이 하늘나라 일용직 따라가며 골골 울어요. 아~ 세상에~ 저 눈물 마른 의문의 넋! 그대! 땅속에서 울먹인대요. 대동아전쟁 총알받이 우리 작은아버지 이웃집 아주버님 그 옛날 점심은 드셨느냐고 운대요.

슬픈 사람 찾아오면 하나같이 위로하시고, 밀보리 잘 되라고 밟아주러 뛰어드시고, 거름 속에 깃들어 풍년농사 지어주시고, 벼메뚜기 벌나비들 날아들 땐 '멀뚱멀뚱!' 너와 같이 살다보니 울다가도 그치고, 그대 같이 있어주니 눈 굴리면 못살겠네. '여보여보!' 기왕이면 웃겨가며 살다 가소. 총칼 잡은 가짜 미디어 남정네야! 이제 그만 울리게나. 개구린들 인간인들 울고 싶어 울겠는가. (다 빵점!)

당신은 불이요, 흙이요, 물향님의 가냘픈 목소리로 깊은 고요 속으로 다시 흐릅니다.(오, 처음이자 마지막 홀라당 사랑이여!)

아무래도 잘못 산 것 같습니다. 삽과 거름을 지고 가도 따라오는 소리입니다. 손가락으로 뽑히는 민들레와 냉이에 달려오는 노랑 지렁이를 털어놓아도 물려오는 소리입니다. '처음 만났을 때 남쪽 남자는 한쪽 눈에 검은 눈동자가 없었습니다. 어린 아이들과 저 남자랑 살아야만 한다는 생각을 가졌죠. 분단이 길수록 연애기간 동안 성격이 안 맞았는데 헤어지자 하면 죽는다고 설쳐대니, 생떼같이 젊은 남자가 죽어간다면 내가 어디 간들 다리 뻗고 살 수 있겠어요? 더 고민은 내 한쪽 눈을 째주면 안될까?' '늙어서는 아무것도 안 되어요. 힘이 없어요. 조금이나마 젊음이 남았을 때 자기 춥지나 않나 주고 싶고, 얘기 하고 싶어요. 가지고 싶구요, 사랑해요, 사랑해요. 그대 아픔이 내 아픔이에요.' '나는 사랑하는 사람들을 잃었습니다. 사회의 잘못된 현실에 책임이 있습니다. 만약 당신이 사형을 당하면 나도 그날이 사형날입니다.' 아, 이런 세상에 우리와 같은 뭇 생에게 지구촌을 말려 죽이는 제초제 역사와 무엇이 다르랴. 어디 더 읽어보자! '평택 미군기지 확장 재배치는 미국의 군사적 패권전략에 따른 거점 확보를 위한 것이다. 전쟁과 군사적 목적을 위해 국민의 생존권과 평화권을 거리낌 없이 부정하는 국가의 반인권적 행위는, 아무리 법적 근거를 갖는다고 해도 엄연한 국가 폭력이다. 이는 단순히 동의 여부 문제를 넘어 적극적인 저항의 대상이 될 수밖에 없다.'(오, 수고! 천주교 인권위, 눈 맑은 북망산천 개구라, 들었니? 이만 우리 파랑새 새끼들 찾아볼래.)

단비가 내렸습니다. 뽕나무 아래에도 약쑥, 당귀, 당근, 인삼의 초록빛 새순이 그토록 믿던 말씀대로 평화의 땅을 약속하려나 봅니다. 논두렁을 뛰어 넘어온 개구리들이 적당히 고인 웅덩이에 새 터를 잡고 어제 소생이 흉 봤다고 오해를 하셨는지 더 우렁차게 울어대고 있었습니다. 갑자기 땅 임자가 모는 포크레인이 내려오더니, 오랜 세월 순거름만으로 땅도, 물도, 뭇 생도, 철새까지 살리고 찾아오게 해 두었는데 싹 파 엎어버리고 말았습니다. 이럴 때 신이여, 기도가 됩니다. 나는 다이너마이트를 배우지 못했습니다. 거름 몇 삽질 힘은 있지만 저 제국의 하나느님, 저 쇠뗑이의 기름을 가로챌 수도 질러버릴 수 있는 머시기도 나에겐 없습니다. 임자가 한 게 뭐 있다고 북쪽 새댁의 눈알을 이식할 것이며, 할머니의 풋사랑일랑 얘기 동무로 삽마저 놓고 씨름할 겨를도, 이미 반노예화 된 이 신세로 무슨 사랑에 녹아날 힘이 있겠습니까? 내 씨 하나 내 땅 한 평 없는 마당에 이 보고픔이 허튼짓이 아니고서야 무엇으로 지게 아래 아픔을 달랠 수 있겠습니까? 저토록 깨골깨골, 땅이 꺼지도록 하늘이 무너지도록 울어대는데, 이놈의 씨자루 때문에 쫓아가지도 못하고, '으응! 어으으응! 사랑밖에 없다. 늘 통사랑밖에 없다.' 저 쇠뗑이가, 폭격기가, 고철이 되는 내년까지 아까운 거름더미마저 도둑질해 가면 어쩔 것인가? 남이던 북이던 아직 한쪽 눈이 있다. 저 쑥대밭, 저 달맞이꽃밭을 낫질하여 괭이질로 쪽삽질로 일구어서 씨라도 건지다 죽자. 이상하다. 반자유+반민주=새 땅이 아닌 것 같다. 아무래도 잘못 살았다. 이토록 잔설이 남은 차가운 골짜기에서 밤이면 발톱 센 짐승들에 먹혀가면서 온몸을 적시고, 겨우내 긴긴 밤 밥상도 한 번 못 받아보고, 오로지 새끼를 위해 몇 마리 남아 님이라도 퍼뜨리고 죽을라고 했건만, 이토록 쇠바가지에 찍히고, 살덩이가 벗겨지고, 눈알이 튀어나오고, 허연 뼈마디가 다 부서지고, 골통이 깨지고, 뻘건 허파가 갈라져 쇠바퀴에 끼어 있고, 달라붙은 창자 줄기들이 사슬이 되어 신무기를 모조리 칭칭 감아 흡혈귀처럼 뽑아 분해시켜 버려도, 어디선가 끊임없이 울어대는 청산 개구리 우는 산하가 되고 말았다. 가엾다. 슬프게도 운다. 그렇다고 갈라서 있으면 물러설 곳이 없다. 더 이상 그대 넋을 지고 도망 갈 곳이 없다. 정말이다. 아무래도 잘못 굴러왔다. 이토록 온 세상이 떠나가도록 울어본 적이 없으신 우리네 어머니시기 때문이다. 구름인지 빗물인지 자욱하다. 아무리 생각해도 이 봄 이토록 밤낮으로 울려놓고 ♪ 울려만 놓고……, 엇허, 여보수! 김삿갓! 이건 잘못된 거요. 나도 잘못 알았소. 미안하오! 아무것도 한 게 없는 인간 같지 않은 총잡이네 남성들의 뒷다리라오. 아, 서로 겨누어온 조선반도여! 둘 다 남 좋은 일만 한 천추에 빛날 얼간이들! 미안하우! 으으이! 어으웅이! 으으이! 어으웅! 으으웅! 오오으으웅! '그 옛날 그 물가에서 물평화는 몰라도, 나는 남들 발 뻗쳐드리고 나까지 공터가 생기면 나무로 돌아가리라.' 하오나 '계시'라고 겁주지 마오. 이 시대 당신의 신성한 말씀이시다. 그대는 신비한가? 그렇다. 그대는 죽음이 없는가? 그렇다. 그대는 만족하는가? 그렇다. 그대는 사랑인가? 그렇다. 그렇다면 오늘은 무엇으로 사람다웠는가? 너희는 서로가 나의 영원한 애인! 나무에, 낭

그에, 낭게에, 낭구에, 님의 낭에 입 맞출 때, 태초에 맑은 물인 우리는 서로가 죽어서도 향이로소이다. 주인 나그네여! 뒷날 점하시라. 2006년 4월 2일 저녁 7시 반경 13마리의 청수리 닭은 오리 떼가 화봉치에 날아드니 울음소리 그치더이다. 이것이 진실이 아니라면 한백년 후 누군가 찢어 불쏘시게로나마 활용해 주신다면 반기리라. '서리가 내렸어요.' '그러게, 개구리 입이 얼어 붙었구랴.' '전국 기온이 영상 1도에서 10도라던데요. 최저기온이,' '남남이 높은지, 북북이 낮은지, 그것 믿다가 보온덮개 또 살짝 씌웠더니 또 낭팰세.'(껴안아야 할 신세대까지 돌려보내자니,)

'올 청명 한식엔 사초를 많이 하시네요.' '윤달이 끼어서⋯⋯.' 비에 젖은 상수리잎이 붉다. '할배요, 곡우산으로 널바우로 한 바퀴 돌아봐요. 많이들 올라올 것인께요. 노인네 고춧대 태우다가 산불⋯⋯,' '홋호홋호!' 둥지둥지 너어새 이슬에 젖어 오늘도 울며 초록잎으로 돌아가시다.

'용궁보살 있잖여. 불 때 났다고. 야, 그 동네 자매님도 얼마나 인정스러우신지.' 'ㅎㅎ~낭낭! 칠십 줄이면 찔레향일세. 자네도 봤지. 자연산 빨간 입술 애교 만점! 누르대 같으셔. 취나물향에 감치시고 발길이 닿는 곳에 귀한 나물 안 가르쳐 주지이.' 새소리 더욱 맑다. 산바람은 끊어졌다가 불었다. 미운 정이 하나 없다. 우리 아버지께서 지어주신 이름 뒷자리도 끝없이 버리고 살라 한다. 다 같은 기도밖 돌 틈으로 할미새가 보실보실 울며 나르신다.

'석불암 열셋, 여기 목련화 다섯, 아우님! 이상이 없습니까?' '예 예, 형님! 오늘도 서로 즐겁게 좋은 일 많이 하십시다.' 작년 가을에 캐서 흙 채 말려두었던 손가락만 한 홍당무들이 새빨갛게 빛난다. 말랑말랑 깨물수록 단 향이 돈다. 제멋대로 굵고 짧게 빛 따라 흙심 따라 자랐던 것이다. 음, 네가 좋아, 붉은 피가 곧잘 도나 봐. 쌀농사 까지 거덜나기 전에, 세계 곡창지대로 농장용 경비행기장으로 이주 하여 그곳에 뼈를 묻고 살아야지. 곡물로 더 이상 장난하지 못하게 해야지. 다시 태어나도 이 자연지기 손거름에 녹고 싶어서 원래대 로 털이 자라게 이 흙옷마저 풀빛 어린 움막에서 다 벗어던지고 살 아 봤으면, 하나씩 걸칠 때마다 하나씩 숨기는 것 같아서 견딜 수가 없나이다. '핫핫하, 향기로운 젖낭신이여! 응답 안 해도 괜찮다. 여 기 물레봉 둘, 오버!'

행복하시겠어요. 떡춰 아지매는 뚜렁팽이 질갱이처럼 사시니 요. 가슴이 아파도 '세월이 용서'하신다니요. 밀밭 안처럼 구수한 밀 향기에 무너지기도 하시고, 스러지기도 하시고, 꽃대궁처럼 '지는 척 서로 기울어져 주심'이 '바로 더불어 삶이라'는 법언도 하시고, 그 등실한 가슴처럼 품 넓게도 웬만한 쫌팽이들도 미소 짓지 않고는 못 지나가니 참솔 넘어 보는 이도 행복하네요. 섭섭새 한 마리 깃들 자 '바람에 날려야 향기지.' 하시며 작대기로 꽃잎을 후드리시며 스 스로 샛별이 되시고, 어느 날엔 삯별 옆에 뜬 반달이 되시고, 찔쭉새 두 마리 찾아오자 응달 속에 백도라지로 꽃펴 나시고, 고구마순 먼 길 장에 갔다 심거지니, '다시는 안 보려고 그래요.' 하시며, 된장, 고추장, 김치항아리가 앞서 가시고, 풀더미 보시더니 '거름 좋다고 땅이 산다'고 건초도 보온용으로 건사하시고, 들날짐승이 하도 설치니 '세상이 뒤집어지지, 아마도' 하시며 각 중에 큰소리로 남 놀라게도 하시면서, '당하는 이만 불쌍타만 돈 없으니 당했어. 낫을 목에 걸고서라도 바지런히 벌라고.' 와! 뜨끔뜨끔! 이 날은 염소가 돌아가며 설사하던 날이다. 그대, 앵초재 넘어 날아가신 날이다. 도라지 더덕씨 고르게도 땅에 붙던 날이다. 윗밭에 벌써 두 번째 '강냉이를 싹 캐어먹고 없던 날'이다. 산미나리 한 웅큼 바소쿠리만 한 아가리로 향 좋게 쳐들어가던 날이다. 떡취에 취해 그 무엇에 홀려, 다음 이를 위해 부처바위 비 가림 하나, 지붕에 돌 몇 개, 눌러 놓던 그날이다. 아, 내 붉은 심장 하나 까뒤집어 6월의 숨 막히는 찔레꽃! 그 해 6월 민주시민 대항쟁의 수많은 흰 저고리, 바로 온 모정의 싸리꽃 향기에 파묻혀 가고 마는가? 그 세월 흐려 빗물에 쭐딱 미끄러져 깔아 뭉갰는데도 싫은 소리 한마디 없으시고, 다 닳은 껌정고무신 바꿔 놓으시고, 양발 한 뭉텅이 안 터지는 작업바지 싸릿문에 깃빨 같이 가슴 설레게 턱 연분홍 보자기에 싸놓으시고, 어딘지 '무서운 이웃'으로 변해간다는데, '대한민국 기무사가 민간인을 사찰'하듯이, '살상용 공기총이 난무'한다는데, 신이 보일 땐 혼자 울고……,

'밑이 잘 든다고 감자꽃 따주는 세상에' 예! 낫질을 같이 하게 될 날이 오겠지요. 고마워요! 떡취 아짐니! 이 곰취떡값을 어느 세상에 다 갚아야 할지요.(울고 싶네요.) '믿음'을 표시 안 하셔도 원래 다 흐르시니. 아~ 여러분은 맑은 물! 맑은 가슴들!(사랑하고 싶어요.) 돌아서서는 남말 하지 않는 여장부! 덩달아 이 김삿갓 사촌도 그 세월 이리저리 내몰려 설움이 북받칠 때, 밀향기 누어 가실 때, 풀풀이 오로 지 인간의 정 하나 기울여 주심에 그나마 간간이 행복 하였나이다. 피해 심한 저희 같은 고온현상 작물들도 다행이었나이다.(땡초 올림.)

　　마라, 마라, 마라, 마라, 마라신이래요. 살다보니 곡식이 남았 는지, 신들이 배가 터졌는지, 참 이상한 일도 많다. 연자주 아기 초 롱꽃이 연분홍 진달래꽃철 벌써 5월 초사흘인데 꽃이 없으시다. '안 그래! 골골이 연기가 자욱한데 뭐!' '그게요, 향이 많은 게, 신부님도 사람인 게, 머잖아 동거법을 발효시킨 게, 자연인으로 맑은 샘가에 한 번만 가서 심어 보장게.' 이렇게 민초들께선 꼭두새벽에 대자연 의 비밀을 예견하고 계셨다. 오르면 물이 되셨고 내리면 불로 변하 셨다. 묻히면 묻힐수록 향기로운 세상이었다.

　　'오늘 어이 하면 좋을똥! 올라가는 중 모두들 조식은 먹고 왔는 지 모르겠네. 에이씨!' '하하하! 큰물 나겠어!' '글쎄, 쏟아지겠는데. 다들 목에 힘을 주니까 그래, 앉아 있다간 떠내려 가지이!' '떠내려 가는 이들이 누구겠어. 싸~아~우~웅!' 엄청 쏟아진다. '잠바라도 걸 치세요.' 산할아버지셨다. 새 순을 본다. 잔설이 남은 희둥푸둥한 산 이 아름답게 다가온다. 자기희생과 온 기도에 잠기어 그 분의 원시 적인 생기를 잃으셨다면, 저 나무랄 없는 용모에 산 같은 미소를 보 지 못하셨다면, 한창 물달개비 터질 듯한데, 이 말똥가리 가슴을 멍 들게 하셨다면, 물 한 그릇 앞에 쉰밥을 빨아 남몰래 우시는 저 하늘 같으신 어머니를 잊으셨다면, 이 눈보라치는 산마루에서 가슴에 묻 은 생꽃을 소리쳐 불러대시다가, 눈물이 고드름이 되어 옛 빨랫터

어딘가에 쓰러진 님을 비켜가셨다면……,(비켜 가셨다면,)

　'잘 하신다.' '잘 하십니다.' '고마워요.' '좋은 마음으로 받아 주
셔요.' '오늘 수고하셨소오!' 여느께나 소 입 같으신 벙긋한 웃음으로
배추모종 묻으랴, 잠을 쫓으랴, 허리통 내려앉으랴, 저 피할 수 없는
꽃상여 산마중 하시랴, 고단한 나날 받드시는 정에 '고랑마다, 돌마
다, 물길마다, 포기마다', 내 자식 같이 예쁘게 파묻고 가시며 뒤따
르는 가락. ♪나비도~ 오무려야~ 까궁알이~ 쏠리고요. 꿀벌도~ 벌
씨니~ 참꽃이라~ 하더~ 이~ 다. ㅎㅎ! 아이가 달다고 했다. 두 번째
입가에 대더니 짜다고 했다. 산꼭대기 지키던 일용근로자가 낙엽이
젖었으니 하산하자고 했다. 불기가 사라졌으니 남은 시간에 헛골이
라도 타야겠다는 것이다. 봄정이 마구 썩어갔다. 새가 모여 드는데
지난 가을 체질했던 자리에 해바라기 싹이 콩나물 나듯 짓밟은 탱크
자국 사이로 피어나셨다. 팥고물, 콩고물, 흙고물, 새파란 잎들이 춤
추며 있다 가시라는데 방황하시다니요. '예예, 맛있게 먹었슈. 덕분
에.' '올라 오셨으니 내려가시기만 하면 됩니다.' 하루 한 끼가 어딘가.
다들 세상에 최고 행복한 시간이다. 아름다운 죽음을 낳고 받아들인
당신, 저 푸른 산잎들이 비에 젖어간다. 따뜻하시다. '나' 가고 나면 호
박 줄기가 한 발씩 뻗어나가 주시리라. '어머나!'(오, 눈을 감을수록 모두
가 생사의 기로에 선 소녀의 영혼이시다. 옳다! 다 사랑덩이가 아니시던가. 단숨
에 안아드릴 우리들 눈물 진, 초록 진, 자주빛 도라지 따님이 아니시던가.)

　신께서는 먼저 물과 새들에게 남은 미래를 맡기신 것 같다.

'초능력자'란 초록세상을 조용히 가꾸고 계신 분들이 아니신가 하오.

'썩지 썩어!' 갈대 진창에 높다란 풀을 베니, 구수한 향기나 진흙 내음이 도랑물에 빠져도 모르시겠다. 삶과 죽음을 넘어 밀 보리씨와 젖향에 취한 농꾼에게 근심 없이 가라 하신다. '웅크리고 앉으신 신들이 먼저 썩지, 썩어! 젖은 호미여! 우리 힘을 내자!' '안그래? 여보, 얼룽 얼룽 썩자고!'(풀낫을 드신 여신사이지만,)

2007년 4월 5일, 드디어 감자 놓다. 강냉이 심다. 여한이 없을 것 같다. 하늘이 도와주신다면 한 해 더 굶지 않고 살 수 있을 것 같기도 하다. 아, 오늘 같은 날만 있으라. 이 기다림만 있으라. 부디 우리 사는 날까지. 어느 세상 숲속 텃밭이던 감자님은 아낙이시고, 강냉이는 나그네이셨으니까요. 노란 솜두리꽃이 아장거리며 폈습니다. 노르스름한 치타놈 한 마리가 맛있게 뭘 오물거리다 귀바퀴가 날랑하더니 앞다리를 세워 휘둥거립니다. 저 건너 길다란 녀석이 새끼를 삼키고 있는 장면을 보았습니다. '꿔익꿔익!' 왔다갔다 소리쳐 웁니다. 뒷구멍으로 쏘옥 빠져나와 한 인디오가 화살촉에 바른 독풀을 싹싹 바르더니 앞구멍에 확 뿜어 버립니다. 최후의 수단을 배운 것 같습니다. 독버섯인지 금보석인지 놈의 눈깔이 멀어버리고 말았습니다. 붉은 수리가 그대로 내려꼽히더니 아직 어린 인육 벌떡거리는 밥통을 찢어 갈기고 있습니다. 아, 이대로는 반쪽 냉전 지

구를 다시 일으킬 수가 없을 것 같습니다. '쪼롱쪼롱쪼롱!'

이때 희고 검은 날개에 하늘색이 반짝이는 새들이 앞 능선에서 우짖더니, 가지가지를 날아와 금빛 찬란한 알갱이를 숨도 안 쉬고 쪼아먹었고, 잠시 후 거북바위 아래 산쑥 인진쑥 잎으로 목을 축이더니, '콕콕콕!' '프르륵! 휠휠!' 갈라진 배에서 허기진 배로 넘어가고 말았습니다. 꼭 밤 두 시 무렵 내려온 큰 발톱이 편히 쉬었다 가는 8부능선 모시진달래 언덕 밑에서 누운 똥에, 하얀 작은 발톱들과 함께 검은 빛이 나는 알맹이가 빠져나와 있었던 것입니다. 아, 누가 효도보다 그 어떤 은혜보다 더한 푸른 넋을 모르시나요.

알고 보니 나는 새들은 가볍게도 자신의 노래를 부르십니다. 스쳐온 가슴은 온기 따라 날으십니다. 쑥쑥이 한 입에 파가지고 사랑 찾아 자유자재로 옮기고 나르면서, 목젖 축일 정도의 물기를 고개짓 방아짓으로 산천에 절절이 인사하듯 숙이고 또 숙이십니다. 뱀 아가리 벌린 것도 아니요, 고슴도치 발톱도 아닌지라, 누는 곳마다 뿌린 곳마다 우리네 어머님의 온 가슴이셨습니다. 씨마다 잠시 눈먼 귀신은 있을지언정 죽임은 없었나 봅니다. 놈들의 배를 물어뜯어 벌린 후 꿰맬 때만 마취제가 없게 한지라, 잠시 통증으로 벌하매 다시는 뇌물천지 삐까리를 거두어 찰거름이 되라고 하십니다. 그 알맹이는 바로 하늘이 내린 생명의 알! 지구가 도는 한 도는 힘을 주시고 뭇 생도 기력을 되살릴 그대는 신보다 더 위대한 몸! 더 이상 굶겨 죽이지는 말자고 물기 하나 쑥잎 하나 스스로 돌아갈 수명에 맞게 깃드실 나래들! 아, 보면 볼수록 얼마나 무한정 깊은 아름다움인가. 신비로움이신가. 끝내는 다 죽여버리고 말 저 비료, 농약기 하나 없이 해마다 팔뚝만한 통들이 두 개, 세 개, 네 개, 검고 붉은 그대 흙심아, 젖가슴들아, 영원하라, 그 이름 당신의 유역마다 꽃피고 아무 조건 없이, 기도 없이, 굶김 없이, 훌훌! 향가루 날리시는 우리 어머님!(옥! 수! 수!)

'여봐라! 시방부터 물리치는 강냉이를 우리네 으뜸신으로 모시는 게 어떻겠느냐?' '지당한 말씀입니다. 예!' 찰강냉이! 콩강냉이! 쌀강냉이! 통강냉이! 밀강냉이! 그리고 말로만 트림하는 엿기름 평화를 날려버려! 야이, 천하에 못된 짐승들아! 그 방아쇠 당길 힘이 있거들랑 당장 저 핏빛 사막 저 생떼 같은 우리 이웃 속, 여러 원시인, 자연인! 그래, 이름 모를 재두루미 넘나들던 중국, 이라크, 칠레, 이집트, 팔레스타인, 인도, 아이티, 아프가니스탄, 시리아, 일본 영혼을, 피난살이 태양이 아닌, 천연天撚 영혼을 속히 구해 내! 저 아프리카 대학살을 옥수수로 막으라고, 옥수수를 꺾어놓고 점령한 그 넓은 '경기장'에 강냉이를 심으란 말이야. 배가 고파 죽겠다. 다시 한 번 강냉이죽이 말한다. 너네 신은 '무엇으로 배워먹었느냐'고. '먹여 살릴 과목 외엔, 교수 외엔, 향기 찬 흙물 외엔, 다 걷어버리자'고 물이 간다네~ 바다가 간다네~ 사람이 간다네~(돈이 간다네. 나라가 간다네.)

물이 없다! 사람이 없다! 저 정원에, 화원에, 꽃밭에, 꽃섬에, 꽃나라에, 무엇을 심어야 마땅하겠소? 삼켜버리는 놈을 살려야 되겠소? 알맞게 꼭꼭 씹어 내 작은 날개의 기력만큼 그날그날 쪼아먹을 새들에게 돌려주어야 옳겠소? 나는 고개 숙였다. 사계절이 지워질수록 산토끼는 낮에도 겁도 없이 돌아다녔다. 반가웠다. 꽃보다 긴 창자를 채워야 했다. 어느덧 반딧불 나라에도 알알이 통통한 평화가 왔다. 오죽하시면, '째쯔째쯔째쯔! 희찌! 희찌찌!'(곡 하시랴.)

새들도 가볍게 하늘 높이 날아 짝을 찾으시는데…….

'여기 꽃창포 셋, 감 잡았음.' 다만 백성에게 하루에 열 번 천 번 큰절 하면서 오히려 '잘 부탁드립니다.' 했다면 이 꼴이 되어? 오죽하면 토끼 아씨가 말 못하는 산동무들의 대화를 만에 하나 알아챘다고 떠들겠어요. '여기 살살이 본부! 도둑질에 길이 난 벼슬아치도 문제지만, 눈매가 예사롭지 않고 온갖 사치에 주민을 하인같이 알로 까며 들락날락 밥맛이 다 달아나는 그 집 여편네, 그 뭐여! 그 갓난이 행주치마를 곱게 찢어놓던가? 치익!' '허이 참! 여보, 그런 법이 어디 있는가? 나! 사실상 바람개비들, 그 법 말아먹은 혼신이 다 울겠소. 설교가 씨가 된다니, 아무리 그렇지, 내일 떠나시더래도 오늘밤은 쏘가리 맑은 모래바위 밑에 노는 게 좋을 걸.' 아, 순풍아 말하라. 허욕 가고 마늘로 와라.(옳다. 그곳에 가도 '천연수'가 못되는 마당에 신께서도 일이 꼬여갖고 메일 필요가 없지.)

'자아, 강냉이 밀국시 한 그릇씩 잡숫고 가요!' 동글방글 산글 장처녀가, '다 사는 게 서운하시더라도 돌리시면서 드시면서 말씀하시랍니다.'

비가 내린다. 흙향기 날린다. 심은 자에게, 어떤 불쌍한 여자에게, 어머니 모시고 부침질하는 모첨지 정구지밭에, 남들이 싫어하는 일에 붙다보니 싸움꾼이 된 청사또 방울도마도밭에, 뻗어가는 칡도 한이 있지 얼레미가 된 먹정승네 다락논에, 내 집 보고 더럽다고 당신네 비단보 개똥보다 낫다고 대들다가 옆구리만 터진 송대감에게, 농약 같이 먹고 가자던 돌생원 꽉 잡아 또랑물에 처박아놓고 거품 물린 꺼주사에게, 저것도 멀캥이라 해도 눈이 싸그러워서 땅만 보고 사시는 자부님 효도인에게, 만나보면 인간 향기만은 다들 그윽하심에 이 밤 천지가 향그로운 여기 산백합 무더기에, 벌떼같이 날아든 향나방 꿀대롱 꼬두발이에도, 고루고루 밤비가 내린다. 푸른 꽃이 흐른다. 이 사이 파묻혀 돌아보니 알게 모르게 아녀자를 수도 없이 울렸던 것이다. 그분은 다 기록하고 계셨다. 단단히 심장 중간에 새겨놓고 계셨다. 그래서 옛말 '눈 뜨고 죽어 떠돈다'는 말씀이 맞다. 갈 길이 얼마 안 남았다. 바람이 분다. 밀티가 날린다. 2007년 7월 7일, 밀알이 소롯이 모아지고 있었다. 장마를 이겼다. 심장을 말리던 시간이었다. 쑥밭에도, 칡구렁에도, 샛또랑에도, 미나리밭에도, 지배자 둥지에도, 도리깨 덕택에 내년 일부러 씨 뿌릴 일손을 벌었다. 돌아간 옛님이 부자로 사는 이유 중 하나였다. 소 쟁기질 거들어 주신 '빈자의 신'에게 감사드린다.

땡 잡았다. 혼자 사는 봉이 아제 문간에 누가 김치를 걸어 놓았다. 물어물어 퐁실이가 차를 버리고 구경 가다 빈 밭에 남은 걸 건져 왔단다. 걸어걸어 여러 자연 먹걸이를 모시고 왔단다. 씨값이나 하시라고, 조금 더 생각하면 살아생전에 자신으로 인한 아픔과 몰살한 그 집안 주위를 손주 며느님이 둘러보았더라면, 우리 신께서 어떤 우주 형성기에 저 강물처럼 소멸되지 않았을지도…….

'산돌아 또 따라 왔어.' 비바람이 오를수록 몰아친다. '야, 물부 터 먹어! 풋감자는 밀어내고 다른 건 잘 먹네!' 그러니까 해바라기 들기름에 살짝 대친 아주까리랑, 개두릅이랑, 뽕잎에 멸치대가리 하나 속에는, 도시로 못다 가져간 새까만 된장 항아리 속에는, 깻잎 에, 콩잎에, 도라지에, 마늘에, 더덕에, 고추에, 개살구까지 박아 놓 은 것, 와! 인절미도 썩어 있었다. 해바라기 기름 외엔 솔님이가 지 은 것은 없었다. 그녀의 할머니가 담그신 것이었다. 사실 산돌이 가 남긴 것은 더 많았다. 솔가지에 지푸라기에 꺼끄러운 보리가시 며……. 1985년 4월 부활절이 시작될 무렵이었다. 생환의 기쁨이 냉 동된 시체로 돌아왔다. 솔님이는 오늘도 산새가 된다. 그녀의 영혼 은 어디론가 비바람이 부는 곳으로 날아간다. 다람쥐 한 마리가 연 초록 꽃잎을 따먹고 있다. 층층나무 아래 가만히 앉아 있을 때면 가 쁜 숨을 몰아쉰다. '피~우~웅!' 갑자기 화약냄새가 솔바람을 타고 올 라왔다. 엄청 큰 멧돼지가 괴성을 지르며 쫓겨 온다. 종로3가 주차 장으로, 비원으로, 골동품 가게로, 창가집 주변으로, 솔님이는 그 주 변 '때밀이 소녀'로 치과기공사 친구와 더 아름다운 나라로 가던 길 목이었다. 맥시코 엘파소 어딘가 멋지게 쳐진 또 하나의 38철조망 을 넘다가, 헛발 디딘 채 뒷춤 청바지가 달라붙어 넘지도 못하고, 기 총 소사에 날아온 써치라이트 빛고을에 퍼부은 원자폭탄식 그 검은

독수리 헬기에 열한 발이나 집중된 만신창이는, 국경 아닌 평화로
平和路 세계질서라는 철망을 피로 물들였다. 긴급 구호국 철조망에
기댄 채 목이 꺾인다. 나는 넘지 못했다고, 나는 엎드릴 수 없었다
고, 나는 강림한 스파이가 아니라고, 흔들던 두 손이 관통한 두개골
을 받친 채, 앞가슴 붉게 물들인 채, 꿈꾸는 사선에 걸쳐져 있다. 두
손이 하늘을 우러르며 서서 죽어갔다. 사형수의 눈물을 닦아줄 두
손이, 하나님의 한 손으로 내려주신, 나뭇빛 우리 어머니가 낳아 주
신 이 땅의 신성한 사랑이, 대낮같이 밝은 대평원에서, 총질한 메이
풀라워의 성처녀 냉동된 고기로 돌아왔다. 아버지가 미웠지만 보고
싶었다. 죄 없는 태백준령을 맹폭격기로 퍼붓는 훈련 바람, 스키장
바람에 검붉은 피를 흘리며 죄 없는 노루가 쫓겨간다. 원천수原天水
산신을 모르고 따라가던 산돌이가 헐떡이는 개들에 물어뜯긴 산돼
지 놈한테 죽기로 떠받친 며칠 후였다. 미사일 조종간을 잡은 아버
지는 사격연습이 끝나면 침청沈靑한 길목 영월 삼거리 국밥집에서
단정히 모자를 벗고, 시골소년 같이 청순한 미소로 메뉴판도 영문
발음이었지만 소리 내어 읽어간다. '호 박 순 된 장 비 빔 밥'을 즐겨
찾을 즈음, 솔님이는 뱃속에 두고 '본토'로 날아갔던 것이다. 자랄수
록 아버지가 밉기도 하고 보고 싶기도 했다. 돌아서서 늘 눈물을 삼
켰다. 두고 간 아버지의 사진은 정말 코만 좀 클 뿐이지, 흙 속에 묻
힌 우리 농부같이 어쩌면 그렇게 푸근한지 몰랐다. 왜 군인이 되셨
을까? 배가 고파서? 배가 고픈 이웃을 위해서? 직업적인 평화를 위
해서? 아니야, 왜 그걸 잡으면 다 살기를 띨까? 혹시 먹고 남은 음식
이, 쓰고 남은 탄약이, 판에 박은 말씀이 넘쳐, 신끼 어린 총알받이

가 되었을까. 왜 인간이 다 하늘이신데 죽이면서 타신을 존경하지 말라니, 살육하라니, 점령하라니, 혹시 겉으론 사랑타령? 속으론 무기판매? 밖으로 호의? 안으로 살인? 먹구름 사이 햇빛이 돈다. 감꽃은 다래꽃에도 늦은 찔레꽃에도 접붙인 참옻에도 향이 퍼진다. 벌들이 부지런히 꿀을 모은다. 후려 넘긴 영혼이다. 굴조개 눈동자가 비친다. 숲속에 하얀 나비들이 둘셋 나른다. '반갑네요.' 서로 정답게 인사를 나눈다. 식량위기용 몸가짐이다. 소나기다. 빛 속에 무쌍을 숨는다. 차 안에서 돈 세는 사장, '빨리빨리 아줌마가 없어요.' 통틀어 나박김치다. 생존을 위협받고 있는 분들은 맑은 물에 깃든 나비잠자리류와 물품들만이 아니셨다. 왜 맨발 오두막에 토속신앙을 모시고 쓰레기도 모르고 하루하루 먹을 것을 삼고 받치는 작고 작은 자연부족은 멸종되어야 했을까? 세다고 초토화 시키면 지구가 또 하나 생길까? 왜 우리 홀어머니께서는 불의의 사고까지 겹쳐 눈물로 지새실까? 다행인지 한 수도자 도움으로 친 이스라엘계 종교 요양기관에 입원하셨다. 그 후 숲가꾸기 단원으로 많이 좋아지시긴 해도 외기러기는 외롭게 날으신다. 눈을 감았다. 어느 품 산새가 운다. 나는 아버지를 보지 못했다. 하늘 높은 데만 계셨다. 죽어서도 간 데 없으시다. '우르릉! 우르릉! 신봉할 것이 무엇일까? 보아라! 나의 나는 물고기밥이 되지도 못했다. 때로는 하느님 아버지가 거머쥔 비싼 기름으로 내 피투성이 오장육부를 만져 보아라!' 너희는 주워 담은 비닐 속 개죽음 당한 육신 위에 피붙이 어머니에게 묻지도 않으시고 골탈을 발라놓고, 콘테이너에 실린 시체마다 통닭구이로 태워 우리 님들에게 알리지도 않고, 시커먼 핏덩일 눕혀놓고 먼지로 만들어 버린 하늘에서만 노니시는, 그 아버지의 재단된 부처님이 아니시던가? 너흰 '참 나'를 찾지 않는가. '꽈꽝!' '소수의 그림자는 가거라! 터진 날갯짓아!' 청숫잔이 노란 송화가루로 넘실거린다. 이럴수록 비가 좋다. 같이 울어주는 듯한 비가 좋다. 비바람이 좋아 나도 높은 곳으로 찾아다닌다. 산돌아! 잘 가아! 너도 날 따라오다가 결국은 총알 때문에, 나도 아버지 나라에 가다가 총탄이 날아와, 꿈결 같은 나라에 가보지도 못하고 그만⋯⋯. 수질 오염원인 샘물 터 파기가 세계신기록식, 리모콘식, 폭격식, 메스컴이 날쳐대는 화려한 소리에, 신하인 우리는 어떤 건물 아래 깔려 넋도 없이 비바람이 되어 떠돈단다. '싸악! 비바람이 되어~ 멀건 타국 노동자가 되어~ 명령식 토론이~ 흥작이 되어~ 먹잇감이 비울음으로~ 그지?' ♪고향을~ 잃은~ 길손~ 건너게 하며~

핵만 아니라 재래식 무기도 포기하는 날까지 님이여, 같이 가소서!

'캑!캑!' 숫컷 고라니가 운다. 몇 발짝 뒤다. 처다본다. 근처 송이골 새끼를 지킨다.

'오늘도 비바람 많이 분게, 크게 거시기는 없어도 철벽마다 최신 최고에 최고봉마다 꽃봉 채 실려간 굽이굽이 강줄기마다 살펴봐 주시면 고맙겠습니다요.' '예예예, 여기는 텁석나룻해바라기신 하나! 감도 양호! 여부 있겠습니까? 우리도 식구 될세. 국경도 철조망도 걷어질세. 오늘 부활계란 같이 알록달록 아름다운 천사님들 같이, 유행성에 끼지 않으셔도 다 깨어나 살아나실 것입니다. 오버!' '솔님이도 자알 가고~ 오~ 잘~ 가아!' '응, 그래! 비행기가 사라지면 그때쯤 우리 노 저어 돛단배로 수평선 넘어가자아~'(울지 마아.)

'예, 모두들 얼매나 고상이 많으시니꺼?' '그 향이 할머니 손녀 찾아 다른 데로 안 가셨나요! 산이나 밭으로.' '현재골 안으로 들어가는데 아무 것도 안 보여요.' 살아있는 물소리입니다. '예! 찾았어요!' 살아 있는 새소리입니다. 오늘도 흙을 만지고 있으십니다. 남긴 한마디 한마디가 유언이 되었습니다.(기억상실은 아니신 듯,)

① 모, 모가 모자란다고 그래요.

② 더 파래가요. 솔님이 아기들이요.

③ 허리가 끊어지는 것 같아도 일해요.

④ 앉을 수가 없어도 항아리는 채워둬요.

⑤ 마음이 편해요. 저 세상 떠나오니.

⑥ 신세 지지 말자 해요. 향단지 열 때마다.

⑦ 늘 뒤집어 놔요.

⑧ 밤 새워 울었어요.

⑨ 우린 박힌 향이 좋아요.

⑩ 달가운 마음이 나서 그래요. '쪼롱 쪼롱!' '좋겠다! 좋겠다!'

박꽃이 피었습니다. 속속곳 숨어서 피었습니다. 달빛도 혼을 부르며 피었습니다.

여린 새꽃은 졌습니다. 뉘 똥거름 삭히며 졌습니다. 솔령새 '죽
겠다고 웃으며' 졌습니다. 실뱀 한 마리가 명아리 삽주 사이로 고개
를 쳐들고 열심히 스쳐갑니다. 올방개가 아재비풀 사이로 배룽이를
지나서 열심히 헤엄쳐 갑니다. '거름발이 좋아 거름발이 좋아.' 산토
끼까지 풀꽃심 일어나나 봅니다. ♪'애해요! 대요!' 있는 대로 앵겨
주는~ 착한 동무 울뽕은~ 장맛비에도 한 가지 풀향내~ '하하~' 오디
나 웃고름~ 언제 곱게 푸시려나~ '얼씨구!' 언제쯤이나 베풀장~ 우
리 앞서 신 신을 만나 더욱 휘어감겨서 나~ 꽃 따라 고요히 잘 썩어
가시려나~ 노을 따라 강 하구에서 청둥오리 떼가 날아오던 2008년
4월 6일, 19시 24분께 바우는 수제비를 떠담고 있었다. '멍! 멍멍멍!'
'삼촌!' '계속 주라고.' '왜?' '따라오게.' '왜에?' '팔아 버리게.'

　빈집인 줄 알았을까? 때 아닌 찬바람이 수저마저 놓게 한다. 편
안히 밤새 쉴 달궁연못에 앉지 못하고 먼 길 돌아서는 혼신들이 눈
물겨운데, '개 목걸이'는 왜 필요하나? 못마땅한지고! 버릇을 좀 고
쳐주자. 젊은 사람을 잡히는 대로 울러매니 번쩍, 한다. '도'란 이런
때 써먹으라는가 보다. 젊잖게 팔을 꺾어 웅덩이로 날아간 업어치
기 정도였다. '어푸어푸!' 금세 손 내밀어 끌어올린다. 아궁이 앞으
로 데려간다. 다 터진 작업복을 던져준다. 감자에 냉이수제비가 끓
는다. 다 예상한 순서였다. 앞장섰던 혼백들께서 상을 거둔다. 사람
소리 얼마만인가? 흘러가고마는 인생살이 두 손을 다시 맞잡는다.
안 아프게, 그러나 눈물 터지게 혼이 난 이 날은 심한 황사 바람이
중국 어디선가 불어와, 머리도 찡하고, 눈도 아프고, 목도 따갑고,
뭐라더라 스토론튬인지, 방사능 처참인지, 산간 오지 거덜내긴지,

산성토양인지, 산에 들에 피부경락 맛사지인지, 뭔가 씹히는 저녁이
었음을 사실 그대로 기록해 두려는 녀석, 이놈 개똥이라 해두자. 그
리기에 이런 날 똥을 폈다. ♪아, 그 누가 알랴~ 불쌍한 영혼을~ 달
래려고~ 똥통을~ 울러맨~ 정신 나간 나와 너를~ ㅎㅎㅎ~ 그냥 검
은 비가 와서 똥을 폈다고 하자. '잘 하시네!' 예, 소똥 같고 풀똥 같
아 퍼내기가 싫지 않다. '까욱!' 이럴 땐 님도 그렇게 기뻐하실 수 없
다. 어느 누가 제 똥 보고 더럽다 할까마는 푸기 전에 겁내다가 한
바가지 퍼내보면 걸쭉한 게 옛날 능금밭에 뿌린 똥물 맛도 요새 그
런 맛보기가 어렵기로, '옳치로.' 이 건더기는 멀리 가면 안 되겠지.
'펄쩍!' 우리 어머니 동네 아주머니 바로 따 드시게 이내 초가지붕 가
까이 울타리 올라타게 호박 구덩이에 묻어야지. 열 바가지 넘어가
니 새쿰달쿰 딸기 같이 익었는지, 작년같이 주렁주렁 달리는지, 퍼
주기가 아깝구나. '얼써구!' 똥단지가 굴러가도 딸리니 누구는 퍼주
고 누구는 지나치느냐고 또 아우성치는 것 보소. 에라, 기분이라도
내라. 꿀통에 물초롱까지 휘휘 저어 똥물공장 돌아가니, 지나가던
개살구도, 애추도, 자두도, 고맙다고 마디마디 쳐다보니 망울망울
꽃망울이 터질 것만 같어라. '쪽쪽 쪼롱쪼롱!' 기왕이면 피망도 양배
추도 싱겁지 않게 맵지도 않게 훌훌 밭고랑 좀 뿌려주고 가라네요.
'잘 뿌린다아~! 싸아~악~ 칠퍼덕~!' 몇 십 년이 흘렀을까. 단내가 난
다. 아, 내 생명은 어디까진가. 사람 떠난 빈집 곁 디딜방아 옆 뒷간
나무통은 시루떡 같이 떨어지니, 새카망기 정말이지 이게 왼 떡이냐
고맙기 그지없소이다. 사람 가고 똥이라도 푹 썩어서 남겨 주시니
요! 화장지요, 국민윤리 교과서 표지만 남았구랴! 맛 좋다고! 여보,

199

내가 무슨 기술이야 있겠소. 실토하지만 다 우리 순하디 순하신 순양 같이, 산토끼 같이, 초색생 같이, 우리 옛 조상님네 바로 순거름 덕분인 줄 알아요. 이 얼마나 고마운 본업인지요. 똥을 만지자 이제 사람 구실 하는 것 같고, 똥통을 끌어안고 다니니 이제 사람다워지는 것 같구, 똥밭에 뒹굴리고 자빠지고 보니 이제 사람 맛이 배여 인간이 조끔 된 것 같소이다. '핫핫핫!' 돌아보니 똥이 나를 업신여긴 게 아니라 그놈의 입맛, 저 군수업체 뒷손, '선택된 종단'이란, 그놈의 밥벌이 핵! 반찬꺼리용 신무기가 날 그동안 짓밟았던 것이 아니겠소. 신은 갔소! 맑게 이끼 낀 돌 틈 사이로 흐르는 생 찬 기운이 어쩌면 천만 년 읊을 사랑과 평화세상이 아니겠소! 차 타거나 서서 가면 나무만 봅니다. 어디로 뻗었는지 밑 뿌리라 고유한 민족의 자존과 자연숭배 사상은 눈초리쯤으로 넘깁니다. 옹벽은 먼 훗날 무너지게 되어 있습니다. 솟아오르는 물은 차면 넘칩니다. 떨어지는 꽃잎도 다시금 향기를 날려주는 님은 거미줄에 매달려 파르르 떠시는 어떤 억울한 꽃잠자리생인지도 모릅니다. '집단 학살극'은 오늘도 계속됩니다. 지금 내 찻길, 내 비행길, 내 발걸음 아래, 미사일 한 방에, 가족은 몰살되고 원한은 억만 년을 이어 울부짖고 있습니다. 향기로운 물, 흙과 멀수록 당신들의 지구는 이제 공존의 삶을 다하고 있습니다. 보입니다. 손톱만 한 보리새우가 옆으로 움직이며 참나무 잎사귀를 감아둡니다. 엎드려 한 모금 마시고 크게 전하고 저 역시 떠납니다. 바보 중 진짜바보가 그 친구들 초록빛 날개입니다. 털 발 달린 말똥구리 춤이, 굴러 향긋한 뒷춤이, 우리가 끌리는 지구벽촌이 아닌가 하오. 당장 저 농약병, 음료수병이 바다를 메우고 뭇 생이 사라지고 있다잖소. 옛말이 하나도 그른 게 없고 제 똥은 제가 먹어야 사는갑소. 자신의 똥을 등졌던 그놈의 방아쇠가 날 그동안 종교전선으로 내몰았던 것이 아니겠소. 듣건데 '기독교적' '유엔기후변화협약'이 다 뭐요. 밀씨는 뿌렸소. 꽃씨는 꿀을 흘렸소. 신의 약은 없는갑소. 살피건데 자신의 똥 색깔과 향내와 크기와 량과 심지어 똥 싸 바르는 그날까지도, 별나비 돌아서게끔 스스로 이 과일에, 채소에, 흙에, 물에, 우리 가슴에, 비료 농약에, 독기까지 신끼까지 뿜어가며 폐가 되어야 되겠소. 저 푸렁이 맛 들듯이, 개구리참외 껍질까지 못 버리듯이, 그대 떠난 뒷날 이 촌머슴 두 손 받쳐 그 거름에 그 맛난 과일처럼 '꽉꽉! 쩍쩍!' 부디 향기롭게 하사이다. '얼쑤!' 향기롭게, '예!' 비나니, 퍼질러 울면서 우리 어머이 아버이 정 맛 배기게 하시며, 한 많은 그 무엇이 역사상 누를 끼쳤길래 편안히 잠들지 못하겠소? 저 무하마드 '의문의 영혼'도 모셔놓고……. 아, 나는 메추리 껍질 깬 푸르스름한 알, 나는 풀똥! 오, 신들의 응징을 삭이는 꾸숨꾸숨하신 똥지게 춤꾼, 새알을 덮어싼 가장 깔리는 작은 거미떼, 어느 초록지구를 껴안고 이대로 살다 당신의 모정에 푹 배이니, 암만해도 누구의 숨실꽃으로 길이 피고 질세라.(어허! 또 딴 데로 빠졌나보다.) 춥다. 어깨죽지가 시리다. 배고프다. 이런 시간 향기덩이 하늘처럼 주신 분들에게 감사드린다. 언젠가 루이새 벗님들도, 솔님이도, 그대 슬픈 여인의 맞바느질 며느님도, 하늘 2번지 소녀도, 이웃나라 후손들께서도 절 받으시라. 맑고 고우신 님들 받아주시리라. 특히 내일 떠날 수밖에 없는 산동무들에게 정안수 앞에 나가 엎드린다. 쑥부쟁이 꽃 따 바쳐놓고 물 뜨신다. 속이라도 푼다. '같이 가아!' '오, 당신! 맑은 뜻 맑으신 가슴 보고지고.' '오매!' 보고 싶을 때 멍에쯤 짊어질세. 고오맙습니다. 여러 어르신네!(이 땅에 포화 사라지고 가락 찬 죽음의 흙길이 향기로와지는 그날까지,)

삼림아, 너 온 생명을 살릴 울창한 화석 삼림아! ♪사랑했는데~ 눈물 어린~ 그 숲에 안기어~ 모두가 좋아하셨는데, 내 가슴이랑 나비춤으로는 도저히 알릴 수가 없었다.(국경마다 분쟁의 불씨가 학살 후 매장터가 될 줄이야.)

알려도 괜찮으려나

1989년 5월 8일, 정선땅 안봉우제, 아름드리 솔 27그루 중심 3분지 2 등걸에 참으로 꿈속같이 아름다운 우리의 천연기념물 크낙새 보여주셨다. 2009년 9월 13일, 850고지 56마리 제비 자주 앉았다 떠나셨다. 휘파람새, 노고지리, 물새, 칼새 1,100고지에 돌아오셨다. 바람 타는 매 세 마리 그대로 산비들기, 산꿩, 산닭과 조화를 이루고 있다. 무수한 어린 꼬마새들 넝쿨새, 장독새, 딸기새, 솔새, 박새, 딱새, 동박새, 찝찝새, 너불새, 시끄러워죽겠다새까지 많이 불어나게 해주셨다. 그만큼 묵밭에, 밀보리밥에, 찔래 덤불에, 싸릿골 언덕에, 옛집이 비어있을수록 낮게낮게 기고, 멀리 날지 못하고, 길고 짧은 생들이 몰려오신 덕분이 아닌가 생각된다. 무엇보다 오가는 맨살 나그네들께서 나물나물 뿌리뿌리 잎잎이 꿀맛 같이 씹어드시면서, 향내 나는 미소를 지어주셨기에 가능했으리라. 감사드린다. 흙도 살리시고 물도 잘 보존해 주셨으니, 앞으로 짐 지는 그날까지

이 못난 산중일기 재미도 없고 보시듯 무식하나, 나름대로 틈틈이 이 땅에 상처 입으신 뭇생들께 감히 담아 올리고자 한다. 우리의 뒷마당쇠, '토끼 아씨'가 한 것은 아무것도 없다. 보따리짐, 소 염소똥짐, 나무짐, 고려장짐밖에 없다.

2010년 2월 27일, 남의 빈집이지만 잘 살다 간다. 지게지게, 산삼 덜 썩은 물에, 똥거름 공예에, 병이 많이 나았다. 숲속에 빙 둘러 옛님이 심어놓고 떠나신 갖가지 과실약나무들 가지에 저마다 이름 모를 울음소리로 군집을 이루면서 한창 울고 있다. 오막살이가 부웅, 하늘로 날아오르는 봄이시다. (아, 스쳐가신 옛님의 땀방울이 '착! 엎드린 민주주의'셨다 해도 되겠소?)

♪이제~ 소생도~ 떠나려~ 한~ 다네. 조상님, 산신님, 여러 산새 물새님, 고오맙습네다. 정말이지 하루하루가 끼니끼니가 꿈만 같사옵니다.

'삐욱삐욱~ 찌찌찌찌~ 까딱까딱~ 뽀뽀삐욱~ 포릉포릉~' 사랑하는~ 우리 님과~(우리 아버님, 우리 어머님과……,)♬

그래서 꽃피는 산골

　'복 받으십시요! 아주머님 올해도.' '그렇지도 못해요.' 홀떡홀떡! 널린 옷보따리를 되작거리시면서 작업복을 덤으로 주십니다. 가는 곳마다 정이 쏟는 연분홍 꽃봉오리마다 터질 것 같은 동리가 있습니다. 참 둥지둥지 새둥지를 걷어주십니다. 하나같이 이 것 저 것 챙겨주십니다. 세상에 노오란 민들레 사이로 바늘 실 하며 연초록빛으로 물든 님들의 나물 향가슴 바구니 지나치지 못하옵고, 소생 또한 산도라지 씨앗까지 털다보니, '차비 다음에 주세요.'와 창 넘어 찔레향기에 바소쿠리만 한 미소까지 지어주십니다. 장시간 짊어져 물 나는 풋거리를 숨 쉬게 포장해 주시고, 묵은 콩 내다 팔고, 산초 해바라기 기름 짜 본다고 바보같이 썩어 이웃 어머님들이, '아무나 채질 하는 게 아니래요.' 단방에 홀떡! 홀떡! 척척! 다시 까붑니다. '늙어빠졌는데 날 예쁘데. 해해!' 오가는 꿈길마다 참 고소하게 웃겨 보내십니다. 초파일 앞두고 떡 하던 스님 두 분이 울러매 주시니, 나도 따라 훨훨 날아 오른다. 달빛에 소란거리는 모정이 잎새마다 눈물짓는다. 채이는 저 세상 자갈돌마저, 꽃상처마저, 향기롭기도 하셔라! 온정으로 부르튼 손마디마저 곱기도 하시어라.

'아리랑 9호! 여기 인디언 본부, 위치 정확히 보고 바람.' '불머리는 두루봉에서 애련골 사이 계룡잠입세로 번져 가물재를 타고 맛두둑을 넘어 만반덕으로 돌아 한터를 내리질러 황철덕이 와 율목사를 또 넘어 타오르고 있다. 오버.' '여기 돌바람 하나, 장박새 하나! 산댕강에 시방 올라와 있다.' '어딘가? 딴 데 끄고, 방금 가냘픈 목소리 신음소리 못 들었나? 계속 교신! 더 정확한 위치 확인 바람.' '피더령! 자웃밭! 동초골! 덕갈밭! 다 태우고 새카만 연기가 거의 9부능선! 엇! 뜨거!'

"철수하라! 철수!"
"저마들 죽을라카나, 살라카나."
"예! 좋씀다. 한 번 더 투하!"
"야 황사바람 이거 보통 문제가 아니다."
"맞불이고 머고 빨리 깨워! 대피 방송부터 하라니깐."
"그래! 다 깨워! 시방 부르는 대로! 윗쌀령, 하오개, 마장치, 갓거리, 샐골, 노루목, 수터아장치, 어라전, 젖나무정, 지침치, 깊은터, 발더네, 미루니, 아차암, 굴아무, 새기덕이, 당넘어, 개뜰, 진밭두리, 아이들개, 곡걸리, 모녈, 배나무정이, 거무소, 덕둔지, 녹꼬만이, 상월우개리, 자우실, 새전, 모릿재, 덕갈고, 비아람~ 바람부리 이상, 휴~우!"
"해당화 다섯! 감이 끊기니깐, 단박단박 송신 바람!"
"쑤세미 둘이 계속 자불며 뛰다가 깨골창 처박혔다고? 구조는?"
"거 어디요? 연일 수고 많슴다!"

"머라고? 영감은 씨앗 찾으러 뛰어들었다고?"

"발화 원인, 관광객이나 소똥불 아니면 산나물 채취자로 추정됨."

"뒷불 정리나마나 죽을 지경이요, 다들."

"쓰레기, 하산용 망에 실어 보냈어요."

"네, 여기 크낙새 하나! 어제께 무지무지 고마웠어요. 오바!"

"봤지? 맑은 공기! 맑은 물! 한 모금이 정말 얼마나 중요한지를! 소루봉 깊은 산속 살아남은 산토끼 새끼들 감 잡았으면 응답하라! 녹색 뉴딜 공부 끝! 우린 하야 중."

그래서 꽃피는 산골.

♪초~ 가아~ 사암~ 가안~ 오막살이~ 잊을 길~ 업써어~ 아! 정화수~ 한 사발~ 한 길에~ 떠올릴 수~ 있다면, 벌컥벌컥 들이마실 수 있다면~ 나는야 죽어서도 그대~이름 모를 꽃처럼, 여~ 청불산에 타다 남은 재로~ 사알~ 리아~ 리~ 아(의문새도 날아오르시리라.)

빠빠바앙~빠바바바~빠빠~아앙~ 어, 많이 듣던 프럼펫 소리가 산을 넘어, '어매징 그래스'가 맞나? '누구여!' '형! 별일 없으셔요?' 야, 그것 또! 솔바람, 썰물소리, 잔설 눈물 흐르는 소리와, 저 아랫마을 쩨깽막막~ 치치치직~과, 잘도 어울리는~ 구나아. '미재네!' '예! 못 만드나 봐요.' '꿩과리보다 더 무거운데, 핫핫하! 선소리 작업 끝나고, 뒤집어져도 괜찮은 우리 돗단배 하나 만들어 떠나보자고! 더

주저않기 전에…….' '좋습니다! 멋집니다!'

"우리 옴마는 바리, 바리, 바리, 싸주셨 걸랑요."

우리는 날면서도 사람보다 더 작은 눈동자로, 한없이 작은 가슴으로, 그날의 생명을 찾아 그분의 마지막 밤을 맞이한답니다.

보지 않고도 믿는 사람은 행복할 수 없습니다.

향이 좋아 흘러가신다. 일제수탈, 강제징집, 남벌, 학살, 생체실험, 민족말살책! 너흰 악랄했다.(당신의 신은 무얼 했지?)

쎄멘은 독입니다. 샘물은 끝까지 지켜야 합니다. 세계평화는 가까운데 있습니다.

"안락? 존엄사? '교회율법'을 활짝 열어제치고 최소한 저토록 중동 속 중동의 '애끓는 철거영혼'을 중심에 놓고, 그 신식 에너지와 그 '여유 부리는 성탄절 뜻'을 진실로 흘리는 피와 눈물을 끌어안고 지고 가십시오. '무수한 땅과 하늘' 중에 '두 분의 짝사랑'도 그리하여 적어도 '한 가족 인류의 평화' 그 부분을 우려먹는 한이 있어도, 핵을 녹인 후, 저 푸른 밥통! '명줄신줄'을 잘 알아 물맛 흙맛 도는 내 영혼을 쓸어안고 앞장서서, 가히 판단의 근거가 되어야 할 것입니다."(부실한 짐삿갓 논고 중.)

"토끼 아씨! 토껴요. 빨랑!"

"왜?"

"글쎄! 먼 약물을 주셨길래, 안경이 깨지도록 눈알맹이가 더 나왔대요!"

웃으신다. 왜 울고 싶어 못견디겠는가? 왜 시아파 이슬람교 도들이 '알 나크바' 기념일에 미국과 이스라엘 국기를 손상시키는 가?(솔아, 춤추는 솔아,)

왜 우리네 조상님이 '신주단지'를 다시 꺼내 모시려고 하시겠는가?

왜 '마음에 맞는 이들'을 골라 기도회를 갖는가?

의심을 버리고 믿을 수가 없습니다.

참 억울하신 넋들이여! 물 좋은 세상에서 만납시다.(오늘도 초라한 청숫잔 맑은 물에,)

그래서 꽃피는 산골.

퍼드러져 향기로운 소똥이 한 덩어리씩 떨어지며 이르신다. 솔방울 길 위로 자유로운 내 영혼께서 '풀떡!' 싸락눈발을 맞으며, '풀떡!' 우린 가야 한다. '죽은 다음 세계'라도 '풀떡!' 그 좋은 거름으로 태어나 물 맛 한 번 보러 가야 한다. '인신매매지' 북한 국경 등지를 가봐야 한다. 그런 후, '티베트', '우루무치' 등등 그 험로에, 우리 어머님 '자연' 안에, '성서' 밖 맑은 물, 그 자유의 댐 막지 않는 반형벌신을 따라 가야 한다.

분노에 찬 이스라엘 백성은 성령을 거역하였다.

여보소, 우리 죽어 하늘나라에서 만나실 수 있겠소?

태초에 상큼했던 풀시렁, 사랑방, 새둥지 튼 울음소리가 '사랑과 평화로움'이 아니었나요.

그래서 꽃피는 산골.

"토끼 아씨! 인권이 뭐예요?"
"나도 몰라, 시루떡이나 쪄먹자, 다들 잡숫고 가서. 자, 먼저 마셔!"
"와, 시지도 떫지도 강하지도 쏘는 맛도 없구요, 물맛이 좋은대요."

'씨팔, 부지런히 다섯 짐만 져주고 말아야지.' 사육신 후손이며 76세 독신인 이 땅의 막노동자, 그이의 자연신 이빨은 거의 헐어 말씀이 새어버리지만, '씨팔' 속에 세상사가 녹아 있다. '가슴이 아파! 찬물에 세수 좀 하고 쓰러져요. 올해만 하고 고만 해야지.' 떡모래 사모래 지지 않는 일이 있다면, 그는 쎄멘 이기고 떠서 바르는 손

삽, 고대를 만지는 승격 노임에 이르겠지만, 등짐을 자처한다. 부려 먹기 좋게끔 천진난만하시다. 똥개 부르듯 시켜 먹고 놀려도 끊임 없이 땅만 보고 짊어질 뿐이다. 있으면 먹고 없으면 만다. 나라에 손 빌리지 않는다. 병원은 멀다. 어제도 쎄멘 가루 덮어쓰고 '작업복 빨래는 못하고 그냥 잤어요. 공무원이 제일 편해요. 놀고먹어도 하루 일당 십만 원은 되요.'

비 오고 눈 오면 부르는 사람이 없지만, 조 반장은 그가 있는 대로 벌어서 받치는 곳이 많다고, 삼송각 반생이 틈틈이 상단부에 올릴 때 측은함이 배어있다. 5시 만나니 3시쯤 움직여 해 저문 6시 30분경 넓고 깊은 그릇을 씻고 이슬을 덮는다. 일당 6만원, 십여 년 그대로다. 그마저 떼어먹는 작업장이 수두룩하다. 그가 바로 진보를 찾는다. 더 어려운 곳을 향한다. 보수도 안는다. 양심수를 꾀고 있다. 흙벽돌이 조금 가벼울 때 자신의 믿음을 표시한 게 있다면, 주신 생명이 다하는 날까지 살과 뼈와 바꾼 수목장 성자의 길이 남아있다면, 그런 후 혼이 박힌 사랑의 말씀이 있다면, 그의 희망의 메시지가 있다면, '쓰러질 때까지 등짐 지다 가야죠.' 그러셨다.(류 씨 아저씨, 재미나게 사시네요.)

높은 종교는 어떻게 흐르고 있는가. '큰 어른'은 과연 어디에 머무시는가.

아, 세상에 님과 같은 편한 얼굴이 있었던가. 눈물의 계곡에 파인 흙살이 있었던가. 마르지 않는 정이 죽음을 뛰어넘음을 보았던

가. 기계에 날아간 한 손으로 소나무를 다듬으면서도, 96세 어머니를 위해 남은 시래깃 담으면서도, 그 향을 안주면 못 베기시고 '이런 기 어됐노.' 하신다. 일어날 때 일어날 줄 아시고, 흘러간 장부잡이 가래질 끝에 '무지든 동' 하시며, 올바로 다듬어 주신다. 세상사 설설 끓는 가마솥에 어설프게 대처주셨는데도, 깔깔깔! 냉수 한 바가지에 만면 웃음끼 돋우시며 둥글둥글 소탈하심이 넘치신다. 양배추는 따도 싹이 핀다. 석양에 이삭 줍는 그날의 소백산 누님들과 같이.(손 씨 아지매, 당신을 인간적으로 사랑합니다.)

'어떤 길에 들면 남자는 한 푼이라도 깨려 하고 여자는 모으려 한다?'('급한 급수'의 진실은 숨기고 노란 세상을 기다리는 공갈 땜에 흙기 없는 카지노 나라에 물이 가면서,)

'꾀삐리 옛길은 어디로 가나요?' '어버버버버!' 땀 흘리며 일하다가, 차에 떡 타고 시동도 안 끄고 독기 날리며 길을 묻는 사람을 향해, 지게 짝대기를 끼고 나섰다. 그들은 우리가 벙어리 흉내를 내자, 욕해서 때리려 오나 하고 간단한 방향만 알고는 도망 가기 바빴다.(심했나!)

그린벨트를 무시하고 집 없는 자에게 거의 공짜로 지어준다고, 빈 촌은 텅 비어가는데,(지진의 강도는? 물값, 공기값은?)

고향사람 왔다고, 동포가 반갑다고, 사람이 귀한 곳에 오셨다고, 등껍데기 벗겨가며 일하신다고, 소 염소 양으로 잔치를 벌여주는 옛사람들이 살아계셨다. 이마저 뛰어넘어 환대하는 인디오식, 이슬람권 친지들이셨다.(아마도 그리스도께선 공유 하시리라.)

'나는 저 저승사자가 양을 잡는다 해서 긴가민가했어요. 여러분 기도하다 보셨듯이 단숨에 잡아 간부터 꺼내오질 않나, 내가 엊저녁 잠에 취해 천당 가는데 꿈결 같은 시간에 두려움이 없더라고 한 것은, 하늘에 계신 분들과 보조를 맞추기 위한 것임을 아시잖나? 아침에 나타나서는 주님 사과하십시오, 우린 시키면 안 하는 사람입니다. 맡기고 가만 있으시지 왜 뒤에서 감시냐. CCTV는 어떤 전쟁신이 만든거요? 막걸리 네 통이 뭐길래 아까우시냐. 한 박스 주문해 담가놓고 일하다 목마를 때 드시라 하겠다며, 어째 할렐루야 출신이 쩨쩨하시냐며, 못 배운 척, 없는 척, 홀대 농민 모습 등은 존경한다며, '바로 앞에서' 통말로 대번에 위로 아래로 꺾는다. 양떼 몰이꾼 경상도 사나이를 다시 보지 않았겠소. 내일 극락계라, 초록 쌍둥이 제2의 지구촌에 갔다 온다니, 먼저 병이 든 분들 받쳐주라며 자연 그대로 돌사과, 포도, 잦, 호박 등을 사주더군요. 저 입술 근육을 보시오. 함부로 손대지 않는 신도로 닦은 체질을.' '아! 참, 잔이나 비우소. 형님은 젊으실 때 당수로 의리 없이 빼앗아 먹는 놈들이 비겁하게 앉을 때, 스로우 테이프가 움직이듯, 되받아 치듯, 불칼이 나르듯, 기압이 꽃가루 같이 들어간 상태가 되었지요. 무심한 차별에 속임 받으신 타지역 출신들은 목줄만은 살려가며 격파하신 천상 선배님의 운동실력도 알아주어야 했습니다. 연세는 드셨지만 손아귀가 밥상 앞인데 대단하십니다.' '핫핫~핫하! 고춧가루 빻듯이 매운데요.' '난 행복한 미래가 얼큰한 기 좋아!'

말하기 쉬운 '최선을 다한 삶'이란?(바람 같은 것, 햇살 같은 것.)
자연스럽게,
1) '혓바닥'에 바늘이 돗는다.
2) '목'이 간다.
3) 그날그날 '흙'으로 불러들인다.
4) 깨면 '잘 댕겨가요. 모두.' 그러신다.(비바리는,)

짐이 있다면 사랑할 짐 밖에 없다.

노랫소리란 어깨와 허리가 내려앉을 때 흘러나온다.

스스로를 재미삼아 기었던 사람들은 모두 떠났다. 단, '관'이는 조직적 살인에 눈 못 감고 있다.

비 맞고 일하는 사람들 까마귀 우는 소리 듣기 좋아서, 곧게 오른 저 솔을 부러워 하시겠는가?

무엇에 물렸길래 우리집 바둑이 당나발이 되셨나?

눈이 가는 곳마다 꽃입니다.

초롱박이 쌍으로 매달렸습니다. 나눌 줄 알고 사랑할 줄 압니다.

아기 주먹만 한 돌배들이 부음을 알립니다.

누런 개구리와 푸른 메뚜기도 '휴전선'을 넘었습니다.

산처럼, 풀처럼, 흙처럼, 살아온 여러 이웃분들, 후회할 일도 없으리. 믿고 자시고 더 잘하고 더 못할 일도 없으리.

그래서 꽃피는 산골.

햇살이 머물다 간 자리에 호두보다 긴 가래, 까뭇까뭇한 산초씨, 도라지씨가 희끗희끗한 참깨씨, 더덕씨와 어울려 익은 것은 태양초 아이들이었다. 제3세계 빈곤의 악순환이 폭발에 이르렀다.

초 일류국가를 지향하는 이 나라도 업드려 뻗쳐라. 땅심으로 인사 할 줄도, 하늘심으로 받을 줄도 모르는, 거드럼 피우는 공인이여! 감각 없는 오존층이여! 날이 치미는 그 날이 머지않았네!

고맙다. 당산낭아. 배가 아플 때 '마른 나무'를 썬다. 세상에 이보다 향기롭고 맛 나는 과자가 또 있겠나. (날려버릴 생각 말고,)

'요즘 뭘 해?' '금강송 묘목 심어요. 화근령이요. 포토가 이런 걸

들고 다니면서요. 애 먹어요. 뭐요? 삶은 거? 내년에 이 검정 강냉이 씨 좀 구해 주오. 형!' '그러지야. 핫!' 쩌먹는 호박 이거 칡덩굴을 디 져구나. 야아! 하여튼 기도 잘 해!(사회적 갈등과 불신 받는 신들의 죽음과 비례하여,)

아침 이슬 있을 때 팥을 꺾어 서로 나눠 먹자구요.(온 밤 사랑은 지 혼자 타버리고,)

왜 물고기는 비 내리는 밤에 실개울을 넘나들까요?

어머니 여름저고리가 겨울저고리시고, 아버지 겨울바지가 여름바지셨다.(감사송.)

아무리 뜨거워도 어떤 돌은 차요. 입이 비틀어져요.

꽁지가 크나 적으나, 날개가 넓으나 좁으나, 주둥이가 짧으나 기나, 한 마리 뛰면 뒤따라가고, 앞서 날면 따라 가지에 날아올라, 딱 붙어서는 약을 올린다.(야들아, 꼭 그래야 가을이 깊어가는 거니?)

뽑혔다. 비가 내렸다. 자갈에 눌렸다. 한 알의 팥이 세 알이 다섯 알이 맺혀 누웠다. 팥별이 되셨다.(복음성가.)

신께선 말씀마다 허리 꺾음으로 다음 세상을 지워 버렸다.(재두루미 떼 날아오던 날.)

너의 꺼치러운 피부는 몇 만 년을 돌아보게 하고, 뛰지 못하고 엉금엉금 기어다님은 몇 천 년 뒤 인간의 모습을 내다보게 하고, 가 냘프게 왼쪽 가슴이 팔짝거림은 우리가 같은 생물 같은 조상인 것만 같구나.(맞아? 용뚜껍아!)

있는 거~ 없는 거~ 차려 놓고~ 당신을 믿는다네, 남들이 부러 워할 만큼 살면서 당신만을 사랑한대요.

♪녹두가~ 거의~ 한 말이~ 되는~ 것은, 꽃 떨어지기 전 꼬투리 가 터지기 전 님의 형상을 맞이했기 때문이라. ♪

꽃이 꽃을 이어 갈 '손' 없어도 거듭 '잉태'부터 취하게 한다. 푸 르름에 뒹굴며 성스런 물이 되셨음이다.

새끼두루미는 오염된 강에 날개 펴지 못해 남겨 두고, 어미두 루미는 메뚜기, 개구리, 배불뚝이들 천지인 황금 벼논으로 가까스로 날아 갔습니다.(원맨쇼.)

신의 정체성? 신들의 불일치? 신들의 다양성? 빵과 포도주의 성 찬식? 이처럼 뜨고 날 때, 당신들의 이름으로 주차장, 빌딩, 크고 작 은 동, 부동산 가라앉은 섬보다 몇 배 넓은 초원 목장, 콘도, 리조트,

낙원, 무슨 경기장, 휩쓸고 지나가는 앞뒤 대륙 간 투기까지, 조폭과
는 비교가 안 되는 정교 분리, 원리, 원칙인, 또 다른 살육이 지금 밭
매시는 온 생애, 강냉이, 단호박, 밤고구마 삶은 향기로나마 숨 돌릴
틈을 주심을 여러분 직감하셨으리라.(결국,)

　　고추 열 근 빻는데 세공이 한 개, 택배 반 냥, 된장에 김치 해서
농촌이 도시를 먹여 살리다 못해 몽땅 걷어준 지가 어제오늘인가?
여보게들, 촌 노인들 찧어 먹으라고! 아주 빠아드시라구! 이 사람들
아, 옛날로 돌아오게. 팍팍 꺾어! 결단도 모르시나? 응, 알만 한 사람
들이 '신도시'? 뻥이여, 뻥! '구우~ 구우~ 꾸꾸! 꾸우꾸우~ 쯔쯔!'

　　물레방아류 자립마을이 신격에 이른 대체에너지품이 될 것입
니다.

　　까치독사 한 마리 밤송이 아래 썩은 뿌리에 꼬리 감추시고, 구
렁이 한 마리는 웅덩이를 건너 숫사자들 무덤가로 숨어들더라.

　　왜 콩크리 사고방식이 산간 물을 썩게 만들었을까요.(믿음 또한,)

　　빈집이 좋습니다. 말벌에 쏘였다는 산동무 없었습니다. 폭설이
몰아치길 기다립니다.

　　어디 멸종 위기종이 경제성장류, 온게임넷, 생명체의 끝없는 모

독성 등 한 떨기 산딸기 신맛뿐이겠습니까.

올빼미아~ 부엉아~ 아무리 날개가 커도 그렇지, 좀 나눠 먹거라. 네가 없는 사이 도라지 아저씨가 살며시 기어 올라가 뻥창바위굴 들여다보니, 세상에 꿩에 산토끼에 담비새끼에 고라니 이따만 한 놈까지 싹 물어다 놓았더구나. 어디 힘 없는 백성은 살겠냐? 제발 좀 같이 살자. 이대로 가다간 네 종자까지 씨가 마르게 생겼다. 농담 아니다. 정말이야! 저 신빨 받은 하늘독수리 봐라! 살 날이 얼마나 남았나?

평화의 버팀목은 꽃잎 한 장으로도 가능했습니다.

피도 눈물도 없는 인간도 가슴이 있었습니다.

누구든 심장이 뛰는 한 나머지 생은 지구의 끝날이 온다 해도, 저만치 코스모스 대륙, 꽃잎이 닮은 여기 해당화 반도에도, 우리들의 누이, 길섶 이름 없는 꽃님들과 우리들의 어머님 세상이 될 것입니다.(잊지 않습니다. 원한을 남기지 마십시오.)

얼마나 많은 생이 난데없이 죽어가야 하나요?

신들은 대답이 없습니다.

투기 놀음판에, 종이장사에, 영원한 신물장수가 누구입니까?

정신을 못 차리고 있습니다요. 일초만 앉을 시간을 주시겠습니까?(아주까리 등불 아래,)

해란강 흙바람이 무슨 죄로 저토록 피와 피를 삼키며 울어야만 합니까?

제비새끼 다섯 마리가 두 달만에 둥지를 떠났습니다. 한 번 더 치고 가을바다로 날아갈 모양입니다. 둘레보다 나그네와 바로 보이는 곳에 진실하게 살아가려는 어떤 기운이 있지 않았나 생각됩니다.

당신은 모릅니다. 영원한 생명은 짐작도 못하십니다.

소년은 알밤 여섯 개를 우연히 줍게 되었습니다. 떠오르는 얼굴들을 생각하며 만지작거렸습니다. 모퉁이를 돌자 일하시는 양쪽 밭 사람들에게 자신도 모르게 재미 삼아 세 알씩 꺼내 주었습니다. 금방 후회가 되었습니다. '어디서 주었니?' '어디쯤에 가면 있지?' 어른들은 까먹으면서 캐묻기에 바빴습니다. '장대로 털어야지.' '털기 전에 가봐야지.' '아저씨, 그냥 떨어지게 놔두세요. 오가는 사람들이 있잖아요. 한 알씩이라도 맛보게요. 산토끼도 다람쥐도 보았단 말이에요.' 장대가 없는 아주머니와 소년의 눈빛이 마주치는 순간, 튼실한 세 알짜리 밤송이가 척 벌어져 방긋이 웃는 낯으로 내리막 산모퉁이를 튕겨져 나와 굴러옵니다. 뭔가 말하고 싶은 듯했습니다, '두~ 개 두~ 개, 세 개 세 개' 그렇지! 평등률심平等栗心 법계法戒는 잘 모르지만 농을 하였습니다.

'푸드덕! 푸드득!' '자연히 기뻤지!' 그 순간 풀숲 넘어 이웃 가지에서 하루 양식 준비를 하고 있는 생에겐 고통이 되는 거란다. 내가 존경 받고 있다는 생각에 빠지게 되면, 높은 사랑이나 어떤 편안함도 당연히 그때부터는 누군가 하고많은 뭇 생명들에게, 큰 아픔과 무시와 절망을 주고 있는 거와 같은 거란다. 장바닥 지구가 흔들린단다. 이것이 알밤의 진리 중 참 진眞! 열매 실實이란다. 영적으로 친교한다. 돌아오는 길에 어른들처럼 빨리 삼키다가 사래에 걸렸으나, 등 두들기지도 울먹이지도 않게 하셨다. 정말이지 사오십 번 백번 씹을수록 달고 배가 불러오는 듯하였다. 산바람이 흔들어 주셨다. 어느 분이 막 떨어져 포름한 생밤을 소년의 찢긴 주머니에 넣어 주었을까? 남다른 꿀밤을 맛보여 주셨을까? 어디선가 화평한 음악이 덤으로 울려왔다. '얘야, 우리가 먹은 거와 똑같단다. 사람들의 멍울이 큰 건지, 짐승의 울림이 작은 건지는 모르지. 네가 항변했듯이, 하루에도 열두 번 자신의 뒷모습을 꾸짖으며, 저 말 못하는 물고기와 나무와 풀과 꽃들의 흐느낌을 들어주었으니, 얼마나 네가 고마운 줄 모른단다.'

♪우물 속에~ 초록 동안들이~ 맑기만 하여라~

"어디에 뭐가 맛있다."
"입맛대로?"
(너 단물에 날려버릴 속빈 자본주의여!)

지금이 어느 때인가?(지 먹고 싶은 대로 다 먹고 사람이게 하소서. 항성이 된 신이여! 남이야 죽던지 말던지,)

당신은 그럴 수가 없습니다. 너나없이 특별한 은혜를 베풀어야 했습니다.

흙 속, 내 어머니의 가슴속으로 파묻히게 했어야 옳습니다. 세상에 평화를 원하십니까? '자동신'을 놓아 주십시오. 사랑하고 싶습니까? '아무도 모르는 신'을 찾아가십시오.

걸작이시다. 걸작이 아닌 우주 만물이 어디 있으랴.(신들의 장난인 돈과 기름칠로 히스테릭하고 공격적이고 고귀한 차별이 꺼지는 한,)

찬바람이 인다.
연기가 피어오른다. 멀리 가지 말자고 울어들 주신다.

소녀는 날아올랐습니다. 비구름 피어오르는 전설을 따라갔습니다. 백조가 되어 전 생애를 엄마 찾아 날아갔습니다. 단발머리가 긴 머리 틀어올리며, 책가방 도시락 펄렁거리며, 어머니의 길을 떠났습니다. '할매, 또 구불래? 와카노!' 올해도 들국화로 피어났습니다. 향기 속에 숨 멎는 고구려 여인 벽화 속에 녹아 있었습니다.

티그리스 유프라테스강 물길이 사랑과 평화의 꽃길이 되셨

다.(기도가 통했을까,)

　손톱 하나가 칼끝이 되어 울러맨 자루에 구멍을 내게 해주심에, 오리를 더 걷게 해주었습니다. 덜 뽑고 덜 열을 가해 가능하다면, 자연향 그대로, 수고스럽지만 여럿이 작은 병에 담아주시길 바라면서 즐거운 땀을 무지무지 흘렸습니다. 산할아버지가 못 넘을 고개가 어디 있겠소. 오, 고소한 정! 옛날 정든 님의 도라지고개여! 미운 님의 아리랑고개마루여! 양 어깨는 나무토막이 된 듯하여 고개마저 돌리지 못하겠나이다. 임이여, 혼 나시드라도 깨기름, 산초기름, 해바라기기름, 잣기름, 갖가지 약초씨기름, 부디 천연향 그대로 짜주시길 거듭 비옵니다.(저 비니루대학, 저 스티로폴대학, 저 빈 깡통대학, 배려심을 잊은 '폭탄테러'로 인한 인플레유발성 공부만은 벗어나 주시길,)

　♪한 세상~ 다~ 흐르는 눈물 같아~ 흘러내리는 향기름 같아~ 재미나게 살다 가자는데~ 저 하늘 애인의~ 통물 사랑은 아니 보이고~ 웬일로 매기는 손이~ 쥐어짜는 신들이~ 그리도 많이 드는 거유~ 올해만 하고 내년엔 그만 둘라우!

　타오르는 참솔벗낭 불길이 우리의 소원이다. 금강산 명사십리에도 자연치유 꽃들이 피었다.(지하 실업자 모를 활황만 하여라.)

　나는 거지다. 빈손으로 온 줄 알면서 내가 거지인 줄 몰랐다. 다리 밑에 저녁이면 모이던 사람들, 한 사오십 년은 흘러간 것 같은

데 여전히 그 돼지우리 판자집에 산다. '도토리 많이 떨어졌나요?' 기대했던 날들은 가고 없다. 내가 왕거지가 된 이유가 여기에 있었던가 보다. 당시나 지금이나 신의 이름으로 독재자 반열에 오른 친구는 '뱀이 돌아다니는데 저 물을 어떻게 먹어?' 'FTA반대 깃발이 찢어져 안 보인다야!' 비나니, 거지만큼만 의리 있으라. 한밤 울다가 화장터를 신방처럼 드나들던 우리네 빚더미 알거지 농사꾼들의 마지막 융숭한 대접을! 거나한 희망을!(돌아온 세기는 거지신을 구하노라!)

가마니를 짜 주시오! 가마니를!

배짱이가 운다. 노란 꽃이 쭈욱~ 쭉~ 뻗어간다. 스모그 현상에 숨 죽어간다. 맑은 공기, 맑은 물생이 강대국 간 무력충돌 귀객이 되었다. 결정적인 때 쏙 빠지는 놈들이 흥청거린다.

굽이도는 흙길을 보면 드러눕고 싶다.

두드려 깨우는 당신은 뉘시오?

야구공만 한 참외가 참 맛있네요.

날아든다. 한 밥상에 모여든다. 상에 끼이지 못해도 낮은 곳에 날아든다.

떨어지는 한 장의 단풍잎 위에서 '포르락 찌찌배배! 꺄웃꺄웃!' 꺼져가는 묵묘에 기쁨 주시며 조금만 더 놀다 가시라는 그대는 또 뉘시오?(날 따라오면서 울어대는 당신은 어느 석죽화石竹花분의 혼백이신지요.)

♪시임~ 시임~ 사아안~ 고오올~ 외~ 로~ 운~ 나의 님은 어~ 디~ 에~ 사르는 나의~ 몸~ 너의~ 잎은~ 향기 따라~ 타올라 가신~ 옛~ 님~ 이~ 여~ '하아~ 있잖아~ 바보야~ 너 같은 바보는 없어!' 오두막 집에 거미 내리고 처럭처럭 가을비 내린다. 보고 싶다. 떠오르는 사람들은 모두 이쁘다. 착하셨다. 나의 멋진 이웃이요 동지셨다. '삐초롱! 찌초롱!' 참, 슬프다. 나 같은 반얼간이에 독종만 바득바득 살겠다고 이렇게 어줍잖게 설치니 더욱 슬퍼진다. 보여야 해먹지. 싸리 숯불 꺼내다가 뚝배기마저 엎고 보니.(오늘 따라 앞뒤 세상이 깜깜하다. 깜깜해.)

다들 어디에 계실까? 만날 수 있을까? 만날 것만 같아 향긋한 이 한 줌의 흙 알갱이도 작은 실뿌리 서로 감고 안기고 돌마저 동글동글하다! 어허, 불쌍한 나의 형제님들! 없는 것이 무슨 죄이길래 한결같이 유순하고 저 청대보다 더하신 청빈! 그 한 생이 곧 생환인 것을. 손바닥 한 번 힘주어 집지 못한 사람들 같이, 풀잎 같이, 뜬구름 같이, 뭐가 스쳐갔길래? 그 누가? 어느 세상 모정이? 의문사님들과 살았길래 반죽음이 된 여기 고단한 영혼마저 푹 잠재우지 못한단 말이오?(아버지가 버팀목이셨는데,)

'선생님, 저희 의문사위원회에서요, 고 정연관 사건 관계 건을 제주 폭행 건과 같이 윗분이 각하 결정을 내렸습니다. 송구스럽구요. 저희 위원회의 한계 같습니다.' '오우, 잘 됐소! 다시 시작입니다.' 진실? 당신네들은 어려워. 밥그릇 챙기는 이들은 물러가야 돼! 절대 다수분이 추석날 송편 한 조각 아니 먹었소. 앞서 광주의거의 핵심은 밝혀졌소? 뒷날 6·10 민주시민대항쟁! '처단! 처단!'의 약속은 지켜졌소? '진실과 화해'가 신들의 주도권 싸움이 아니길 빌겠소. 모르겠네. 유독 이 나라만 부패지수가 높은 건지, 법을 지키면 등신이라잖어.(난 괜찮소.)

깨 모종, 늦은 찰강냉이 심을 시기가 돌아왔습니다. 후줄후줄 비가 내립니다.

'기쁘오!' 그래서 흙에 살자. 진실은 하나여. 따돌림! 이 땅의 바보들만이 진실 기록에 동참하시겠지. 만약에, 턱도 없이 시건방지게 우리 것까지 밝혀졌다면 얼마나 많은 억울한 영혼들이 잠 못 이루시겠는가? 5·6공 당시 군대 내 사망자, 젊은 꽃송이의 죽음만이라도 물고 늘어져야 할 이유가 바로 여기에 있소. 또다시 20년, 50년이 가면 어떻소. 거짓이 판치는 세상 분위기를 못 바꾸는 큰 신들을 원망할 따름이오. 보시듯이 영육 간, 이승저승 간, 가장 힘센 자가 그들이기 때문이오. 이제 고인들의 진실 청문마당이 즐겁게 열리게 될 것이오. 짓밟아 놓고 파헤처지는 이 백두령 간의 눈물 어린 산신령님을 모시고라도, 목까지 차오는 괴로움을 토로해 주는 위로의 장이 첫 편부터 분위기를 잡아주면 봇물은 터지게 되어 있소. 옛부터 맑은 물 한 사발에 고인 우리 어머님의 치성이 아니었겠소. 정과 진실이 넘치는 동료들이 잊지 않고 비가 오나 눈이 오나 '묘'를 찾아 주었소. 나 같은 순바보라도 이것만은 찰떡 같이 믿고 싶소. 그들에게 무슨 죄를 말할 수 있겠나. 이 날이 오면 우두머리에게 묻겠소. 저 독수리 떼에게 먹이를 양만큼 주면서 분단 또 분단의 책임을 묻겠소. SOFA들을 걷어치우고 방위비 없이 평화비를 받겠소. 핵보다 더 센 신들의 노랫소릴 끝장을 내겠소.(떡시루를 돌리겠소.)

"와! 걸렸다!"
"그게 뭐요."
"다 커야 한 3센티, 산미꾸리요. 주먹만 한 개구리요. 소주 한 잔 하게요. 토끼 아씨! 소문 내지 말아요."

고인돌이시나! 이 철망 망령으로 저 가자지구 침공으로 인해 앞서 가신, 아니 구천을 떠도시는 님들이시여! 어찌 하면 좋겠나이까? 이 정도면 속이 좀 풀리시나이까? 소인도 모자라는 인간인지라 사방 헛소리 한 죄, 저기 선의의 거짓말들, 여기 사랑의 도피죄, 오늘처럼 벌써 씨강냉이 네 번이나 파먹는 날다람쥐처럼, 그간에 18마리를 쥐틀로 잡아 간도 못 빼 먹고 돌려보낸 죄까지 씹을 일이 많다오. 하지만, 너무 많은 생이 참으로 억울하게 죽었소이다. 예, 누구라도 밝힙시다.! 떳떳이 밝혀주십시다! 이 산 저 산 산도라지꽃이 민망하시도록, 들국화가 요즘처럼 망울져 향기 머금은 채 날리시도록, 우리가 작은 힘이나마 이래저래 보태 도와주십시다. 짧지만 지난 열두 고갯길, '토끼간첩'도, 무 배추 지겟꾼들도, 어디 한 번 우리들의 산 흙이시자 이 몸 아기를 가슴에 묻으신 어머니 신품으로, 산호의 바다품으로, 안겨보게 해주시오. 요놈의 불효막심한 자식, 우리 아버지 묘 앞에, 우사 어른과 선현들 앞에도 머루, 다래, 개복숭, 돌배 술 한 잔 따르게 해주시오! 맘 놓고 차 한 잔 따르게 해주시오. 오늘같이 '펑! 펑! 펑!' 눈 쏟아지듯이, 안 좋은 혼들도 계시는지 나 태울수록 독하게 소리쳐 보고 땅을 치고 통곡하며 울어도 안 풀릴 것만 같사오나, 그래도 찾아가 용서를 구하게 해주시오. '나' 잘못 태어난 용서를 대신 구하게 해주시오.

아~ 흘러가 버린~ 꽃다운 이 내 청춘~

얼마나 목 놓아 울었던가? 어쩌다 두동강 네 동강이 난 나라에, 토막지고 또 쳐버린 핏빛 인연이란 말인가. 순빨갱이 눈알맹이 새끼가 아니라, 모두가 이 땅 순토종! '토끼 친구들'이란 말이요.(넘어가고,)

비에 젖는다. 말 없는 꽃들이시다. 지금 대추알은 푸르러도 고만고만 달다.(다들 인간성 좋으시다.)

그래서 꽃피는 산골.

끼니마다 찾아먹을 수 있는 나와 너희 다람쥐는 진실을 밝힐 수가 없지. 단단한 씨들이 흙으로 역사의 창밖으로 버려진 듯하겠지만, 정권이 바뀐다고 진실이 바꿔지나, 어느 날 가시나무로 움트는 것은, 덜 중요한 사실은, 이제 털손을 끼라는 거야!

춤을 추자. 흙춤을 추자.(젖먹이에게 내 어머니 품속을!)

철철철철철~ 또르 또르 또르~ 또옥! 또옥! 또옥~ 흐르는 님들은~ 사랑하고~ 있나 봐~ 영원히~ 영원히~ 한 번~ 아니야, 하시면~ 아닌 거야~ 그러면~ 안 되네 하시니~ 여기에 바로 천지본심天池本心이~ 흐르는 거여!.

진실은 '진실'! 인간은 '인간'! 꽃은 꽃! 꽃! '꽃'!

나에게도 빛나는 염소똥을! 우리에게도 파도 치는 소똥을! 앞뒤로 따르는 아니, 이끄시는 벗님들의 밥상에도 향기를! 맑은 물을! 아! 진짜 사랑했나 봐! 너희를 해 저물도록~ 사랑~ 했나 봐! 사람들에게 더 이상 배울 일은 없어! 그지이? '어~ 머어~! 매애애앰~!'(핵심은?)

우리에게도 배구센터가 있었어. 개구리들처럼, 제비처럼, 날아가 손등으로 준령을 이어받아야 했었어. 그토록 다정한 큰형님께선 낙동강을 떠났다가 교주가 되어 돌아오셨어. 강변 과수원 반지하 능금창고를 넘나들던 '인혁당?' 대선배님이 어쩌면 이 땅 고난 등성이를 또 달리 예언하신 메시아의 푸른 메시지였으니, 소도둑도 쉬어가던 큰고개 부대 자리, 그날 성스런 큰 건물을 찾아가 군의문사와 KAL기, 의문의 그림들을 성경 속에서 불경 속에서 도려내 보여드렸건만, 돌아온 것은 싸늘한 '아맹'이었거든. 그나마 마음은 청춘이니깐, 그때는 '강바람마저 하도 차서' '할렐루야' '나미아바타발' 하셨어, '이 자슥들도 알아묵어야지. 연화장을 돌리지.'정말이야, 가장 춥고 가장 더운 한 나라에 열 나라였다구.(씨팔꺼!) '진리'는 당신들이 '불쾌'하게 밀어낸 똥꾸멍에서 나왔다구. 알어? 보라구. 물이 아니잖는가? 흙다운 흙은 옛 그 똥구르마, 말똥구리 기다리던 거리에서 '자유'가 굴러다녔던 거라. 노고지리 울면 메기는 메기끼리 송사리와 피라미는 '송피리'끼리 연애하던 밀보리밭에서 사랑이 넘실거렸던 거지. 다행히 님은 강가에 원두막을 지으시고 퇴비 한 아름에 연필 공책을 나눠주시고, '우리들은 언제나 1학년'으로 키우시고 물다운 물은 흙다운 흙에 '신꽃나무'를 굳이 믿으라 안 해도, 이 '초록교'를 넘어 내일 우리 은퇴 중 혼백으로 떠나오신 향기로운 길에서 뼈를 뼈답게 묻으셨던 거라. 어렵사리 진실은 거름더미에 파묻었지만 후세에 조금씩 앞뒤로 흘러나옴은? 음, 전 세계 NGO! 신이시여~ 이게 웬일입니까? 누군가, 어느 신께서 잘못 본 듯합니다.

'어쨌든 고맙심다. 형님들!' 더구나 어렵던 시기 두 손 꼭 잡아주셨던 대구 파티마 병원 뒤뜰 수녀원 내 독일 원장 수녀님! 여러 자매님들! 남몰래 지금도 울기만 하시는 우리 어머님들! 우째꺼나 건강하셔야 내일 이 시간에 우리 같이 만남니데이. 에햇이! 차암 눈물을~ 보이지 마시라고 안 켔능교오? 참, 내사 모르겠다! 뭔 부대 연병장에서 참았던 거, 마아~ 실컨 우시오! '평화'? 나도 모르겠꾸마, 인자 '다 불쌍한 우리 자식들이다.' 말씀 중에 말씀 안 했능교?

　♪ 길은~ 멀어도~ 사랑은~ 하나요~

　밀가루가 쏟아집니다. 망고 열매가 무르익습니다. 올리브 향기가 피어납니다. 오, 정교회! 흰두교! 유대교! 그간에도 마차로, 소떼로, 낙타로, 이웃교 간에 전차놀이 없이 잘 보호하셨겠죠? 잘은 모르지만, 그 넘어 '사랑의 3작 무대'에 자연의 풍요로움까지 평화로이 일구어 가시길 빕니다.(동시에 일밖에 모르는 대다수 땅의 의인들께, '신의 세금'은 돌려주시기를, 순수농민들에게 올려다보게 하지 마시기를, 감히 한 덩어리 토지신의 이름으로,)

　바람이 떨어뜨려준 열매를 줍고 보니 꽃은 보이지 않았다.

　오색딱따구리가 잣알을 깨먹다. 참 많이 변했다.

　한 뼘 되는 새끼 꽃뱀 두 마리가 들어갈 때가 되었는지, 길을 비켜 달래도 꿈쩍 않고 햇빛을 쬐며 붙어 있습니다.

　'재미있는 것'은 아무도 '죽어서 돌아온 자가 없다.'는 사실입니다.

　'창조적 기록' 역시, 싸인 한 자, 지문 하나, 인물묘사 하나, 사후 그림들까지 한마디로 '믿고 보라는 것'이다.

좋은 말은 다 들어 있다. 혼까지 흔든다.

그런데 신들 사이에도 남의 일이 되었다. 점점 먹이사슬화가
되어 갔다.

또다시 싸워서 몇 천 년이 흘러가도 이대로는 '푸른 신'을 모시
긴 틀렸다는 것이다.

천만 번 떠들어도 다 열어 주고 다 받아들이는 흙의 진실이 고
여 있다. 사랑을 예기 하는 자는 그렇게 살다 가셨다. 맑은 물 한 방
울 간직할 수 있다면, 바우들과 산과 대륙은 살기 없이 길이길이 흐
뭇해 하실 것이다. 따라서 누구나 아름다우시므로, 어딜 가나 죽음
은 사라지므로, 네 발 짐승이 두 발 두 날개로 진화되어 왔듯이, 꽃
으로, 새들로, 물고기로, 나무로, 태아로, 우리 모두의 어머니 아버
지로, 흘러갈 것이다. 오로지 땅만 보고 살아온 농민이라면, 바다만
바라보고 살아온 어민이라면, 땀에서 땀으로 온몸으로 버텨온 노동
자일진데, 이보다 진실할 수 없으므로, 세상은 큰대자에 물들어 얼
어붙은 땅 가슴샘 하나 고아내지 못한 저 껄렁패들이, '굶기를 맑은
물 한 잔 들이키듯 우려내지 못한 부유신들'이 날뛸 것이 아니라, 화
급히 진거름이 되어 이 분들을 솔솔 으뜸 향기로 부여안아야 할 것
이다. 이 분들을 신처럼 받들고, 이 분들의 세상이 되었을 때, '신무
기'는 사라지고, 여기 '노예보다 못한 나'도 님의 마음속에 핏줄이 쑥
올라오면, 숨이 콱 막히는 '신사기금고'와 '예루살렘 전설'과 '선금 받
은 신의 조세 혈세 피난처'와 '신형 핵개발' 전선을 꺾고, 향기 따라

우리 이별 뒤 흙을 숨 쉬게 하실 것이다. '웃기는 평화' 절반은 돌아
오게 하실 것이다.

"와~ 그냥 풀밭에 무가 너무 맛있어요. 다음에 달랑무우 부탁해
도 되나요. 호호호!"

여기는 눈이 간간이 날리고 있습니다. 어머니!

'그 친구는 백 미터 앞에서 막 뜁니다.' '그게 무슨 소리요?' '벌
써 의문사로 사라졌을 거예요?' '나 야간열차로 내려가겠소. 눈이 와
도 새벽 두 시에 도착하면 날이 밝아야 1,100고지로 숨어 깃들 수 있
거든. 사실 그의 생각은 자신들의 신께서 뭔가 할 일 마저 하고 데려
가려고 시킨 것 같아 덕분이기도 하고 뵙지 못한 님들과의 긴 고통
의 행렬 같기도 하였다.

원산지 중국, 땅콩 50%, 정백당 47%, 우유(중국) 3%, 뭐라 했지?
멜라민, 접착제 성분, 유아 사망, 과자류 폐기 도대체 먹는 음식을!
모순矛盾신이여! '더 하면 더 했지!' 그 옛날 물 좋아 오가던 푸름이
좋아, 띵호아. 우리 이웃사촌! 왕서방의 넉넉한 품이 살아오게 하사
이다.(물새 우는 저 편 납중독 바닷가에 억새풀 하나 일어나시며,)

예, 어머니! 당신은 저만치 피어 있었습니다. 오늘도 곱게 피고
지기만 하실 건가요? 생머리 올리시고 분 안 바르시고도 그토록 보

들하늘 아름다울 수 있습니까요? 쭉 고개를 내미시고서, 예, 저녁 이슬에 젖어있는 꽃들을 쓸어안고 싶어 미치겠드라구요! 아, 온 가슴이 향기로 부푸시니, 온 산천이 웃음주머니로 피셨으니 말씀입니다. 하하~ 주머니! 해해, 가랑이! 여기 뿔뚝 저기 뿔뚝거리는 머루! 다래알 다 터져 몽글어져 달콤 새코롬히, 협곡을 이루며 진정 흘러내리지 않았던가요. 어머니, 그 젖뿔산 넘어 달덩이 같으신 당신의 젖가슴을 꼭 9부능선 절벽에 열나게 기어올라가야만 보여주십니까요? 그까짓껏! 제게 그 백만 불짜리 뾰쪽 까물한 젖꼭지만 하나 내놓고 가면 안 되겠습니까? ㅎㅎ! 온 세상 온기가 빠진 나 같은 얼띠기 녀석들, 수출입에 살기만 판치는 저 공해품에 엽록소마다 돈독이 오른, 하구마다 틀어막는, 어쩌다 '비무장 민간인 사격한 철판 깐 낯짝에 용접 불꽃이 필요한' 나의 동무들에게 한 모금씩만이라도, 오라! 한 삼 센티 꽃길, 젖꽃판, 찢어질 듯 야들보들하신 연미색, 연보라, 연두빛 꽃잎을 녹여, 요렇게 호호 퍼서라도 맛보일 마지막 산도라지꽃을 다시금 선보여 주시지 않으시겠습니까? 당신 바위틈에 심처럼 한없이 뻗어내린 세 가닥 뿌리와 연잎으로 휘감아 올리면 아니 되겠습니까? 지구 모체에서도 '생생나무'로 음미 하시게, 다시 한 번 우리들 능금빛 저고리를 당신의 꽃마음으로 만들어드리면 안 되겠습니까요!

예, 잘 아시다시피 우리들 지구의 중심체인 어머니! '자연은 빛나는 연초록빛'인가 봐요. 저 '불어터진 젖소'와 저 '황소가리 떼'가 우리네 젖양 곁으로 흘러넘칠 새 봄이 오게 하면 아니 되겠습니까? 내려오시면 살아오시면 아니 되겠는지요. 잘 보셨 듯이 '반생명권'

이, '복수심'이, '목질화'가, '신화상사론'이, 멜로물이 된 지금, 소수지만 '옆구리에 낀 성경'이 한 가닥 부들이게 하소서. 종교 간 밀원에 굶지 않는 일벌이게 하소서.

오, 그 이름 아무도 건드릴 수 없는, 또 달리 피어난 쿠르드 여인들의 처형과 박해와 차별의 넋! 그대를 희바람~ 꽃~ 이라~ 만고에 흐르는 향 깊은 스콜라꽃 넘게~ 하소서. 나아가 묏종다리라 하소서.(끝내 저 이를 살릴 수 있다면, 도처에 핀, 저 '도라지꽃'을 되살릴 수 있다면,)

스스로 머리를 흙에 누이면 그 사람, 그 사랑이 보인다.

흙탕물이 흘러서 파아란 강물을 이룬다.

빨간 오미자가 자주빛 머루 줄기에 침 삼키게 매달렸다.

♪아~ 한 떨기의~ 억울한~ 죽음이~ 신 소리가~ 진실이~ 그 넘치는 기도대로~ 똑바로 밝혀졌더라도 '7·8·9 공의 허공' 꽃다운 민주주의를 꺾어버린 장본인들은 없었을 것을! ♪얼마나~ 그리운지이~ 그대 심령이, 군부재자 투표로~ 인해~ 무수히 '불구자가 된~ 의문사'와~ 그~ 목구멍까지~ 차올랐던~ 양심의 소리를! 으흐~ 차마 누운무을~ 은~ 없었을~ 것을! 그 생물고기, 재두루미 어디 가고 뿌연 강바닥은 뿌옇게 타죽어 가지 않았을 것을!(니 화 많이 났제?)

나무야, 고맙다. 잘라도 향긋한 기운이 살아 있구나!(참나무야,

너희가 참 나무야.)

값이 없어 서서 마른 찰강냉이 갈 곳이 어디메냐? 폭설이 내리
고 천재지변이 터지면 더욱 손이 없으니, 허옇게 까제낀 속잎으로
나라 없이 앞가리게도 하고, 신격 없이 옷도 지어 입고, 학문 없이
자연산 뒷닭이도 하시고, 저 오염종이들보다는 바늘로 붓으로 새기
기도 하고, 촘촘한 그물망에 넣어 이불도 하고, 불쏘시개도 하시니,
새 봄 침향에 내 뼈가 어디에 얹혀있는지, 남은 숲을 살리실 당신께
선 잘 아시잖소!(앞으로 약 20년 내 규약, 천연 옷가지로 당신의 수수하신 마
음자리로.)

아침 기온 영하 4도, 야단났다! 시월이 오기도 전에 이파리 농
사는 끝났다. 안 되겠다. 복! 복조리신이여! 복지치정신이여! 털! 털
가죽을 돌려주시오. 침팬지 고릴라 원숭이 조상으로, 저기 저 산이
물길을 박차고 돌아 지금 허리가 아픈 듯, 꺾인 듯, 마구 파헤쳐서
숨마저 몰아쉬는 영장을 보시오. 빙하기가 이토록 급격히 올 줄 몰
랐다잖소. 가을걷이는 어디 가고 진실 알갱이들 거두기도 전에 사
람 하나 몸 둘 곳도 마땅찮은데, 산동무들은 빈 몸 하나 저렇게 어슬
렁거리다 멸종 인간 가기 직전에 몸 사리기 바쁘시다가도, '꼬옥 화
다닥! 끼이오~ 덤빌래? 우리처럼 인간미 있걸랑 한참에 덤벼 보랑
게!'(어떻게 대처해야 될고?)

들식이는 떠나간 엄마를 생각하며 오줌을 쌌다. '봐라! 키다. 봐
라!' 누군가의 끈에 이끌려 키를 덮어쓰고 소금 얻으러 동네 한 바퀴

얼떨결에 돌았다. '선생질 하시다 오셨대.' '아이들이 엉성스럽기도
했겠지.' '그만두고 그 넓고도 좁은 어떤 원으로 들어가셨대나? 시집
가셨대나?' 그래도 그는 생각한다. 어딘가 깊숙이 못 박힌 그림과 자
주 겹쳐지는 지리산녘 고향집에 방학 되어 갔을 때, 아직 밑이 덜 든
할머니 손가락 같은, 황토빛 줄기마다 매달려 오르던 젖망울! 우리
고구마의 부러진 사랑을 잊을 수가 없다. 고구마님은 하늘농사를
지을 때마다 황금덩이와 다름이 없었다.

　　모두가 이웃이다. 그 중 방긋 웃으시며 진짜 내 자식처럼 토닥
이며, '나도 쪼맨할 때 그랬다, 하시며 소금보다 귀한 품속에 안아주
신 보름달 순이 엄마네 가슴이 늘 살아있다. 하고 많은 들나물들처
럼 길 잃은 들식이를 오늘처럼 떵글떵글하게 살이 잡히도록 돌봐주
시고 먹게해 주시는지 모른다. 돌아선 벽장엔 아라비안나이트, 간
디, 서유기, 카네기, 종교개혁가 루터, 쿠바 카스트로, 만델라, 김구
일지 등이 촛대 곁에 꽂혀 있다. 그 위에 탱자나무 가시로 만든 예수
님의 면류관이 멋거리 겸 두고두고 아팠는지 모른다. 아, 엄마는 엄
마다. '움마! 보고 싶다!' 또 눈물이 앞을 가린다. 쏘까바리 지게가 잘
나가질 않는다. 추억이 눈송이처럼 날린다. 정들기도 전에 저 능선
저 하늘에도 슬픔이 하이얀 누운무울이~ ♪아아~ 떠나가는~ 나 어
린~ 김~ 삿~ 갓~ 보고프은 어머님 어얼구울~

　　여기 머루, 다래, 오가피, 어수리, 들국화, 황기, 개복숭, 평풍
초, 돌배, 산당귀, 되는 대로 보이는 대로 피고지실 때마다 고이 담
근 술 아닌 술 찾아뵙고 따르고 싶다. 그 그리움 내 곁에 살아 있다.
커서 흐르는 눈물을 늘 닦아주시는 '우리 어머니'도 내 가슴, 환생한

토끼 아씨 동산에 살아 계신다. 아, 참나물 향기 속에 흐르시니, 뜻은 잘 몰라도~ ♭아~ 베~ 에~ 마리이이~ 아~

　♪사랑은~ 울 안에~ 있지 않아요~ 이상향에도 있지 않아요~ '모성애'란~ 진실로~ 흥건한~ 눈물 피눈물로 체감하시고, 한 번쯤 타버린 육체 뼈마디가 절리시고, 끊어질 듯 우려낼 듯 내 살덩이 내 피와 님의 정혼이 저 화산같이 천산만화같이 하늘땅이 달라붙어, 아 이것이 진땡이 사랑이로구나. 이것이 님의 다음가는 대작품이구나. 때늦은 천지 열림이구나. 울어도 울어도 북받치는 청기, 순기, 아하! 인간다운 너무도 인간다운 온기가 막 터져 나가시어, 이 몸 이 땅이 갈라지고 죽어가는 크나큰 이유가 '말씀 아닌 말씀'에 있었구나. 흙물을 일렁이며 겉돌았구나. 님은 뭔가 허전하셨구나. 자꾸만 벌어지는 신들의 투쟁소식 따라 여기 달궁샘가로 돌아왔었구나. 이미 희귀한 새들과 대전차부대는 언덕을 넘어가고 말았구나. 알만 한 어린 신들은 끼니끼니 땔감땔감 병병병이니, 너희 낳은 자식에게 개방할 줄 몰랐구나. 상쾌한 대로 찾아가 들리기만 했구나. 어쩌면 흙궁을 찾아가야 해. 용궁을 잡아채야 해. 아하, 나만 몰랐나 봐! 드넓은 가슴으로 따뜻해야 할 우리 님들이 점점점 냉냉해. 싹싹싹 외면해. 얼마나 비수같이 자비떡, 사랑떡, 조가릴 쑥싹쑥싹하셨는지. 안에서는 정말 몰랐지. 가자! 그대 춥고 배고프지 않은가. 낮은 곳이 어디메냐. 남도 굿거리를 듣고 계신가? 북도 창가를 부르고 계신가? 왈츠를 추고 계신가? 아니면 인디음악을.(혹여나~)
　너희는 사랑할 줄 모르는 게 솔직하지 않은가? 이제 만천하에 일밖에 모르시고 땅밖에 흙밖에 모르시는, 우리들의 어머니 천상천하의 모정을 돌려주시오. 배가 고파 죽겠수다. 젖 먹고 싶어 죽겠수다. '우리 엄마'를 돌려주시오. 우리 넷째 딸래, 점네, 꽃예, 물래, 찔레, 곰녀, 순바보들을 꽃가마 태워주게 해주시오. 더 큰 일 하게 하시오. 세상을 뒤집어 엎을 훌륭한 분들이외다. 웃지 마시오. 사랑이 폭포수가 되게 해주시오.(쓸데없는 소리!) 실은, 그대 시방 삶은 고춧잎이라도, 호박순, 콩잎, 깻잎, 배춧잎이라도 따주지 않으시겠소. 고맙게도 햇빛은 오늘따라 빛나고, 삶과 죽음은 한순간에 꺾여지는 것이니, 실컷 자지 마시고 찾아와 좀 거들어 주시오. 또 짓궂은 소릴 했구만요. 용서해 주시옵고 늘 건강하셔서 뒷날 첫눈이 와 꽃길이 열리면 지겟길, 토끼길, '짐승길' 따라오르며 연기 따라 불려 가시길 빕니다요. 정말 미안하외다. 오죽 쓸쓸하면 이러겠소. 이 순간 '빵! 빵! 피웅~' 사격연습장 총알은 하늘을 째고 있소.

'딱~따딱~딱!' 오색딱따구리는 하늘을 꿰매시는데. 어럽쇼, 이건 무슨 조화련가? 일회용 카메라다. 어떤 데는 다섯 냥, 일곱 냥, 열 냥, 써먹지 말아야 해. 필름, 엑스레이, 머? 잠재된 발암물질? 몹쓸 줄 알면서 자꾸만, '다시 못 올 길 사라지는 흰구름'들이 안타까워 그러하오니, 요것만 좀 봐주시우! 자아, 낫 들고 거듬이 하러 갑니다.(죄스러운 나머지,)

우습다. 길 가던 김삿갓 나그네가 밭일 하는데 인기척 없이 얼음과자에 수박을 놓고 가면 수상히 보지만, 축산물 오수, 일회용 컵, 담배꽁초, 가래침 뱉기, 계곡물 덮어쓰기, 산나물 채취, 야생동물 포

획, 똥오줌 안 가리기, 남북악수 바로하기 등, '불법단속'에 안 걸려
들면 박수를 친다. 재미있는 낭탕 한국이다.

"야야, 토끼새끼들아! 법이 뭐냐?"
"숫컷들 부랄이죠, 왜요?"(요놈의 자식들.)

'따르릉! 따르릉!' 숲속 높은 나무는 눈보라에 올라가 보아야 '나
무'를 안다. 소외감, 차별감, 열등감, 낙제점 등을 소리치고 어루만
지며 가슴을 열고 이야기 나누다 보면 달아난다. 어울려 사는 생의
길이 쫙악 내다보인다. 신은 향기처럼 떠도신다. '미 대학생 총기 난
동', 오늘부터 스칸디나비아 브레이 비크식 피 뿌림! 전 세계 살상무
기를 회수한다. 들꽃바구니 대사관에 보낸다. 불 땐 옷가지라서 복
장이 새카만대도, 숨지 않는 우리네 산하 해맑은 친구들과 노루, 고
라니, 산양들은 어느덧 향기 날리고, 씨앗으로 맺은 꽃님들의 이름
으로 녹여버리노라! ♪사랑은~ '공부'가~ 아니야~ '기도'도 아니야~
다 죽여 놓고, 맨날 그래, 그지? 쪼롱! 쪼롱!

'예, 여보시오. 어떤 조직원이, 날 보고 교수? 미안하지만 교수
형에 처할 일이 있소. '물수' 아니면 '토수'가 좀 부드럽지 않소. 안
그렇소?' ㅎㅎ~(가만, 우리 형님한테 까분다고 혼날라, 아니야, 솔향 좋은 송
이밭은 따로 있으니까.)

'우주기지? 우주정거장?' 무엇을 짜서 무엇을 얻고자 우주를 쓰

레기 더미로 만들어, 보지도 못한 '한울님'마저 넙치눈마저 지배하려드는지 몰라. 에너지는 여기서 끝내야 돼! '여봐! 사후 유전자를 원씨앗처럼 신과 인간이 하나임을 만끽하라. 그리고 대기권 공기를 더럽히지 말고, 핵무장부터 풀고, 가난에 찌든 이웃을 업으라고! 500년 별 사기 끝내여! 사막에 쏟아부을 것이 뭐냐? 인류 최대의 매력은 흙에 있어! 시간이 없다고!' 또 얻어터질 우리 토끼 아씨 침이 다 마른다. 눈을 아래로 내려, 건드릴 일이 따로 있지. '과학이란 마술'을 '맑은 물소리'로 흐르게 하라잖어! 아, 꿈에 본 내 고향은~ 험악한~ 제국주의는~ 아니었거든,(어느 날 헛꿈이 될지라도,)

♪큰소리나~ 치고~ 깨자아~ ♫(불우한 영혼이 되어야지 어디,)

'유기농이 전부냐고?' 여보게, 화학비료 공장장이 아니라도 그런 소리 하면 목이 말라요. 물이 안 넘어가. 60억 인구 중 몇 프로가 잘 먹고 잘 산다고? 비료 농약 제초제 맹독성 초특급 살인공장에 연구원이 되어 발주 했길래? 똥물 공장은 왜 남아돌지? 음식물 찌꺼기는? 화학제품 질소는? 당장 브라질, 케나다, 유럽, 뉴질랜드, 그리고 쿠바를 소문으로 들어보오. 누가 아마존 아프리카를 빼앗아 먹었지? '유기농이다, 친환경농업'이라고 팔아먹었지? 에라, 쓰발띠기야!

이쯤 되면 '신 길로 간 박사님들'의 사기술이 한 몫 한 게 아닌가? 세월 없이 향긋한 부엽토 끌어안고 기쁨에 젖어 몰래 흐르는 눈물을 주체할 수 없는 촌바보들을 욕 먹이지 말아주게. 그런 말은 우리네 부처님, 하나님, 조상님께서도 화내시는 말씀이라고. 알어? 옛

홍옥, 국광, 개똥참외, 개복숭, 산머루, 다래, 잊지 않으셨겠지. 굳이 진실로 잘 키우고 되살리자며 '바른 농사' 소리 없이 지으시고 가르쳐주신 여러 어르신들처럼, 최소한 한 30년은 '청노루, 흑고라니, 백양, 적멧돼지, 황두루미'처럼 눈빛마저 변하는 철이다. '황금 퇴비'가 무엇인지, 뼈에 사무쳐 반 죽어 보자고 얼마나 까뭉개는지, '좀 배웠다고 씨부럴놈들!' 물도 못 먹으면서 사이비 연구단체는 받들고……. 이제 얼마 '남지 않은 백두중간' 중산간 마을에 화전민촌에 머? 아이티 강대국? 디지털? 돼지털인지, 허허한 이 가슴 한 구석 빈 터에, 그나마 몇몇 솟아오르는 옹달샘 물, 처녀지를, '개발이다 뭐다, 맹탕시스템이다, 감시카메라다, 철책이다, 무슨 왕국이다.'로 더 이상 짓밟지 말자고. 모두가 내 피요, 이제는 우리들의 '산나물 귀신'을 거들떠보기나 했는지 반성하자고. 실례지만 그대 울면서 '죽어서 하산'한 적 있는가? 아름드리 솔밭 묵묘를 뒤엎은 쑥대밭에 '자연 그대로'면 그대로지, 무슨 가짜 유기농? 도시에서 가져온 것이 있다면 들려오는 소리 하나, 오늘도 '30년만에 맛본 감자 맛'이라는 흐뭇한 격려뿐임을 믿겠는가? 성경 속 젖과 꿀이 흐르는 땅은 누구의 전설인가? 또 '콩을 씹다가 울었다'는 '여러 어머님 말씀'처럼 일말의 돈벌이 수단이 있음도 솔직히 시인하고, 저런 쓸개도 없는 소리 듣지 않으려면 더 이상 신들 간에, 지역 간에, 북남 간에, 대륙 간에, 허위표시 하지 말고, 편 가르지 마시고, 더 정직한 농사를 지음이 옳지 않겠는가. '유기농'이 어쩌고 '친자연'이 저짜고, 인간 대가리에서 나온 물건과 분비물은 계속 물을 죽여, 흙살 굳어, 우리 모두 나가떨어지는 맛좋은 세상일이 아니란 거야. '쯔쯔비비!' 너 '힘없는 푸름이'

한 마리가 최대 쟁점, 군산복합체 날개를 꺾는 날에 우리 '씨씨! 비비!' 날아 보자. 날아 봐!

♪소온~ 발이~ 다~ 다~ 알토록~ 고오생~ 하시네~ 하늘~ 아래~ 그~ 무엇이~ 노옵다~ 하리요~ 오~ 어머님의~ 사~ 라앙은~ 끝이~ 없어~ 라~ 세상에서~ 참된~ 행복 당신은~ 오늘도~ 어느~ 구렁을~ 해매고 계시는지요~ 내 자식은~ 죽지~ 않았습니다~ 내 가슴에~ 내 흙가슴에~ 살아~ 있습니다. 여보! 안 늙은이 바갈 양반들! 진실만은 우야든동 한 번만은 똑바로 밝혀주시도록 아새끼들을 단도리 좀 잘 해주소. 보자, 그래서야 쓰겠능교. 젊은 것들이, 저 붉은 강물이, 검은 산천이, 이대로 흐르지 않게 나서 주시오! '어이어이~ 어이고오~' 우리 자식들 우리 새끼들 불쌍해라! 어헛 또오~ 내 어이 살란 말이오~ 어구, 아버지요, 어이 그냥 가란 말인교? '토끼 아씨요, 난 그냥 안 죽었심더. 자살 안 했다고예!' 아고고 깜짝이야. 저 들판 저 하늘 아래 한숨이~ 끝이~ 없어~라~(우리는 모르는 기라.)

오늘은 내 세상이다. 힘이 절로 난다. 덤비려면 덤벼라. 새끼 딸린 요놈의 멧돼지야. 니가 우리 강냉이밭 또 작살내었겠다. 오냐! 어디 니놈 정도야! '쟈가, 세 끼 다 꿈같이 얻어먹더니, 떠받쳐 죽을라카나, 골로 갈라 카나.'(벌써 몇 번째지?)

나이테만 보거나 나무결만 보면 향도 향이지만, 내 입이 어느 틈에 소쿠리만큼 벌어진다. 존경합니다. 솔솔솔, 참참참, 낭낭낭.(여보와 찡한 키스를, 또 우상숭배라 할랑가.)

　저녁 짓는 연기가 피어오르면 그리운 게 많으신지, 사람이 보고 픈지, 등 넘어 오신 신께서 날 부르신다. '토끼 양반, 넘어진 헌 자전거 내가 타볼까?' '아이구 잘 됐습니다. 석 냥 주고 사 전국을 다녀왔으니 바람이 빠졌을 겁니다.' 좀 있다가 다른 영감이 강냉이 포대 하나 없어? '어이구, 잘됐습니다. 까서 말리시게요.' 부지깽이 다시 묻다 말고 합죽이 할마이 둘이 들이닥쳤다. 능금이 왜 그렇게 맛있어요. 우린 올해 머루도 구경도 못 했잖아. '어서 오서요. 아이고, 잘됐네요.' 자아, 많이 담가 두서요. 훔쳐 먹으러 갈 테니, 핫핫핫! 동치미하고 바꿔 먹어봅시다. 돌아보니 삽짝문에 몰래 걸어두고 샘에 담아 두신 것은, 세상 없이 맛있는 촌음식들이었다. 이것마저 소문이 났다가는 나와 몇 집 안 되는 님맞이마을 사람들은 제 명에 못산다. 와, 디딜방아 맷돌 없이 무엇이 살아 남을까? 촉촉이 깊어가는 가을비가 내릴 때면 사람의 맛이 그립다. 낙엽은 한바탕 쌓여 가는데 돌아보면 곧게 피어오르는 하얀 연기! 태울수록 한 장 잎보다 못한 연기로 사라지신다. 그려, 아무도 날 부른 이 없다. ♪추운~ 햐앙~ 아~ 우지 마라아~ 달래애~ 였~ 거언~ 마안~ 대장부~ 가슴속에~ 울리는 님이여~ 아아 아아~ 어느 때~ 어느 날짜~ 함께 썩어~ 꽃~피어 보~ 나아~

　'땡그라앙~ 땡그라앙!' 잊지 마라! 옥수수, 우유, 병 치료 잊지 마아라아! 산 넘어 강 건너 누런 벌판 중심에서 울려온다. '땡그라앙!' '받은 만큼이라도'! 그 피골이 상접하던 시절, 서구 선교사분들로부터 받은 하늘과 같은 은혜만큼! '땡그랑!' 반에 반만이라도 갚고 가거라.아, 안 나가도 종이 울리면 가슴속에 팍팍 꽂히는 소리 있었지. 인간인 한 똑같으시리라. '다름님'을 믿을수록, 모두를 믿지 않을수록, 더 아픈 게 하나둘 떠올랐지. 왜 우리는 더욱 낮추면서, 저 종소리 없이도 더 아래로 둥글게 울릴 수 없나? 다 벗어던지고 가족 같은 이웃신을 존경할 수 없나? 한 솥에 한 님으로, 한 자비로, 풀풀한 정으로, 나무나무 생긋한 인간다움으로, 내려앉아서 꽃처럼 새처럼 날을 수 없나. 흙처럼 향기로울 수 없나. 그러기에 더욱 아름다우셔! 그 날의 순천사들이여! 내일모래 만나요! 내일모래 저 의문의 꽃들과 부둥켜 안고 얼싸안고 울어 봐요. 아, 여기도 얼마나 좋길래 한 번 가면 아무도 돌아오지 않으시는지. 난 잘 모르겠소만, 내 손에 오늘도 잣송진 내음이 이렇게 풍길 때면 '신흥신'까지도 찾아와 어리어리 잡아먹는 세상사! 저기 '신식민지'식 여행객들! '우리 어머니 품'에 하루라도 뛰어들어 실컷 울고파. 발바닥에 낙엽 진 부엽토 향기만이 당신을 무조건 사랑하라는 명으로 순순히 감사히 죽을지어다. '땡그랑랑!'(당신의 꽃향기 속에 새소리마저 물려주지 않으신다면, 나도 혹시,)

너희는 몰러! 올림픽을 개최했다고, '선진국'이라고, 자원이 많다고, 금덩일 쌓아 놓았다고, 세계인구의 몇 %가 우리 신을 믿는다고! 천만에, 너희는 물맛을 몰러! 흙맛을 몰러! 여기 허허벌판 고산지대, 저기 정글 속, 섬 속 섬나라, 폭풍이 몰아치는 움막, 그리고 사람 떠난 작별 관람, 빈촌 빈민들, 원시부족 사회의 옛 사랑을! 흙바람 새소리 길어 올린 그 물소리, 동식물과 나날이 이루어지는 첫사랑을! 너희는 진정 몰러! 맨발과 맨손으로 엮어가는 혼령들! 만만년 향 홀리며 흘러갈 늘푸른 가슴을! 인류애를! 배부른 너희는 죽어도 몰러!(그러면 안 돼.)

냠냠냠! '보내주신 과일이 최대한 연구해서 자연의 맛을 살리신 건 틀림없으나, 죄송하지만 뭔가 맛이 하나 빠진 것 같애. 돌사과 돌배를 콱 깨무는 순간, 저 똘똘한 산짐승의 눈빛과 헛빠닥 날름대는 표정으로 대번에 느낀다니까.' '하하하! 아무래도 안 그러겠어요.'

어이, 통나무 그대로 집어넣어. 콩 내라 팥 내라 자꾸 남의 일에 도끼질 하지 말고. 구들이 덜 뜨셔요. 예. 신령님! 숲이 불타든, 로마가 불타든, 하기야 머잖아 뜯겨 먹힐 신과 사람은 없을 겁니다. 예예!

뻘겋게 타들어 갑니다. 참나무는 마디마디 갈라져 말갛게 타들어 갑니다. 아니, 사각 영정 한 분 한 분의 얼굴이 푸른 불꽃이 되어 떨어져 재를 남겨야만 하나요? 수많은 위령제에서, 공원묘에서, 한울삶에서, 망월동 묘역에서, 이름 모를 곳곳 조문사절의 조화에서, 아우슈비츠에서, 도인들 성곽에서, 보고 싶은 얼굴들이 산새처럼 스쳐가는 시간입니다. 님이여, '성혼마저 가두어 놓은 것은 아니었습니까? 가물가물 아무것도 보이질 않습니다. 앞뒤 시간이, 위아래 천지가요.(작업 가야 하는데,)

새벽별들이 지겟꾼의 길을 열어주자, 가슴을 뚫어주는 상쾌한 공기마저 짐이 되었습니다.

흐르는 물소리! 고일 수 없는 재물들! 댐 터져 나가는 여신의 목소리들! 돌 구르는 소리! 사랑을 뿜는 냇물들이 어둠을 밝혀갑니다.

'6 · 15 남북공동선언 실천 바로 알리기 모임, 국가보안법 위반 수사, 소말리아 해적 구소련에서 수단으로 가는 탱크 무기 강탈, 자사고, 국제학교, 학생의 학부모, 농어업이 0.3%, 카톨릭이 진정한 교회, 개신교 등 반발, 한미연합 군사작전 신형무기 화력 검증, 중국 불법 어선 단속, 경찰을 삽으로 살해하다. 전투기 추락, 조종사는?'
(합동으로 청숫잔 올리다. 노오란 국화꽃에서 내려온 잿빛 거미 한 마리 건져 올리시다. 주홍빛 딱새 한 쌍 연방 소리치다. 근처 뽕나무에서 싸리꽃으로 아직도 푸른 찔레숲으로 맴돌며 울다. 소리 없이 주고받으며 우신다.)

'이 사람이 나락을, 해가 났는데.' 차 문을 보란 듯이 쾅, 닫고 내리는데 이 땅의 지주다. 그 집 며느리가 한 다랭이 펼쳐 놨구만. 새벽같이 일 나간 줄 모르나, 손이 없나 펼 줄 모르나, 이래서 안 보이는 총알이 튀는 거여. '타임 오프'라니? 러시아, 중국 등이 '제 3세계 안보리'와 소외된 농민, 노동자, '인민의 이익'을 열렬히 대변함에도.

"오우, 자기 왔어!"(누구나 꽃 같으신 마음, 늘 말씀은 없어도.)

"우리 아들이 비오염 중공업에 다니는데 작업복이 하나 남아서. 자아, 입고 가우!"

"토끼 아씨! 놀다 오께요."(아이들도, 산새들도, 그리운 꽃님들도 때가 되니,)

피라미들아! 송사리 떼야! 낚싯줄이 다리 위에서 하늘 위에서 내려 오는 것은 귀신도 숨어야 하기 때문이란다.

"빠우, 까불고 말리니 쬐끔 밖에 안 된다."
"피 한 방울, 기름 한 방울 쬐끔식 나누는 게 중요한 게 아니야?"(그래서 투기신들의 세상이 된 게야. 이 바보들아!)

"예, 다래 머루는 자연적으로 술이 됩니다."

"에밀다 성녀님, 아름답습니다. 아는 이 모두가 참으로 마음 가득히 이렇게 부르고 싶어 하십니다. 지금쯤 맑은 공기 맑은 물이 그립지 않으신지요? 오늘 제 마음대로 생긴 떡호박과 잣, 그리고 빨간 홍당무 이파리까지 어둠 속에 손 잡히는 대로 향기 나는 대로 담은 것은, 저희가 따뜻이 느껴지는 신의 본체! 당신의 나라 때문입니다. 인도산 참깨가 500g에 남길 것 다 남기고 붙일 것 다 붙여서 3,500원이래요. 글쎄, 모르긴 하오나 아직도 저 겁나는 박물관식 대영제국의 지배 잔영이 남아있는 건가요? 이웃나라에서 한국에 온 화이트칼라 출신 여성 노동자의 저임은 뭐가 되겠습니까? 혹시, '여성 집단성폭행'은 다름 아닌 '밑바닥 천민의 법'으로 지은 것은 아닌지요. 아니면 외국인 노동자를 수입하여, 그곳 역시 또 다른 '불법 이민의 노예상태'가 계속된 것은 아닌지요? 그들에게 몇 파운드의 금괴가 돌아가나요? 솔직히 '함께 한 알'을 깨물기 전에 절로 눈이 감기는 것은 왜일까요? 다 같은 농민의 피땀이 이토록 알알이 맺혀 있음은 무엇을 말씀하시는 것일까요? 어쩌면 '다 같이 죽든가 다 같이 살든가.' 이것이야말로 신이여, 진실로 도우소서! 저 커피, 설탕, 향료 아래 깔린 무수한 신전들처럼 착취를 뿌리 뽑아 주소서! 따라서 우리가 마지막 '선교 아닌 선교지'로 떠나야 하는 곳은 어디이겠습니까? 당신은 이 속타는 사랑을 진짜 모르시는 겁니다. 이 나라에 '충충이 간디 정신'은 어디 가고 겹겹이 빈부 격차는 고사하고 폭약이 돌아다니는데, 이 땅 알만 한 사람들이, 공관기업이, 너무들 희희낙락하고 있음이 틀림없습니다. 이만 서리가 내릴 것 같군요. 다행이 생겨와 섞었더니, 산새들이 참 맛있게 쪼아먹고 있답니다."

"예, 눈이 많이 옵니다."

샘이 말라가는 것은?
① 윗산에 길을 닦았다.
② 상류에 별장을 지었다.
③ 때를 거르는 노인네 거처 앞에서 기름기 끼인 잘난 신들이 그릇소리를 내었기 때문이다.

구르는 과일을 주머니에 넣지 못하고 양손에 오롯이 들고 가는 옛 님을 보자.

우리들의 아버지 어머니께서는 그 무엇을 믿으시는지 안 믿으시지는 몰라도, 먼저 내 손에 먼저 내 입에 넣을 수가 없으셨으리라. ♪늘~푸르른~솔아~솔아.

"아가씨, 그래도 이 상품은 '은하우유'라고 표시 되었네요."

"예, 다섯 군데 식품인가 조사하고 갔어요."(멜라민이 터진 지가 언제인데, 아는지 모르는지 아직도 촌구석에 수북이 쌓여 있는 농협매장에서 고객카드인가, 깎아준다고, 난 싫네. 저 고단한 전래 가게를 살려야겠어. '당신들은 배가 불러!' 이것 하나만 봐도, 2008년 9월 29일.)

벙글벙글 웃고 있다. 해가 지면 사르륵 사르륵, 기어나오는 산가재, 얼지 않는 연당에서 뛰어나와 눈만 멀뚱거리는 산개구리들, 푸석푸석거리며 밭둑을 쑤시며 뭔가 물고 늘어지는 송어들, 파아란 불빛을 내며 다가오는 포식동물들, 밥이 왔다는 소리만 들어도 흥분이 가라앉지 않는다. 웃다가 엎드리다가 살살 기다가 돌아보다가 또 짓던 밥이 탄다. 너흰 훗날 부활의 바람이 거꾸로 불어도, 우리에겐 참으로 사는 한 좋은 친구들이다. 누가 뭐래도 날 업신여기지 않고 해꼬지 않으시는 눈이 있고, 가슴이 있고, 말없이 귀여운 정말 좋은 친구들이시다. 아, 이토록~ 그리워지는 밤을 기다리게~ 하는~ 친구~ 있으면 한 번 나와 보라고~ 해~

크악! 으악! '저흴 더 이상 밀어내지 말아주세요. 배 굶지 않게 해주세요. 그리고 반갑지만 자주 나타나지 마세요.'(아마 백만 마리 정도 됨. 금강호.)

맞아. 너희가 가면 인간도 뭐라 그랬지? 그래, 살 수 없어. 순식
간에 재가 되는 거야. 음, 21세기의 끝자락 밤은 신에게 휴식인가,
재창조인가, 격변하는 진화과정인가? 야야, 장난 치지 말고. 우리
신의 애인들은 숟가락 가끔씩 놓고 나서서 답하라. 오버!

기왕 겨울잠 자기 전에 모여 봐! 헬로우! 청개구리 사촌! 너희
초록개구리들 있잖아. 너네는 뒷다리로 차보았으니 잘 알겠지. 큰
물이 지면 가장 멀리 끈 건네주고 배 띄워 주고 울어줄 사람을 살짝
얘기해 줄래. 속 깊은 얘기 있잖아. 급할 때 친구를 알거든. '쑥덕쑥
덕! 개굴개굴!' 우선은요~ 외국인, 북녘 동포, 타향인, 새터민, 그리
고 충청인, 그래요. 그 다음요, 생각해 보겠어요. 뒷발로 차인 순서
라 그랬나요? 헷갈리는 데요?(알았어! 안대! 없었던 일로 할 수 없게 됐당
게!)

존경하는 크린턴 씨, 돌고래와 러시아와 중국이 의심한 '정체불
명의 천암함' 그 밑그림을 보여 줄 후광 선생님과 평화 동반자로써
의 깨끗한 이미지를 더욱 기대합니다.

'꾸우꾸우꾸 끄으윽!' 요놈들 봐라. 이 밤에 새끼 꼬랑댕이를 누
가 물었지? 왜 자는데 날려. 빨랑 나와. 얼룽!(사실이지. 앞산에 한 쌍 밖
에 없다. 콩밭에 씨만 남았지만 얼마나 듣기 좋은지, 새끼 치고 보자.)

금융위기? 선발된 신 파산 위기? 아브라함과 마르크스식 자본주의 위기?(뭘 살리려는가? '성욕'이 감퇴 되시는데, '홑믿음'이 살코기가 되셨는데.)

무명용사와 행불자와 북녘을 외면하고 무얼 건너뛰려고 그러느냐고? 이 땅 쪽제비, 너구리, 구렁이들이 유독 떠든다.

'가지고, 배우고, 뭘 믿는 자'의 자식일수록 친인척일수록 자연으로 시급히 돌아온다면, 무슨 주의도, 무슨 위기도, '대공황'도, 끝내 '신의 탈출기'에, '그 다이너마이트 도화선'마저도 댕길 수 없는 것.(머리 쓰지 마라.)

"사랑해?"
"……?"
"얼마콤?"
"하느마큼 따아마치"
"왜?"
"처언치~ 바보니……?"

불이 났다. 세상없는 꽃불이 났다. 화산이 폭포가 '우으움~ 싸아악~ 콰당당당' 터져 나갔다. '휙휙~ 휙!' 죽음도 삶도 없는 곳으로 날려 보냈다. 온 가족이 매달린, 누군가 서까래까지 다 말아먹는 이, 먼지를 따라오는 어린 소녀들이, 너희가 말이 좋아 씨부렁거린 '창녀'라고 '시궁창 머'라고, 가래기침 뱉고 토해내던 우리네 딸들이, 하루에도 수백만 태아 배를 째고 긁어내서, 피울음 소리도 없이 이 강물 저 바다에 우리 집 화장실에, '나의 국물로' 국민을 제압하듯 흘러 보냈던 것이야. 사랑? 발가벗지 못하는 사랑! 그딴 인민해방론! 그 넘어 이루어지지 않는 사랑! 그것은 또 다른 생태도발이요 집단 살인이었어. '선진?' 지배욕이 투망질이 난무하는 상고사회의 또 달리 감추어진 말씀이었어.(그래놓고 하나를 주시고, 하나는 안 주셨다고 힘겨워할 수 있겠나.)

누구나 뼈를 묻는다. 뼛가루를 건진다. 흙향기 속으로 희야네 어머니 오셨다. 깨끗이 오셨다. 맑으시다. 돌부리 놀라지 않게 들썩이지 않고 소리 없이 네 벌 째 고추 따다 오셨다. 이고 진 이 많으시다. 그래서 세상은 팍팍하지 않나 보다. 감사한다. 오늘도 마른 꽃잎을 띄운다. '꽃상여 여기 두고 가! 암만해도 가실 것 같어, 불 보는 거 끝나면 뭘 해먹고 살어.' '우리 할마이만치 안 아픈데 없다.'시던 일용직 할아부지도,(고향 가는 기름값 없으셔도,)

♪두우 번~ 다시이~ '바람' 속에~ 살지~ 안 으리~ 푸울 피이리~ 꺾어 불며~ 노래하면서~ 하루가~ 멀다 하고~ 묻어 주면서~ 산바우 재우면서~ 니캉~ 짐지다~ 가리라아~

그래 묻지 마라. 그래 파지 마라. 핵폐기, 병폐기, 인종폐기고 더 이상 뚫지 마라. '바다'가 '육지'가 된다.(몸살 나게 하지 마라.)

바로 잡을 것은 낫자루다.(동양신.)

제 꾀에 넘어 가지 않는 신 못 봤다.(서구신.)

내년 호박씨를 말려도 될런지.(1호신.)

녹색 살결로 물들어도 상하지 않을 건지.(2호신.)

예, '산신령님' 말씀이 맞습니다. 목소리만 딱 들어도 나무소리
인지 쇠소리인지 사기 치는 소리인지, 미간만 봐도 젊을 때 얼마나
좋은 일 많이 하고 살아 왔는지, 평소에 풀잎처럼 흙 같은 마음으로
살다 왔는지, 손 한 번 따악 잡아보면, 예.(알고도 남습니이더!)

♪당신이~ 얼마나~ 고마운지~ 눈이 오고~ 봄비에~ 찬이슬이
~ 내리면 나는나는~ 한없이 당신이 고마워요~ 여기저기 나뒹구는
소똥간 깔판들이~ 그 옛날 집집마다 버리고 가신 그 넋들이~ 숭배
한 통나무가~ 군불이 되시니~ 욕간에서~ 주고받는 안마처럼~ 아아
아! 아아아아! 찐찐 짜르르한~ 그 무엇이 정말로 고마워~유~ 우리
할매 우리 할배 손이 참말이랑께 한 번 살아보랑께요. 니 몸 내 몸
안 가리고 섞여 문대고 눅여 어즈를 듯 팽게치는 척 손 한 번 못 흔
들고 살다가는 게 인생살이 아니겠수. '정리정돈' '강력히' '빤듯빤듯'
'죄의 벌' 꽁부꽁부, 그 잔에 그 물길에 그 곡간이 어쨌다는 거라? 그
'신판놀이'하며 '교단 스스로 은폐한 부정부패' 하며, 홀로 핀 '요염한
입술' 하며, '달콤한 휴식' 하며, 앗하! '집'과 '신당'과 '관'과 '돈'과 '미'
의 의미는 태초 푸름 속에 흙바람 속에 사라진 것을! 이쯤 와서 보
면 제아무리 놀부라도 손에 들고 떠날 게 딱 하나 있다면 무엇이겠

수?(아! 가슴 설렌다.)

우린 보네, 만면의 미소를! 환장하는 나와 님의 꽃미소를! 단지 열쇠 없이 열어줄 손 없음을 한탄하였노라. 친구야, 미련 없이 가거라. 생지옥 생이별을 겪어본 자만의 낙낙 있으시라. 부디 그 세상 도착하시거들랑 소식 한 자 없게 하시라. 구원 가고 녹슬지 않는 이 짜리몽땅 손, 우리네 천연자루, 푸른 바람으로 살게 할지니, 하루하루 불꽃같이 살다 가신 님들의 '그 나무 그 꽃향기' 울리며 전하노라.

낙엽을 밟으며, 낙엽을 태우며, 잘못했다. 내 잘못했다.

물 한 모금, 서너 시께 한 젓가락, 이것이 행복이라 하자!(괜찮어. 고려장을 넘을 수 있겠어.)

"밥통은 길들이기 나름이야?!"(홍자색 부처꽃이 나뭇짐을 구스르며, 소금가마를 쳐드시며,)

'때굴때굴 차르락 차르락~' 키를 까부신다! '우리 아버지' 마중 나오신다.

♪포롱~ 포롱~ 포랑! 요리저리~ 까닥까닥~ 콕콕콕~ 수쯔비 스찌비~ 섭섭새들이~ 참새형님뻘 상새들이~ 점잖은 줄~ 알았더니~ 더 잘~까 잡수십니다~ 그려! '해바라기'~씨 한두 개 떨어져~ 봄을

알려~ 주시겠거니~ 그저어~ 바라만 보고~ 있지이 우리이~ '돌산 돌신'~ 우리~ 푸웃사아라앙!

하늘에 닿을 듯 말 듯 쓸어안으면 우리 님이 보일 듯 말 듯한 솔! 청청솔아! 네가 나다. 그래, 힘 좀 받자. 쓸쓸한 땐 어쩔 수 없다야.(그러게, 질투할 신이 있겠니?)

'야야, 개미들아! 너희는 정말 안전하겠다. 이 고목 높은 데까지 가볍게 오르내리고, 바람에 떨어져도 날아가고,' '우리하고 바꾸실래요.' '어떻게?' '이 땅에 호랑이 발톱이 날 때까지 사시라니까요.'(머라고?)

오늘 저녁은 덜 말라도 참나무는 탄다. 역사의 질곡마다 사법살인의 장본인들의 얼굴이 타면서 말라간다.

넘어갈 일이 따로 있지.

작두골은 아무 때나 울지 않는다.

"정의가, 머, 민주가 밥 먹여주느냐."고!

♪가압순이~ 마아음은~ 갑돌이 뿌운~ 이래요~ 시이집~ 가안 날~ '첫날밤에 달' 보고~ 울었대요. 아, 사랑! 들오리 사랑! 통일 통성된~ 그날 밤에~ '꽃바다'를~ 이뤘대~요.

힘센 낙지가 오징어를 업어주고, 정이 없는 바우가 도라지를 안아 주더라도, 서로 믿고 그때까지 잘 하라고! 들었는고? 예예, 산할부지이! 대충 알아먹었심더.(푸르게만 해주신다면, 당신이 대망하신 꽃으로 필 때까지,)

'토끼야! 많이 아파? 많이 아프면 이리 와! 내 만져봐 주께.' '괜찮아요. 선녀님! 다들 겨울나기가 걱정은 되지만, 너무들 먹이 찾아 밤에만 산간계곡을 뛰다보니 허리가 빠진 건지 고무허리가 된 건지 모르겠어요. 불행스런 것은 아무리 둘러봐도 잇빨로 뭘 잘못 뜯었는지 비행기로 약을 쳤는지 다 죽어가고요. 간이야 쓸개야 다 녹아내린 것은 저희도 마찬가지예요. 예, 아무래도 덜 포식하겠죠. 예, 해해! 인간은 그 반대로 나갈 거구요.'

"씨부랄 년의 새끼들! 설거지해야 돼! 탄핵해야 돼! 없다고 싹 깔아뭉게 죽여놓는 것 봐!"

촌노인분들 날이 오면 모이셨다.

'황소리' 들어보자. 어디가 진실인지 거짓인지, 송곳니 만들어 놓고 갔다 하면 틀니야 몇 백만 원은 아이 이름이고, 보험이 안 된다. 나도 나가서 보니 한 대 4만 원씩 한 십분 땜질 했나. 이 봐, 시설비며 경쟁이 얼마나 센가. 뒤로 얼마나 좋은 일 많이 하시나 몰러. 한겨울 먹을 멸치 똥가리 정도는 있어야 되잖아. 외상? 그래서 '태풍장미'에 시커먼 먹구름이 난데없이 쏟아지는데 내가 때릴 비가 있소? 두들겨 맞는 건 우산이 없는 게 아니라고. 그 좋은 동구 밖 솔을 캐서 팔아먹고 길이란 게 옛 미루나무 흙먼지꽃 덮어쓰는 산 풍경이 낫잖은가. 수건 한 장 목에 감아 줄 이 있는가. '날벼락은 치고 쌀은 잠기고' 나락 까시래기는 박히는데 점심때가 있나. 가만 있어 봐. 카메라 설치하기 전에 써 붙이든가, 뚫지 말든가, 서있든가, 101키로 되면 십만 원이야. 푹 고개 숙인 조밭에 참새 떼가 우르르 몰려들고 있잖어. 팥도 하고 매물도 풀려고 황소에 소나무 베어 끌고 오는데, 내년 밭에 해먹으려고. 나도 한마디 하세. 농협 박스가 천오백 원 올라가면 이천 원, 고추 15키로 6천 원 받아 한 입에 털어 넣어. 토요일에 있는 대로 담았구만. 쪽파 심으라. 니미, 저 유지들 관광차에 비행기 타고 후천세계 갔다 왔다나. 바다 건너 어디 고적 보고 왔다나. 땅을 걸굴 생각은 않고. 그만 해. 자아 막걸리 한 잔 하세. 걸걸해 죽겠소. 돌아서자, 쇠줄에 목 매인 풍산이가 양털 같이 털갈이한다. 아무나 보고 으르렁거리는 게 아니었다. 바로 날 보고 짖어댔다. 지게끈이 풀어졌던 것이다.(터덜터덜 기어오르는 석양길이었나 봐.)

♪ 왜 이렇게~ 생각 날까~ 떠난 줄을~ 알면서도~ 사랑했던~ 저 능선에~ 분꽃 같으신~ 우리 엄마~ 채송화~ 숨결만은~ 끊지~ 말~어~요. '엄마, 사랑해! 그 봉숭아 꽃가슴 난 한 모금 안 주실 거야.' 허유~ 나이 들수록 이게 그립구나~아~(뻐끄으뻐끄으~ 끄윽끄윽~)

♬ 수난기~ 다다르니~ 산으로 피해 가시어~

비닐 노끈은 모아 돌려보내고 삼과 볏짚을 엮어 지게줄 어깨끈을 감았습니다. 하산하여 우짖을 일 없게 할, 나와 너의 불로초야, 일거리가 좀 많은가. 우리 사이에.(고마워!)

그래서 꽃피는 산골.

"푸른 고무신 신어 보시죠?"
"미끄러워요."

"토시를 내리면 양말도 되고 장갑도 되고요."
"예, 고마워요. 볼일 볼게요."

'아우, 저런! 보리가 막 쓰러졌잖아. 어떡하나?' 생나물 한 보따리 실어 새벽장에 가는 서동이 할머니 말씀.(학생들은 잠을 자거나 뭔 거울을 쳐다 보는데 오직 한 분께서,)

꽉 찬 두루미빛 두르고 산간 오지 오가던 내 막내 여동생이, 노을 지는 연시빛이 좋아서 울긋불긋 단풍이 물든 나라로 그만 떠났습니다. 울 엄마가~ 생각이 난다~ '그래 가거라!' 가서 이 세상은 당신의 뜻과 달리 치울 게 너무나 많다고 곧게 말해다오. 그 물소리 새소리 생체 소리와는 유달리 꺼끄러운 비인간적 처사가 많음을, 당장 똑바로 걷어치워 주실 게 많다고, 그간의 무수한 그리움과 춤과 노래와 기도로 사랑을 찾아왔노라고, 애인 중 애인 한 분 구하려고 멀고도 가까운 길 둘러왔노라고, 수많은 나날들 기쁨 아닌 슬픔에 젖어 당신을 경배하고 흠모하고 애모하며 절절한 연민에, 때로는 나 홀로 흐느낌에, 나만의 애틋한 사랑에, 푸욱 빠져 휘청거리지 않고 정중히 걸어왔노라고, 말해다오. 때로는 우리 오빠가 함부로 까탈스레 일렀던 '차갑기가 어름장 같은 때가 있드라.' 하심에 이것은 저의 본심이 아니었음도 말해다오. 머리에서 발끝까지 뭔가 누전된 무엇이 홍감되어 날이 오면, '그분이 오면 흘려주심을' 진실로 정직하게 일러다오. '스스로 신이 되신 자신감' 하나로 해맑은 눈동자와 미소로 한 번도 마음껏 터뜨리지 못한 '그 핏빛 눈물과 순정'으로 이제는 흙에 안겼으니 자신만만하게 말씀 올려다오. 그때서야 모두의 아리랑처녀! 네가 진정 꽃같이 아름다웠노라고. 오! 높낮이 없이 나르는 저 천사들, 꽃가슴 소녀에게도 속날개 활짝 펴주심을! '우리의 당신'께선 마침내 천상천하의 엄마로써, 양심상 치솟는 분노와 피눈물이 흐르는 곳은 때와 장소를 떠나 곁에 있어준 바로 너와 너의 언니들, 우리 모두의 어머니로 한세상 멋지게 살다 갔다고, 이 못난 오라버니 이 바보 지겟꾼도 이제 자랑스럽게 떠날 수 있을 것 같구나. 그래, 난 어디에도 '소속'되고 싶지 않았고, 그 어떤 '신분'도 원하지 않았어. 날품팔이로 족했어. 날 부르는 흙덩어리 써래질은 개울 건너 극락 가는 길이었어. 곧 눈이 오겠지. 이젠 울지 않아. 울지 않는다고. 생각지 못하는 날 폭설이 쏟아지겠지. '으으~웅~ 으으~웅~'(응답은 연분홍 바위옻풀로 물들인 연당에서도,)

"피아노 소리 같아요. 눈보라가 몰아치면 작은 열매가 터지면서 수많은 팔랑개비 음계가 울리는 소리 말이에요. 나무 이름이 뭐라더라."

♪가자! 누렁아 가자! 고만 먹고 가자! 어야! '자살 1위 나라!'. 도대체 너희 '자연스런 사랑'에까지 '하늘의 앙갚음'이 뭐람?(바라건대 저 반희생적 TV, 반환경적 영상들이 없었던들,)

"어르신, 저 새점재 정상에 뭘 짓는 거죠?"
"몰러, 무슨 종교라던가? 진흥시장 핵무기와 다를 게 뭐가 있나!"

아, 그 누가 이토록 실수 없이 울리는가요. 그 어느 신께서 인간을 갈라놓으라 하셨던가요. 피부와 말씨와 종교와 재물과 태생과 천륜을 찢어놓으라 하셨는가요? 불신과 공멸이 이토록 팽배하게 두자고 하셨던가요. 깃발이 따로 있는 게 아니었어요. 기고만장 하는 저 권위에 공작 조작선거! 안하무인식 저 날강도 떼들 보자. 우리는 사람도 아닌 동남아 강 위에 '천막당'을 지었어요. 산꼬두바리에 새들과 둥지를 틀었어요. 산까치 구멍에서 너구리 산토끼들의 토굴에서 앞뒤 없이 생을 마감하시는 유적 아래, 고층석상 아래, 막일꾼들의 노랫소리 나직이 울려 왔어요! 조숙재배로 난데없이 휘날리는 눈꽃송이 젖줄기마다 일찌감치 불러드린 것은 애간장 다 녹이며 님의 품 찾는 여정에 여물게 하심이 아니겠느냐. 그 말이시더! ♪당신의 초록 능선마다~ 가슴 아프게~ 가슴 아프게~ 바라보지~ 않았을~것을~

"왜 요새 싯귀가 잘 붙지 않는지 모르겠소!"

"날이 눅을 때 얼렁 와! 고생 많았지."

"불쌍해라. 그래도 불쌍해."

♪상상을 비우다 보면~ 유기질 풍부하고 보수력 좋은 종교권에도 공정한 사랑이~ 차오를 테죠……

땀이 비오듯 흘러내릴 때 써라! '쪼롱쪼롱!' '삐초롱찌초롱!' 맞아유! 맞아유! '잡아먹어유!'

곡식이야, 열매야, 지어올리고 또 올렸습니다. '째롱째롱!' '띠쪼롱끼쪼롱!' 아니어유! 살려주셔유!

이런 맛이 없으면 무슨 낙으로 사셨겠습니까? '희째희째! 마이희째!' 국보법 싸움법 적대국 대신에 싸리, 자운영, 토끼풀에 길들은 반핵지대를 만드셔유!

더 이상 이 땅 조상님네를 '약독보다 더 심한 신독'으로 날 저물게 하지 말아 주게. 예수님요, 하나님요, 좀 조용히 삽시다. 버스 택시기사님 어느 한 분도 골짜기 정상에 들어앉은 저 종교시설로 한 분의 손님도 태워본 적 없대요. 공기와 물이 얼마나 더러워졌을까

요. 세 끼 먹고도 남나요. 지금은 흙물이 말라요. 뻐꾹뻐꾹! 꼬라지
가 되겠소!

　　'여자의 마음의 병이 5공 때부터 심히 쌓였네.' '탄형! 거 규폐병
약이 있소? 무슨 그게 밑도 끝도 없는 소리요?' 연희동이다, 상도동
이다, 동교동이다, 백담사다, 종교인들이 사형제를 폐지하자고 했
다잖아. 여식아를 죽여도 나 안 죽는다 이거야. 부모들 마음이 어떻
겠는가? 당연히 폐지하기 전에 '금일봉' 뒤로 돌아간 '정치자금' 풀
어보자고, 우리네 이 강산 너구리를 불러들이자고, 벼락 치는 날 산
토끼굴 처마 밑에 찾아온 왕새매의 가슴이 어떻겠는가? 기복신앙
이 이때부터 더 망가진 것이 틀림없어. 이 봐, 저녁 7시 30분 시골
버스에는 보따리 거의가 타지인, 파리, 런던, 뉴욕, 저 남유럽, 중남
미, 뱃터, 아프리카, 전철 외국인 근로자시오. 똑같은 하루 벌어먹
는 사람들과 학생들 아닌가. 기사님까지, 평생토록 뭘 더 정직하게
살자는가? 무슨 정치종교사학법을 지키잔 말인가? 교파 간, 횡포대
기업 간, 혈통주의 간, 지나친 계급이, 저 러시아 스킨헤드까지 나와
서 우리 유색인과 유대인을 골라잡는 걸세. 싱거운 소릴세. 담을 수
없어. 왜 소득불평등은 신의 군것질일까. 물가고니, 양적완화니, 기
준금리인상 등은 원전 규제보다 악질인 고품격 종파의 장난질일세.
그러니까 쑥대밭에 스물스물 기어나오는 착한 지렁이들이라, 맑은
샘을 찾아가자면 크레인 50톤짜리도 넘길 수 없지. 감자골로 가면
안 빠진다고, 부들못이 나오잖아. 산 위로 가면 마른다고, 큰 바위가
나오잖아. 동서양 양쪽 웅덩이 사잇길은 건너갈 수 있다고? '안 되겠

잖아!' '뭐이 남아!' '가야 돼!' 어차피 모두가 중성인 땅, 뚝방 노동자의 한숨 소릴세. 따라서 흙손이 지구 구멍을 막지, 창조기류가 틀어막을 수는 없는 법! '여보! 꽉 차!' 그 입에 그 접시들이지. 다들 신배가 부르기 때문이야. '덜커덩!' 아, 공기 한 번 맑다! 같은 면지역이고 강 건너 차이인데 확연히 공기가 다르다. 잘은 모르나 그 쪽 차깐에 어지러운 전자파들 골프 야구 축구 시합이 피를 말리는 건 아닐까? '나 내리네.' 부르릉!(간주날이 지났는데,)

"잘 살펴봐주시오."(먹고 만말들 하는지, 안 주려고 엉뚱한 짓 하는지,)

"앗싸! 야야야! 나 백 원만 빌려줘!"
"그것 먹지 마! 죽는다. 너!"
"우아! 산당귀 아니에요. 하아앙! 대단해~ 고마워요~ 아씨이!"

'식구들이 많으니 금방 떠네, 번쩍해!' 여든여덟 새색시가 시집을 간다네. ♪

열살 된 오빠는 뚱보였다. 여섯 살 된 여동생이 배를 한 대 쥐어박고 밑에 숨었다. '진짜 막차 왔다아. 어! 어디 갔지?' '왜 때려!'

만나보자. 아니, 돌았다고 쳐다보지나 마라! 주먹 도시락을 두 개 세 개 싸갖고 다닌다고? 이게 어딘가? 극락세계랑 천국 천당으로 날아가겠잖아! 이 정도면 이마저 하나님이란다. 부처님이란다. 믿을까? 우리 님께서도 일거리나 있다면 뭘 또 바라겠나. 직업을 주는 분이, 바로 그 많으신 폭우신을 골라 기르시는데!(이래도 비아냥이남.)

법의 정! 법정수당? 산재보상? 에잇, 똥파리들아!

흙의 춤을 추신다.(아버님이) 젖의 춤을 추신다.(어머님과)

뜨거운 태양이 이글거린다. 이럴수록 제비들은 나즈막한 오막살이 박꽃과 연못을 중심으로, 잠자리 사이 동글동글 원을 그리며 수천 년째 난다. 짝짓기를 끝내고 먼 하늘 먼 바다를 내다보며 난다. 우짖는 듯하다. '멋진 예수님이 우리 인심 좋고 아름다운 금수강산에 오셔서, 결국은 앞뒤로 제국들이 판을 치면서 부모형제 간, 이웃 초가삼간 사이, 동서남북으로 갈라 놓으셨는지, 찢어놓으셨는지, 어쨌는지, 히~익~ 째째째~ 쨉쨉쨉쨉~쌩~'

'좋아, 기침에 기관지에 폐암에도 진홍빛이랄지, 붉고 연한 핏빛 이랄지, 높은 가지에 연 참두릅 비슷한 열매가요.' '예, 얼른 나을게요!'

우아한 선율! 화사한 한복! 서울에서 평양 특정 건물 유리창 명중탄 개발, 고려청자! 좋습니다. 국가 청렴도? 고혈압? 술독문화? 고유민속 떠난 어떤 전쟁암 1위, 좀 그러네요.

♪하루~ 에~ 이틀, 기다~ 린~ 님이~ 달이 가고 해가 가~ 도 물레만 도~ 네 쪼들리는 방아~ 똑바로~ 못 열은 사랑과 평화값~ 원죄만 도~ 네~ 에~ 못다 찾은~ 우리 강산~ 석돌만~ 귀혼만~ 하이얀 민들레꽃씨만 떠도시네~

기름이 떨어지면, '혼돈'은 끝날 거야. '아이구, 아까워라!' 미물이 스치는 항아리를 기울이다가 흐르는 긴장 한 방울을 찍으시면서, '너희들의 혼란'도 잠재우려 하나니. 머리는 삼각, 눈은 개구리눈, 색은 황토, 점박이 나뭇가지 피부, 길이는 한 뼘 반, 크기는 둘째손가락 굵기, 앞쪽에 두 다리, 뱀도 아니고, 뱀장어도 아니고, 미꾸라지도 아니시고. 이 때 다람쥐 한 마리 깜짝 놀라 이끼 낀 바위 밑으로 숨나니. (2013년 6월 20일 해 뜨는 시각, 신옥산 8부능선 옹달샘 도랑가 맨등살 위로 차갑게 스치신 덕분에 만나 뵘.)

'이익~익~, 히~익~익!' 외나무다리 밑 해 저문 시각. '저희를 살려 주세요.' '어로를 터주실래요.'

날아 와. 파아란 뒷다리로 뛰어서. 풀잎에서도 아래로, 흙길에서도 아래로, 물러설 줄 아는 양 더듬이가 미래 세상을 살릴 거야.

"짜릿한 님에게 던지지 마시고 전나무 발등에 가만히 놔두시죠! 돈 달팽이를 선생님이라 못 부르겠어요."

'토순아, 빨랑 나와. 해가 났당! 코 고무신까지 벗어주세~ 용~' '싫은데~ 에~ 에잇~ 참~ 싫다니까아!' '얼마나 고맙니. 이 고마움 하나로 살다 가셨다.' '하하하, 늘그막 우리 꽃나비만 빼놓고.' '할아버지, 무슨 공부 해?'

'으엉~ 으엉~ 엉!' 풀어달라고 짖는다. 흙 하나 살리게 그냥 두지 않으면서 '물재배'란다. '무너진 영양소'가 물귀신이 된 걸 잘 아시면서.

여보, 새들에게 물어보우. 댓가를 바라느냐고.

주되 뿌리는 남기자고, 향기로 두자고, 밀고 들어오는 데야, 요즘은 어쩔 수가 없네요. 이럴 때는 당신을 찾습니다.(약법, 독법, 신법은, 다 악법 같아서,)

꽃들아, 세상의 진리에도 한계가 있다고 말해다오.

아직 감자를 마저 못 했거든요. 마늘 심고 밀보리 뿌리고 나서도 우리 쌀독은 없으니깐요.

배운 자들의 고사성어로, 배부른 자들의 미사여구로, 더 이상 더듬지 말아 주세요. 선배님, 그것은 더 배 아프게 하는 '토속신'들의 겸손일 따름입니다.(말이 났으니 팔아먹을 게 따로 있지.)

고추잠자리야, 너희가 꼬리 부분에서 숨을 쉬듯 우리에게도 끝 간 데 없이 밀려와 더 이상 빼앗길 영역이 꼼꼼꼼 없구나.

우리 님들은 밥상이 없습니다. 늘 원만하신 누이의 집은 대문도 열쇠도 없습니다. 있다면 땅바닥이 한결 편하셨습니다. 그 살벌한 시기에 하소연 할 곳 없는 우리 어머니에게 잠자리와 따뜻한 위로를 안겨 주셨습니다. '다 모이셨습니까?' '통일과 세계 안녕과 억울한 영혼들'을 위해 천왕봉 등지에서, 눈보라 비 가림에 수십 년째 온몸이 문들어지며 기도해 주셨습니다. '언제나 초대합니다.' 그 이름 호랑이 여승, 성수 스님! 산비알에 쌀농사, 콩농사는 잘 되셨는지요. 간장까지 다 퍼주시고도.(남는 거는요.)

시대를 잘못 태어난 사람도, 미운털이 박힌 사람도, 웬수 같은 사람도, 횟가루 덮어쓰고 석회광산을 넘어갈 줄 안다. 임종을 지켜볼 줄 안다. 뜨겁게 흐르는 전율을 느낄 줄 안다.

흰 고래, 청혼새, 진달래, 몸부림 쳤다. 차서는 안 되네, 기름탱크, 라크에서, 흑돈잡이 '동물의 왕국' 어딘가의 사냥질 아프리카에서, '아프간 속 구약성서'에서, '평화'를 말해선 안 되네. 자다가도 이빨을 가네.

♪ 옛날에~ 이 길은~ 영구차 타고~ 도망가던 길~ 아마존 에메랄드 강산~ 팔아서~ 나라빚~ 갚아가던 길.(간판이 날아간 어느 까사불

랑카 고개 넘어서,)

너희가 '빛'을 돌려드릴 줄 아느냐?

'성령'을, '성불'을, 못 다 그릴 줄 아느냐?

저 달덩이 밖에서 어머니를 서러워한 선녀님들에게
저 높으신 저 뾰족 지붕, 저 무거운 돌, 뼈의 자취에, 모래언덕 칼
자국에, 총알자국들이 남긴 부녀자들의 주먹질 손등에는 둥그런 초
가지붕이 좋았다 합시다. 진짜 푸르고 푸른 신을 팔아먹은 일등공신
은? 그 시대 신들린 조각가, 요상한 그림쟁이, 철 따라 파내려간 번역
가, 미덥지 못한 주술가, 그리고 나, 밤의 문지기가 아니었나요?

이 점이 쓸쓸하고 외롭도다. 지게 목발에 덕지덕지 달라붙은
붉은 흙, 검은 흙덩이, 상승 곡선 돌가루들, 자원 고갈로 떨 틈이 없
으신 우리 땅 여러 어머님이……

♪이랴, 아무 말~ 말아~ 정든 님이나~ 찾아가자~ 가자아~ 따
가닥 따가닥~ 따그닥~ 찔레꽃 달래꽃 소박꽃 너울진 재 넘어 사랑
새나~ 자비꽃이나~ 퍼질러지게~ 맺음~ 시이름~ 뿌뚱배 타고~ 아무
데나 콱 박히어~ 산도라지꽃~ 뿌리~ 내리드끼~ 피매~ 안 죽어질~
꺼어 나 아~ 이라아!

"어야, 선바우! 내려 와! 아카시아 나무도 좀 뽀개주고, 미꾸리도 삶아먹고, 김밥도 말아먹고, 이웃 십자가 돌탑도 쌓아주고. 응, 요즘 잎 떨어지니 나도 엄청 쓸쓸하다니이."

♪앵두나무~ 우물가~ 에~ 동네처녀 바람 나~ 도~ 변덕쟁이~ 니~ 놈하고는~죽어서~ 합장 안 혀어어~ 아무리~ 돈이 좋고~ 개~똥꾸~ 학뻘이~ 좋다지만~도오.

"여보게, 눈꽃송이!"
"예, 물잔 위에 사그라지시는 여인의 품이여! 내일의 저는요?"

'이젠 길 없는 데로 눈을 돌리게, 보아하니 그들 사이 팔아주고 취직시켜 주고 죽음까지 열심히들 걷어주는데도 우리 물은 안 그래, 이 세상에 물문이 막혀 도나 봐. 믿는 이들은 많은 것 같은데, 지하로 흐르는 우리들의 인정을 보아서라도 겉껍질에 더 벌레 새똥이 묻고 청태가 끼고, 자연적으로 썩어가고, 잃어버린 맛을 찾아 주는 농사꾼들의 모가질 팔아 주자고. 우리 걸 믿느냐고 넘보지 말고 수수히 챙겨드리자고.' '그럼요, 살판 날 때 고유한 맛과 새 느낌과 색이 사라지는 것 같아요.'

사금이 반짝입니다. 빙하에 푸른 금이 가서야 하늘같은 아버지의 가슴이 녹았습니다.

맛보란다. 이는 누구나 흘리는 소리이다. 봉다리가 나들이를 한다. 다방에 간단다. 차는 천오백 원, 냉커피는 사천 원, '단풍도 들고 센티멘탈해서' 간단다. 나는 우리 형이 있지만, 바우, 너는 아무도 없잖나. 주신까지 돌려놓고, ㅎㅎ…….

장날에 나와, 동동주 부담 없는 천 원이야. 양파에 된장 있고, 깻잎에, 마늘찌에, 멸치에, 젓갈도 싸다고. 일주일 먹어. 여느 데보다 싸게 먹혀. 김치도 오천 원. 아, 요새 왜 그러는지 모방자살이 많아. 글쎄, 난 이름도 성도 모르잖아. 무슨 재미로 살아. 퇴비 썩는 재미로 살지. 왜 고양이 어미는 풀어놓으면 잡히지 않을까. 어제는 음악 선생이 '교회' 가자고 왔더라고. 못 간다 했지. 7시가 되면 으시시하잖아. 공동묘지가 좀 많아야지. 눈이 오면 우리 같은 사람들 어떻게 살지? 괜찮아, 다 죽은 듯 가는 거야. 건강만 하라고. 다음에 우리 둘이 오붓이 뭘 좀 끓여먹어 보자고. 그래, 갔다 와! 차 대접 잘 하고! 겉모습과 나이와 상관없이 봉다리, 네 이름으로 곱게 감쌀 그 어떤 에덴의 과일이든 모두가 나의 작은어머니 큰어머니처럼, 몇 달만에 털썩 앉아 주고받는 대화였다. 이때 사람보다 웃겼다. 색깔이 바뀐 다람쥐 한 마리가 가는 길 불과 몇 분 막고 있다고 '찌르럭!' 괴성을 질렀다. 그 사이 시멘트 열에 뻗어 있는 독사가 나타났다. 작대길 건드리자, '콱! 싹!' 독잇빨을 벌려 문다. '미안.' 너희 땜에 잠시 살다 간다.

♪그렇다 나는~ 다시~ 태어나도 너희들을~ 이뻐하리라~ 이름 모를 절명의 노래를~ 오가며~ 마주치는 뭇 생들을~ 사랑하리라! 모인다고~ 님의 배가 낮아지시고~ 내 허리가 높아지는 것은 아니지

않는가?

이 땅에는 진실이 두 개 있다. 콩밥그릇 챙긴 자의 진실이 앞에 있고, 반 죽은 자의 진실이 깔려 있다.

"여보게, 젊은 친구! '의미'가 없다니? 약이 남았다고, 정한 낮에 오지 않았다고? 그게 선생님의 권위주의야!"
"하, 조심할게요. 예예, 따끔한 토끼 어른!"

매정한 시기에 처형장 그림자 하나 아니 보이더니, 님들이 가신 후 굵은 대궁은 짧게, 잎사귀는 길다. 한 손으로 썰어 절단 없는 화해를 하자니, 가축들은 눈깔이 빠지게 쳐다보고, 작두 판때기는 흔들린다. 날은 우그러진 지가 옛날이 되어가는구나!

빛 있을 때 돌아서라 하신다. 신격에 올랐다고, 부모 잘 만났다고, 만나주지도 않았다. '의문의 유인물'까지 찢어버린 '나'의 미꾸리들아, 남은 제초제 몇 방울이 우물 안 생물을 몰살시켰구나. 한국전쟁 중 '우익 제국주의'는 순수 무고한 이 땅 여인들과 어린이를 대량 학살 시켜놓고, 그리스도를 팔아가며 '자유와 인권과 평화'를 깔아 뭉개며, 중남미로, 중남부 아프리카로, 중동으로, 파키스탄으로, 핵과 생화학 무기 등을 차고 진군하였다. '솔잎혹파리 옆면 시비'가 영양제의 일종이라는데, 자연의 첨병인 벌떼들과 숲속 풀을 뜯어먹는 젖양의 유방이 검게 타죽어 갔다.

듣거라. 어느덧 주가 조작으로 말아먹은 한 통속 권력과 재벌 막벌의 얼치기들을 능지처참한다. 사약을 내린다. 진리를 멸한다. 어디로 흘러가게 한다. 마지막 책임지는 '흙신 물님'의 대자대비로! 산악개발! 지구 대재앙!이란 반사이득으로! 피눈물을 거두어 거름지게 하려 한다. 아니다. 그래서야 우리네 산토끼 마음이랄 수 있겠나. 잠시 숨 쉬다 가는 지금, 우리가 떠난 뒤에라도 우리와 같이 밝고 맑으시게 흐르게 함이다. 잘 들어라. 향기로운 꽃으로 피게 함이다. 우물로부터, 또 다른 자유의 여신상으로부터, '매장 하늘'로부터, 미래 종이놀음으로부터, 대자연의 품으로 코 앞에 따스한 어머님의 품속으로 돌아오게 하심이다.

그래서 꽃피는 산골.

옛 선인 말씀대로 '만고불변의 도리'가 아닐까마는, 보시듯이 허불렁한 몸뻬바지에도 연분홍 꽃은 폈소이다. 오늘도 날 잡아 먹으라신다. 그딴 희망을 놓고 나가보자. 왼 낫을 빌려달라 하신다. 햇살이 기분이다. 뚝, 부러졌다. 역시, 홍옥맛 나는 꽃사과가 새빨갛게 무주공산에 매달렸다. '건설'과 '개발'이 교과서에서 째지는 날, 여기 건초깐 밖 두엄더미에 깔리는 날, 한 해 한 해 떨어진 낙엽 아래 우리 님은 돌아올 거야, 하신다. 가만 있자. 저 연장 쓰는 이지스함은 구실을 못할 것 같은데? 이상은 '최후의 만찬장'이었다. 아무리 이놈의 요량 없는 흙칠인가 생각해 봐도, 힘께나 쓰는 종파 내부에 조차 보수적 기도소리가 커도, 피를 피로써 닦을 수는 없어. 아니 날

이 어둑하잖아. '지게 좀 빌려줘요. 아무래도 솔지게가 있어야 되겠더라고!'

나무나무 당신께선
너그러우신 아버지!
화해의 아버님!

그 하늘 그 산 그 땅을
껴안으신 우리 어머니!
사랑의 어머님!

죄송하오나, 물 한 잔 주실라우.

'어 개운해!' '핫핫하! 까불이 토끼 아씨, 순 반칙이야! 번지도 없이 읊어내니~ 일은 쉬운 게~' 배추 모종 떨어졌네~ 시장하실 텐데~ 자~ 드서~ 아쿠야, 이게 뭐유~ 한바탕. 자아, 춤추러들 나오서~요!

♪ 띵까땡까~ 물샘 다 틀어~ 막히기 전에 싸이싸이~ 직거래도 좋지만은~ ♪ '지날지날 받는 재민데 떨어졌나.' '아닐 게야, 붙잡아 놓으려고 우리 할멍구팀을 호호하하~' '노래하는 사설시조인지, 밭고랑 장르인지, 왜 거 뭐냐? 그야말로 문패도 없구, 옛날 샘터 이야기에서 짜갈 땡빛으로 쾌적한 매미처럼,(돌배나무 아래 잎거름이 좋았는지 여름철 언제나 처음 우심.) 들락날락 하하낄낄~ 정신 빼놓으니께~

나는 지게꾼으로 다시 태어났다.
나신이 되어 나무를 진다.
향기가 넘쳐 흐른다.
새들이 우는 소리 조금 알아듣는다.

봉우제 부근

고단한 줄 몰랐다니요. 안 그러우? 자아, 일나세에~'

'어머! 엇머! 떵따~따다! 땅따~떵따!' '야아~ 차암 꼬수수~ 양젖인지~ 젖양인지~ 생젖인지~ 자연산이라더니~ 풀만 드시는데도~' '와~ 엄마 젖 봐라!' '아이 아퍼어!'
♪홈빡~ 적시며~ 건너드려요오~ 맘껏~ 소리치며~♬

깨향이 좋아

하늘 아래 맑은 돌들의 노랫소리, 또랑 또르랑또르랑 졸졸졸졸, 야는 자연 사랑, 야는 자식 사랑, 야는 빼지 않고 밑으로 깔고, 야는 세우고, 야는 옆으로 누이고, 야는 곁뿌리 그대로 받쳐서 흐르게, 우리 상큼한 초록 이끼 낀 돌이게 합시다. 태초 깨향 같으신 어머님의 '치성'은 돌아볼수록 돌샘 같으시고, 언제나 물 빠짐이 좋아 평화스런 흐름을 보이지. 생명들께서 오르내리고 깃드시게 수초로 뒤덮인 붉은 흙을 다져서, 예쁜 고기빛 자갈돌들 억울한 영혼이 망각忘却 되지 않으시고, 별빛이 빤짝이는 봉화치 샘터를 요행시 하는 '축복 예수'님을 '차향 부처'님을 '젖이 도는 물'로 낭낭히 껴안고저…….

무슨 말씀을요.

아, 메마르지 않는 당신의 물찬 기도소리여!

당신의 그늘이 좋아 말렸습니다.

"이른 봄에 타작하니 쓸쓸한 나그네길 깨향을 날려주시는 옛님에게 날삯 대신 정한수 한 잔 올리고 가겠나이다. 홀로 핀 그대가 평화는 체험할 수 있을지언정 '사랑도 체험할 수 있다' 함은 그 분은 모르고 하신 뜻이므로, 그냥 '생수 한 잔'과 교환 차 한 일분만 일손 빌리자니, 또다시 공평치 못한 세상 같아 임금님 대신 울러맨 이 닭똥 포대가 맥없이 흘러내리는구려."

아니 여보게, 젊은이 무슨 사연이 파묻혀 있길래 땅이 꺼지도록 한숨을 내쉬고 계시우? 예, 삿갓 어른! 소인은 지난겨울 사막 한가운데 가서 아이들에게 보태려고 기도서 없이 총알 없이 갔었지요. 그런데 비 오고 눈 오고 길 막히고 장난치면 사람값도 춤추고 하니, 품값은 하루 벌어 객지에서 감당할 수가 없었지요. 다치면 쉬는데 보험이 있습니까. 하도급이라 수당이 있습니까. 신의 병역 거부는 양심의 자유, 대체 복무 하나 없으려나 하고요. 이 때 산 같은 등 초록 개구리가 뛰어나왔어요. 눈부실 정도로 반가웠죠. '그래서.' '막사에서 잠 설치고 동굴에서 나무 구해 불 때 먹으며, 그것도 그 날 그 날 재민데 모아준다고 똥값 되면 쳐주고 가자니 목이 매이고, 밤낮 없이 불려댕기고 팔려댕기고, 완전히 노예도 이런 현대판 노예가 또 있겠어요? 저흰 살생도 전쟁도 반대했거든요. 나무 심고 돌봐주고 수로공사 이 외에는요.'

가만히 있는 샘을 건드렸다. 투기꾼들은 물 욕심이 생긴 것이다. 대리석 샘터가 묘자리로 변해갔다.

♪당신의~ 마음을~ 그립니다~ 푹푹 찌는~ 사랑을~ 그립니다~

정글을, 몇몇 국경을, 어두운 강을, 험한 산맥을, 어린이들과 자유를 찾아 건너갔다. 목숨 걸고 쪼롱쪼롱새쪼롱 촬영했다. 감싸주는 인품이 너무도 훌륭해 어떤 환경다큐 품격을 드높일 양승원 길동무다.

"이렇게 어머님의 깨향이 좋아, 아무렇게나 새소리 기도를 드립니다. 핏줄 덕에 농사를 안 지어본 이는 몰라요. 아무리 제가 배운 게 없어 품 파는 죄가 많기로서니, 피땀 흘린 값을 부동산 문서 많은 종족이다 보니, 거들떠보기나 했을까 생각하니, 그래도 하늘이 아실 것이라고 믿어요. 이 신뢰심까지도 나를 찾아 오직 땀맛으로 바로 사는 한 배로 갚고 갈 겁니다. 농삿꾼과 생산 현장에서 일한 가치를 물심양면으로 환산해 주어야 된다고 생각합니다요. 어르신, 세상을 떠도는 저는 다 들었습니다. 허름한 누더기옷에 북 치는 엿장수가 누구신지 짐작하고 있었습니다요. '오, 그래! 자네들 풍물패 덕분에 가연기, 텐타기, 자수기, 돌리고 남은 천 짜시래기로 님들의 두툼한 요와 방석을 만들어내신, 어느 대기업 창업주의 어머니와 며느리가 뭇 백성의 가슴을 나직이 울리더란다. 그날의 여러 별들도 마지막 날 어머님의 헤진 소매 부여잡고, 어린애 마냥 울면서 유민으로 죄 덮어 써 형이 집행되고, 걸프전쟁과 기아에 '천안호'를 안은 슬픔에, 참회록 비슷한 무수한 의문사의 충격적인 회고록들을, 허탈하지 않는 진정한 고백록을 남겨주시더란다.' '오, 깨향 깨향! 향기로

운 사람들.'

　　이젠 속이 좀 풀리는가? 이 세상에선 화풀일랑 저 논밭에 알알
이 익어가는 곡식처럼 거름처럼 다 삭이시고, 더 없어서 병들고 억
울하게 죽어간 넋을 위해 오로지 피땀 자체인 흙을 더 사랑하시게.
그 자비심이 맑은 물로 깨끗한 먹거리로 다시 돌아와 은혜로이 뭇
생을 토닥거리기만 해도, 만만세 살리시는 보은과 은총이, 맑은 샘
이, 법낭이, 결국 신앙이 되는 것일세. 이보다 숭고한 앙갚음이 어디
있겠는가? '어이쿠우, 고맙네. 앗따! 거 물맛 한 번 조타! 어흠!' 그래
서 다 '똑같이 죽는다네.' 고통스럽게 또는 아름다운 모습으로, 뜨거
운 가슴으로, 온몸을 사르며, 더 아름다운 세상으로. 음, 신보다 위
대한 사랑을 주고 가시는 산도라지꽃 같은 존재를 길이 기억하시고,
생흙처럼 받들어 모셔야 되는 합당한 이유가 여기에 있는 것이라
네. 달았다 하면 저항성이 없지. 있으면 허황해지게 되어 있지. 이
즈음 세 끼 따뜻한 밥, 아니 남아도는 음식이 있는 한, 곧 살인행위
일세. 잘 아시듯 인류적 타살행위 자체 말일세. 한 방울 한 방울 더
이상 신 덕에, 총알 덕에, 살생 덕에, 나라 덕에, 인종 덕에, 가문 덕
에, 학벌 덕에, 계급 덕에, 출세 덕에, 부정 덕에, 말씀 덕에, 종이 덕
에, 신체 덕에, 성별 덕에, 부패 덕에, 권모술수 덕에, 그리하여 반
자연 반양심 덕에, 여러 방수 비닐식 종교단체로, '교회식'으로, 착색
불량한 '자리'를 잡고 배를 채우게 해서는 안 되네. 그것은 이미 시
작된 하나뿐인 지구를 통째로 팔아먹는 마지막 첨단기도지. 음, 생
각만 해도 북이 우는구려. 천북소리 울리니 이름하여 '성보시'로, 어
떤 승려가 '하나님 계시'로, 어떤 목사가 '참 하늘님' 이름으로, 어떤

신의 대리자가 사실상 교활한 자가 갈따구가 되어 덤비는 것, 가히 강물을 뒤집어 놓는 것, 옆댕이 정마저 피눈물 짓게 하는 것, 그것은 어딜 가나 땅이 흔들리는 '마지막 사랑'이지. 차라리 괴롭히는 '종교 기부자'와 뒤엎어 놓는 '정의'를 구별하시겠는가? 그대 산산이 흩어질, 혼연히 사라질, 가엾은 우리네 찰흙 같은 가슴을 치고 나가시는 님이 과연 누구시겠는가? 응답이온지, '끙끙끙! 깨깨깨~ 액액액~' 산상 두꺼비 우심은 ♪자연의 품안에 어머님~ 계심에~ 깨향 같은 삶과 죽음의 진실이 드러날 것일세~

아, 어떤 '믿음'만이라도 평등할 수 있다면, 새들이 인간이 되시고, 나에게도 날개가 생길 것을…….

그래도 이 한밤 걸어야 한다. 아니, 소들은 어디 가고 웬 사람이 축사에서 마른 소똥 쪼가리 덮어쓰고 기거하네. '여보, 어찌된 거요?'

역시 쑥대밭이 향기롭다. 털털해 좋다. 처음 본 연두빛 털 곤충의 배가 태극무늬시다. 주둥이 점액이 촉촉한 두더지 새끼도 호미질에 움쩍움쩍 놀랜다. 장난 치며 당근씨를 뿌린다. '끼이륵!' 겁 많은 두루미 한 마리 인적이 드물길 기다립니다.

노을빛 물든 강에 찰르랑! 파르랑! 물고기 튀어 오릅니다.

까치독사가 손바닥만 한 붕어를 물었습니다. 무척 배가 고팠나 봅니다.(지팽이가 안 보였나,)

샘터 위 젖은 꽃잎에 말벌 두 마리씩 날아왔다 어디론가 사라집니다.

당근을 지붕 위에 너니, 어린 꽃나비가 '어머, 너무 달아요, 향긋해요!'

예, 여기 그전에는 차도가 없었어요. 강냉이 삼사십 포대씩 져 날랐어요. 산마루가 도시였어요. '아즈텍 문명'이라 그러셨나요. 포르투갈 한 신부님은 메모지를 꺼내 높다란 천장 구조물 축약 설계도를 그립니다. 이 땅에는 썩을 수 없는 농록색, 그 무엇이 빛납니다. 여기 새봉치도 물맛이 그만이었어요. 정말 옛날이 좋았어요. 정으로 사셨거든요. 우리 아버지 어머니가요. 하오나 세상에 믿는 사람이 넘치는데도 흘러넘치는 것 같은데도…….('다연장 로켓포'라,)

콩밭에는 비둘기 식구들이 날아오릅니다. '어머니, 이 강냉이와 고추는 내년에도 따먹을 수 있어요?' '하, 내년에 다시 심거!' '와, 힘드시겠다!'

♪ 출렁출렁~ 두레박 우물~ 길으실 제~ 찰랑~ 물 향내가~ 찰랑~ 젖 향네가~ 오물오물~ 철부지 가슴에서 가슴으로 흘러넘칩니다

어머니~(아~ 깨야깨야~ 내 사랑 참깨야~)

(당신이 계시는 한, 세상에 전쟁은 없을 것을, 내 새끼 아들네들아.)

♪아무래도~ 맛도 좋은~ 모향신을 믿어나 볼까~ '얼쑤우!'

저 흑기러기, 쑥새와 어우르며 떼 지어 나르심에,

뚱따당, 대판 싸움터로 비친 한반도에도 핵을 걷어내고, 향 좋
고 기름 좋고 새 먹이 좋은 깨 모를 심거볼까, 들깨를 뿌려 볼까.
'아, 조치이~이!'(뻔질난 말씀들은 넘치는데,)

"깍깍깍깍!"
"자아, 내려가세!"
"재미있썼어요! 아씨!"
"앗따, 허리야."
"꿀떡!꿀떡! 하아, 물맛 좋고!"

땀이 흐르지 않는 길은 가지 마라

"뿌지직! 후다닥!"

노루다. 산양이다. 살았다. 살아 있었다. 뛴다. 뒤따라 뛰어오른다.

'한국으로 세 시간 만에 불에 타서…….' 두고두고 가슴이 아프다. 코동으로, 머릿속으로, 다시 풀내음 어린 가슴으로, 다시 그 바다로, 감도는 시간 세 시간! 한 끼를 위하여 세 시간 남짓 뛰어다닌 우리들, 얘들아, 오늘따라 낙엽 스치는 소리도 일으키지 말아라. 이 세상에 싹 사라져야 할 '사격장'에서 참담한 넋이 되신 '어릴 적 친구들.' 바로 하루 노동자! 우리 이웃분들! 강제로 끌려가 돌아오지 못한 넋들과 나의 일본 영혼을! 이 이슬아침 물잔 한 번 떠올리자꾸나. 자아, 모두 발차기 멈추고 예쁘게 엎드려.(아, 그러고 보니 가깝고도 가까운 새들의 나라가 물결에 흘러가네.)

"땀샘을 틀어막은 페이스북류의 그림자를 잊지 말게."(밤꽃 향기가 온 산에 진동할수록,)

어찌하여 이 나라가……. 어림잡아 '공기총 2,700여 점'이 누구의 손에, 지금은?(정말 두렵다.)

바다자갈은 해금내가 나지 않습니다. 등신이라고 똥가다를 피우지 않습니다. 신의 가호 아래 말씀 상 주의주장을 펼치는 이들일수록 죽도록 흙땀 맛을 모릅니다. 빈자를 울리는 한량에 가깝습니다. 사실상 착취로 얼룩진 조직에 박혀 가녀린 얼굴마다 석고상이 되어갑니다.

'오늘부터 연기 나는 곳이 없도록 각별히 관찰해 주시길 부탁드립니다.' '다 올라갔어요. 시야가 어때요.' '예 엷은 안개가 끼고 바람이 제법 붑니다.' 묵묘다. 잔설이 날린다. '예 저는 반쯤 올라갔어요.' '천천히 답사나 해보시고 조심하세요.' 천만에, 푸릇푸릇한 솔잎들이 고개를 낮추자 간벌한 자리에 모판같이 심은 어린 잣낭들이 아침햇살에 얼굴마다 은빛가루를 흠뻑 안으신다. 푸르뫼지기를 따라 간 산토끼길 생무기 중개 교신길에서 한결같이 스스로 움직이는 어르신들에게는 '받들어 총!' 녹물 소리이기도 했다.

꽃띠는 자연입니다. 제품이 아닙니다.

바위다. 참나무를 뚫고 있다. 날다람쥐가 물고 들어간다. 여러 가지였다. 생긴 대로 날고 뛰었다. 이토록 땅에 실린 농부들은 오늘도 울러매고 걷는데 보이는 모든 흐름은 차라리 생땀에 가까웠던 것이다. '나'는 이제 반성한다. 만물이 날 보고 '여러 가지'라고 별명인지 속소리를 던지는 것을 늦게나마 느낀다. 지금부터 그 여러 가지 짓을 재미삼아 한 번 펼쳐 봄으로써 '나' 같은 '여러 가지 생'이 다시 없기를 바란다. 순간 흥이 돈다. 엎드렸다. 오랜만에 흙이 드러났다. 검은 낙엽이 되었다. 무릎 꿇고 두 손에 한 줌 모아 코끝에 댄다. 향이 돈다. 나무가 된다. 나무로 살아간다. 얼마나 흥거운지 모른다. 다시는 '이름 짓지 않는 꽃'으로 태어나고 싶다. 꺼지기 전 마지막 이야길 적어두고 싶다.

"털고 가거라."
"내 앞에서 털고 가거라."

'통 못 만나 본 도'와 '소외된 도'를 일으켜 주어라. 얼마나 많은 생명들이 제 명에 못살다 갔느냐. 이념 간, 종파 간, 부족 간, 빈부 간, 동서남북 간, '개죽음'보다 못한 삶을 살다 갔느냐!

이렇게 쓰다 달다 내치는 소리가 정말 있었소이다. 앞으로 우리네 쓴 고백을 씻어주시어 부디 총기 없는 세상, 야생 조수류가 놀라 뛰지 않아도 되는 '우리 강산 만세!'로 돌아가, 무차별 욕됨도, 말 못할 아픔도, 저 층층신으로부터 무시당해 머리가 비상한 사람들도, 저열한 반민족 정서도 걷어가 주시고, 흩날리는 눈가루 같이 봄빛에 촉촉이 녹아 마른 대지, 갈수록 벌어지는 실제 속은 가난뱅이인 몇몇 선진국인 '나'를 다시는 이 나라에 뿔뿔이 태어나지 않기를 '기도'

했던, 이 솔직한 마음도 다 걷어 태워 주시길! 존경하는 우리 이웃분들의 땀인생을 감히 이 무식쟁이가 삼가 물 한 잔에 업드럽사옵니다. 이내 어머님이 지은 내 못다 겪은 이야기도 곁 삼아, 발 아래 반사되는 잔설이나마 있기에 막무가내로 주고받겠습니다. 이 오솔길에서♪ '훌훌 날려보세! 풀어나 보세! 흘러나 보시자네!' '좋습네다. 만고를 더듬어 보렴아! 내놓고 떠들어 보렴아.'

"으응!으응!"
"아니, 달마당에 그 누구요?"

'퍼썩! 철퍼덕! 펄썩!' 붉은 솔 위 눈뭉치가 녹아 쏟아지고 있었다. '꽈르릉! 꽈르릉!' 계곡물이 마구 터져나갑니다. 버들강아지와 왕골이 신이 났습니다. 쓰러뜨리며 흘러내립니다. 아, 위 바당 아버지! 아버지의 폭포는 맑고 맑은 보송물! 바우 지나 새 눈꽃 지나 떨어지는 새하얀 폭포수는 윗물이 그토록 돌연변이, 유전 없이 맑게 흘르드니 저희들 가짐물 또한 통쾌하였습니다. 속 터져 좋습니다. '여보게, 뭘 그리 하염없이 쳐다보는가?' 긴다. 맨몸뚱이가 떠나간다. 지렁이 자국이다. 둘셋이 우리 산동무들 먹이 찾아온 발자국 따라간 초록물이시다. 초자연 물이 천 년 사랑 찾아 흘러가심이다. 물속을 들여다보고 있다. 물방개 같기도 하고 소금쟁이 같기도 한 님들의 눈 밝은 더듬이가 움직인다. 나처럼 다리가 대여섯 자갈을 붙잡고 흙탕물을 버텨나간다.

마지막 인사가 될지 모른다. 내년에 너희가 멸종 되거나 내가 먼저 우그러지거나 뿌려지겠지. 시골로 던져버린 저 개똥 양심들, 건전지, 전자부품들, 형광등 조각들, 자동차 부속품들, 깨어진 맹독성 농약병들, 뭐 알찬 수확? 뭐 환경 지능? 대안 없는 공해로 깔려가는데, 저 비료포대 다시 건질까? 일류신발들, 담배꽁초 무더기들. 뭐 'super power(초강력?) 뭐 신 비료? 정말이지, 신물이 좋다는 뜻인지. 지워진 껍데기, 책 표지 뭉치에서 인쇄기름이 뜬다. 먼저 마셔둘까. 더 흘러가기 전에, 이때였다. 높은 솔에서 물칼 같은 눈뭉치가 귀빵매기를 빗겨친다. 탓한 내가 잘못인가? 지게를 고치고 나가도 될까? 너희를 짊어지고 어디로 가서 나 또한 처단한단 말이냐? 아, 남의 마음을 편안케 하지 않는 소리는 내일도 흘러보낼 것인가?

노란 바가지를 켰습니다. 벌떼 같이 날아드는 노란 나비입니다. 보리밥 바가지는 쉬지도 않습니다.

생나무다. 작대기가 밀린다. 겨우 일어났다. 그날 운치재 아버지는 '경상도 판사만 아니었어도…….' 말끝을 흐렸다. 청계천 전기사업이 그래 망하셨단다. 의문사 아들과 어머니도 저 달빛이 푸르게 흐르는 산, 전태일 열사 곁으로 희뿌옇게 메밀쌀이 향기롭게 도는 골을 뒤따라 가셨다. 나의 발 아래 빛나는 뱃대지를 꽉 끌어안고 업혀있는 노란빛 숫컷이 죽어라 놓지 않는다. 진실이 흐른다. 새빗산 아버지는 당시 '헌병대장인 지리산, 그 사람 하나만 입을 열어도 의문이 풀릴 텐데.' 하신다. 쟁쟁하다. 비 오듯 쏟아진다. 숨이 찬다. 오른발에 들이키고 왼발에 내쉬기도 버겁다.

그 한 많은 세월 동안 낙화암에 숨겨 놓은 꽃잎들이셨다. 불타는 로마, 아르메니아 쪽 대학살, 아우슈비츠 대살육, 오늘의 탈레반, 반탈레반, 말리반군, 헤즈볼라, 너희 서방세계신, 일제 잔혹사와 식민지화 등등 피 터지는 세력과 무엇이 다른가? '놀라운 신들'이 또 계셨는가? 울부짖음이 이토록 차분할 수 있는가? 또 다른 신의 분노는 아닌가? 말씀은 간간이 빛나갔다. 다시 물으신다. 곳곳에 전쟁광이 누굴까? '홋호홋호! 째룽째룽!' '휴우!' 맑고 푸른 생지구를 살리는 길은 아주 가까운데 있었다.

맨발님께서 날아가게 해 주시니…….

떤다. 오르막길이다. 반 보씩 오른다. '과거사'란다. 아침마다 산새소리가 이끈다. 힘 받친다. 연관이 의문사다. '경북 포항인이 1번 노태우를 안 찍고 3번 빨갱이를 찍었다'고 결국 죽어놓고 총대 맨 중대장은 걸어총자세! 5분대기조 출동! 상황에서도 정직했다. '저의 고향도 목포 앞 섬, 김대중 후보님과 같습니다. 왜 제가 거시기를 말렸겠습니까?' 그렇게 애태우면서 붉어진 얼굴을 '사이비 기자'인, 난 이해하려고 했던 것이다. 이렇게 모난 생각에선지 나뭇짐이 기우뚱했는지 왼쪽 날개쭉지가 파인다. 이때다. 부~웅! 탁! 뭔 차가 왔나. '안녕하셨어요?' '아이구, 오랜만일세.' '귀농인 아우들임다.' 마침 디딜방아간에 지게를 세우고 있던 참이었다. 때는 억세풀 갈참잎 소리로도 연기 타는 방향과 저 아랫강, 삼각주 위 나래들이 이 850고지 특수한 기온을 나름대로 알려주실 상황이었다. 등 넘어 머루농장 겸 시골이 좋아 온 달동지를 시원하게 맞이할 수 없었기에, 듣고도 굼뜨게 톱을 든 채 맞은 것이다. 땀이 범벅이 되어 씻어야 하고 바로 불을 때 시래기 국밥도 끓여야 되는데.

앞마당 장작더미에서 서성이는 순간 '방 구경 좀 시켜 주시죠. 뭐!' 일격이었다. '누추해서 이거.' '전보다 깨끗하시네.' 한 20년차인데 약간 반말이다. 5년 전 처음 왔을 때는 '선생님! 선생님!' 하며 착 달라붙지 않았던가. 그래 닭똥을 퍼내 고라댕이로 운반해 주고, 막걸리 한 잔에 며칠 간 함께 덮어쓰며 도와주지 않았던가. 30대 젊은 친구가 골짜기에 온다는 건 반갑고 말고였다. 그런데 이제 정착하고 멋진 통나무집을 세 채나 지어 숙박 재미 보고 오늘 새로 귀농인들을 데리고 왔다고 폼 잡는 것이 아닌가. 더구나 작년 가을 김장꺼리가 없다고 와서 실어 주지 않았나. '나는 혼자다. 님이 계셔도 너희는 어머니와 처가 가까이 있지 않나. 방에 들어와 내놓는 생땅콩, 야콘, 밤, 싹이 난 무 등 생것이 맛있는지 자꾸 비운다. 사실 돌사과 한 쪽도 이 긴 겨울 폭설에 침만 생키는 우리 산친구들이었던 것이다. 더구나 '이건 토종꿀이야.' 하면서 찾아내 퍼주고 있다. 아마도 몇 년 째 누군가 약 한다면 한 숟갈 드릴, 깊은 골짝 상비약이 병 바닥에 조금 붙어 있었던 것이다. 어쩌면 여러분의 부처님보다 하나님보다 귀한 말로 양식이기도 했다. 이제 어엿한 지역 유지로써 오는 정이 없다. 욕심이 한이 없다. 난 내 땅 내 집 한 칸 없다. 빼앗아 가는 것이다. 저들은 차라도 있지 않나. 조금 전 무너지는 천장에 얹어 공근 지줏목을 보고도 지금껏 말이 없다. 기웃거리고 맛난 것 찾아 잡숫고 있다. 더군다나 믿는 동네 사람들 만나면 토·일요일에 특

히 빵빵거리며 '어르신, 어르신네.' 하면서 태워주었다. 거름 펴 주고
난 이듬해 거름 한 차를 팔아주고는 업신여기기 시작한 것이다.

안되겠다. 터놓고 말해 보자. 삭이면 '온실 가스'만 생긴다. 여
보게 아우님! 좀 심하네. 내 한마디 할 테니 고깝게 생각 말게나, 이
번이 세 번째야, 생각나는가, 큰물 넘어 다리가 잠겼다고 해서 내 박
달지게 지고 뒷산 넘어 토끼 한 쌍이야 뭐야, 지고 갔다가 밭에 일손
돕고 석양에 넘어 오는데, 그 발통 넓은 차가 바로 돌아선 모퉁이에
오지 않았나. 그러면 누가 봐도, 머슴이라도, '저녁 들고 가시라.' 권
치. 우리 아버지 고향 경상도 골짝에 가면 처음 보는 이도 식사 때면
막 잡아 끄네, 끌어. 어디 가든 큰어머니 고향 전라도 벽촌에도 아직
그윽한 인심은 남아있다네. 그런데, 부를 수 있는 거린데도 싹 입 닦
아버렸어. 이 사람아! 이게 인간의 타락 이전에 그 벽걸이식 믿는 신
들의 불독 같은 침묵이야. 알어! 가져간 김치 맛은커녕 오늘도 몇 채
를 더 지어야 자네 배를 채워. '쪼롱 삐욱~ 쪼로롱 삐욱~' '즐겁게 우
시는가?' '아닐세! 언젠가 고향을 서로 묻자.' '우리 아버지만 전라도
시고 저는 서울에서.' 우린 서로 악수했지. 상복 입은 자의 안쓰러
움, 장뇌삼 심는 자의 어떤 신뢰심 말일세. 왜 서로 으르렁거려야 하
겠나. 그 뭔가? '사회통합론' 없이 순통일은 멀어요. 그 깜깜한 시기
인 5·18 전후, 타고 간 대구권 시민 학생들이 그 좁은 딸딸이 길 망
월동 어드메서, 몽둥이와 최루탄에 쫓기고 산 하나 두고 양쪽 의문
사는 의문사로 끝나갈 때에도 조선대, 전남대를 중심으로 동지들이
지켜주었어요. 뜻있는 분들이 그 5월 보상금을 팔공산 어려운 학생
들에게 따뜻이 건네주셨어요. 나 역시 틀려먹었네. TK 변두리에서

TKO가 다 뭔가? 지 살라고 이 짓 하는 것밖에 더 되냐고! 그러기에, 이대로는 지겟꾼마저 먹고살 수가 없네. '욕심 많다고' '두 고을 양쪽을 기타신들이 뒤에서만 욕들 한다고……'

'문동이'인지, '깽깽이'인지, 살고지고! 서로서로 '문디이들'이라시니, 저 앞서가는 참신한 교회들도 많고 초록 등성이도 많으시다, 교회병폐인 즉, 대안처럼 우리 사이 배역으로 남고 웬만하면 소외된 이웃 마실로 달궁샘터로 바통을 넘겨줌이 어떻겠나. 자아, 초롱물 바가질세. 먼저 들어! 꿀꺽꿀꺽! 이 쪽으로 입 대십쇼. 고마워! 씻어! 자연농꾼부터 더 맑게 밝게 응급조치식일망정, 씻자고! 껄껄! 허! 아우님은 단결투쟁! 깃발 세우다 다쳤다며. 지금 봐도 나보다 머리가 더 세! 이빨은 성한 데가 없구면. 보아하니, 뒷북치며 싸운 자들이여! 더 축적하라고! 잘 먹고 잘 살아! 그래, 다 욕 먹이고. 야이, 똥깡아지들아! 뭐? '완전한 민주화?' 웃기고 있네. 도대체가 뭘 두고 '명복을 빈다.'는 게야? 시방 저 청청방방 금강산 호걸은 다 죽었냐고, '째롱째롱!' 묻잖나! 수많은 여걸들은 불굴의 해고 노동자와 오늘도 자유노동 민주주의를 되찾기 위해 앞장서 총알받이가 되신 서남, 동남아시아 농민들과 사막 저편 역시, 슬픈 여자들이라고 산새들도 저렇게 해빠졌는데도 가슴 아프게 울잖나. 말씀인 즉, 파종 전 기후조건을 주의하지 못했나? 요컨대, 우리 몫이 좌우간 지나쳤네.(어느 해 9월 7일, 사회복지의 날이자 이 날은 백로다.)

"자, 우리네 노목뜰 머루다래주! 한 잔 하세."
"뻐뻐~뻐꾹!"

"미안하게 됐네."
"호로롱 호로롱!"
"쌩!"
"형님 같은 사람 처음 봅니다."

"흙밥이 일어나지 않는 이승길은 곧 가지 말아라."
"예, 아버지!"(잘 안되어요.)

"째애쯔쯔~ 째애쯔쯔~" 경고음이었다
"아무것도~ 아니잖아~요 바보들아~ 아니여!"
"붕붕붕붕~ 봉봉봉봉~ 괜히 그래 괜히 그래~"

마즈막 숲속은 저렇게 즐거우신데.(님 오신 날 밤, 낙엽 스치며 가는 벗님들과 희미한 달님과 도름봉 꼭지에서 절하며, 맑은 물 한 잔 올리며, 향내에 젖어 못 다한 정, 못다한 거름질로 거듭 비옵나이다.)

♪넘어가네~ 다들 넘어서 가시네. 저승길 멀다 않으시고~
물소리 새소리 따라~ 옷낭은 주시고~ 헌 잎꽃을 찾아서~

하필, 큰길 놔두고 오솔길 따라~
우리 엄마~ 옹달샘을 찾아서~

꽃잎처럼 흘러가시네. 혼혼히 아쉽게 떠나들 가시네.

"저희들 올봄에도 꼬옥 필 거예요."(그대 피멍 든 가슴 가슴에는,)

♪니임~그리워~ 우으느은~ 구우~나~아~(아무리 생각해도,)

자연산 벌들이 왜 인간의 귓속으로 파고드실까?

흙물이 배지 않는 신의 길은 가지 마라.

북소리 북소리

어느 하늘 꽃향기 님 찾아 나선다. 어머니를 찾아 나선다. 빈천해 보이는 고물장수가 되어 길 나선다. 북 하나 울러 매고 나간다. 주막간 엿지게 소쿠리에는 흘려주신 대로 다 있다. 때로는 산새 되어 날고 선신을 품으며 꽃너울에 깃들기도 하고, 북치며 어울리기도 하고, 아주까리 바보들처럼 혼을 내주기도 하면서 떠난다.

까짓것 어차피 사랑만이 사람살이가 아니던가. 자아, 한 판 혼절하도록 놀다 가드라고. 인생사 덧없다 하시는 나그네 여러분! 놀기로 하면 신비에 쌓인 '나'는 다음과 같이 맑은 물 떠올리면서 스스로에게 물었다오. 내 생에 어느 때이었던가? '기분이야 말할 것 있는가?'라고. 더불어 최상의 기쁨을 나누었던 시절이 언제였던가. 아니라면 '얼마나 고달펐겠는가?' 그렇다면 언제쯤 원 없이 돌아갈 것인가. 이 사랑채! 이 한 몸! 걸어갈 때 고통 속에 걸어가시더라도 내치지 않고, 성가시지 않고, 반드시 제자리로 갖다 놓고, 죽어서도 비우고 또 비우고, 살아서도 쪼개고 또 쪼개놓고, 어제같이 온몸에 피어오르는 송이향처럼, 우리 떠나서도 저마다 나무향기처럼 북소리 울리며, 길 떠나는 산새들처럼 꽃 따라, 물 따라, 인간 향기 따라, 가슴에서 가슴으로 신처럼 엮어가 보심이 좋지 않으리요. 이 가슴에 울리는 소리는 어디서 시작되어 흥을 돋을까? 선잠은 오는가? 이 순간 신과 북! 신북소리가 가까이 오고 있었다. 짐승들이 말귀를 알아들으면 몰려들었고 심장이 식어가면 흩어졌다. 어느날 이 텅 빈 소리를 엿들으며 나는 '나'를 따라가고 있었다. 아니 이게 무슨 헛소리일까? '해 실큿하면 물웅덩이 사람이 꽉 찼지 뭐!' '이를 테면 상두꾼들이 이내 선소리 따라서 진종일 울렸다 웃었다 넘어갔지.' '무인지경 하얀 할미가 예쁜 색동저고리에 꽃빗을 꼽고 족두리하고설랑 오롱오롱 물레를 잣드래요. 향내가 가득한데 똘마래 총각 신발엔 여치와 거미가 알을 슬고 있더래요.' 이때 어디서 보아한 눈들이 눈부신 웃음을 지으며 크게 좌정해 꽝꽝 매치자, 네 장정이 동글게 날며 앞댕기 뒷춤세 꽝꽝! 꽝꽝! 쿵쿵쾅쾅! 펄펄 뛴다. 하얀 조상님들이 작두칼을 집어들고 있다. 저 깃발 보아라! 부정한 물 부패한 신의 나라는 천국에 가면 암살, 고문, 폭행 경연대회를 한 번쯤 개최할 것. 불만 많 은 나라=반자유 반인권=종교 불평등=한반도, '철저'하지 못했던, '잘 좀 해여!'가 먹히지 않는, 민심은 여전히 도탄에 빠지고……. 윗물을 먹는 자가 아랫물 먹는 자마저 쫓아내고, 하나님 말씀을 남용하면서 골프채를 휘두른, 예쁘신 장터 아지매 미소까지 뜯어가는 나라, '얼마나 좋은가. 수량 확보가 개구리탕이 되어버린, 자급할 밀과 홍당무와 마늘과 강냉이와 감자 그리고 평등치들과, 밤새워 울고 있는, '우리 신랑! 우리 신부!' 부르는 생명의 소리들은 간데없다. 둑방 풀숲에 숨어있을 흑사黑蛇, 독사 중 독사가 찍히고 마는, 토양살충제가 미・중의 경제안전과 핵기지화보다 더 심각한, 우리 반 쪼가리 지구=비가 오나, 매연을 뿜으나, 영차영차 마른 쑥대궁을 잘라 집 짓는 불개미나라, 대한민국=알바 없음. 구들이 꺼져나가 불고개 넘어 참나무 향이 넘친다.

　뜨끈뜨끈한 감자를 입에 물고 터져 나가신다. 같이 우신다. 오, 세상에! 흐르는 꽃잎이 눈물에 젖어 날립니다. '예, 서럽고 말고요.' '천지 없이 예쁜 우리 새끼였지요.' '그냥 너무 고마워요. 진짜 좋아요.' 다 펑펑 우신다. 세상에 우리네 어머님들 울음도 많으시다. 이 가슴에 지울 수 없는 얼굴들이 옷 한 벌도 못 얻어 입고 가셨답니다. 나중에 우리도 대 재앙이 내리면 의지할 데 없이 가야 하겠지요. 얼마나 부끄러운지 몸들 바를 모르는 진혼새도 우신다. 홍수가 지나갔다. 맑은 물에 살아있는 작은 물방게 한 쌍이 오르내린다. 가제도 숨고 어린 물고기 한 마리 움직임이 없다. 그대여, 죽음을 몇 번 넘어 보셨는가? 이 들꽃들이, 산새들이, 바로 고달프게 한 세상 살아오신 여러분이십니다. 앞서간 곰바리, 물레, 을태, 루이새. 말따, 봉숭화, 목단, 이름 모를 소녀소년, 달래, 갑띠기가 우리네 분신이셨습니다. ♪찔~ 레~ 꽃~ 연분홍으로~ 피는~ 날은~

　아 초록소리! 예측 불허한 지구 하나쯤 동여맬 초록소리여!

　♪정이 들었어! 아! 얼마나 보고~ 픈지~ 얼마나 그리운지~

　학생들과 여성들은 가라앉지만, 뭔가 쥔 남성은 떠있으므로 해서 평화는 반대편으로 가고 있다.

이젠 죽는구나. 꿩만두 받쳐도 죽는구나. 귀리 날구지에 부치게 해 드려도 날 데려가는구나. 또 부엌때길 울린다. 갑자기 화짱짱! 벼락 치는 소리가 나며 하늘이 갈라진다. '듣거라! 지금부터 전생에 다음과 같이 못된 짓을 하고서도 되갚지 않고 실려온 자들은 이쪽으로 서렸다!'

① 세상의 어머니에게 피눈물을 흘리게 한 자.

② 천상에 공복이 되어 도적질에 물든 자.

③ 죽은 신을 팔아 산 신을 굶겨 죽이는 자.

④ 자연을 깔아뭉개 청사진 굽는 자.(그리고도 온갖 모함에 끼어들어 노동자 농어민과 우리 부모님의 혈세로 여행이나 하는,)

⑤ 당장 '철장 속 새 먹이' 걷어주지 않고, 앉아서 잘났다고 긴가민가 껄쩍대는 나.

예, 잘못 했습니다. 예! 볼일 보고 오리다. 여보! 딱 하룻밤! 이 지구상에 이 땅만큼 으뜸가는 수령미신 간, 특권예수 간, 특종신들 간, 썩어빠진 나라가 없소이다. 주신은 다음과 같이 듣고만 있소이다. '참, 내나 안 갑니꺼. 나보다 더 무거운 짐인 나를 짊어지면서 길 찾아 나서본다는 말이시더.' 그러잖아! 다음 세상을 꿈꾸잖아. 아무래도 조상 제사 지내는 집안이 꾸준하지만 그것마저도 여의치 않아. 실장사, 고추장사, 비단장사, 소장사, 마구 북 치고 장구 치고 돌아다녀야 풀칠이라도 하는 게지. 뭘 알아. 저 쪽 북녀가 흰 어선 타고 날아오면, 자연을 본뜬 것밖에 없는 이쪽은 귀족행세는 멀어지고, 푸성귀 세상으로 돌아간다 이 말씀이렸다. 즉, 위쪽 싸릿개비나이쪽 참비로 허영세월 다 뒤져서라도 부패자를 샅샅이 훑어내는 것이라고 저 천둥소리에 마음 조리는, 그야말로 '엿장수 마음대로' 떠들며 첫 번째 고개를 넘어 간다.

'참 잘 하십니다.' 동짓날 팥죽 아홉 그릇 먹고, 열 지게 나무를 한 머슴도, 내 요 자리 겸 오늘 망아지 잠자리에 마른 갈대를 한 지게 다시 깔아 주는 양반도, '아씨, 우리 마음에 들어요?' 벙어리 아주머니 대신에 손 하나 못 쓰는 아저씨와 같이 한 조가 되어, '다라이 배추' 나르며 내일도 모레도 일 시켜 주십사고, 같이 벌어먹고 사시자고, '우리 일 잘하지요?' 보기엔 어설퍼도 참으로 눈물겨워 쳐다볼 수가 없소이다. 우리 어머님 얼마나 못살았으면 가슴이 없어요. 앙상한 뼈만 남으셨소이다. 이래도 섹시댄스를 찾으시겠습니까? 여봐라, 못 참겠구나. 하늘북을 울려라! 꼭두새벽에 서리 맞으며 일 나선 전남 시종 아낙네시여! 겨울바람 아래 마른 들국화가 더 진한 향기를 내시듯, 이 진정 성실한 님들은 달밤에 별밤에 한숨지으면서 돌아서서 눈물지으십니다. 주인이시여, 맛좋은 호박강냉이쌀엿 찢겨진 당신의 푸른 심장에 내드려도, 흙내음만은, 인간향만은, 그렇게 좋을 수가 없구랴. 물 한 잔 떠 올리고 하고많은 처형장 태백능선을 따라가 보자.

'식겁하겠대.' 깊은 산에 들어가니 발가벗고 칼춤 추는 여자가 실연당했대요. 글쎄, 멋도 모르고 넘어갔거던요. '남자새끼 다 때려잡는다고.' 날 잡아 엿판만 둘러 엎히고, 내가 바로 주된 신인 물엿장수라고, 그놈을 붙잡아 고자를 맹글어 놓겠노라고, 겨우 살살 빌어 동시상

영 중인 저 짝신의 초롱꽃 옷고름에 밀메뚜기 달라붙은 양 왠 잡신 잡아떼고, 햇난초 같은 입을 틀어막고, 겨우 뒷북만 울리고 빠져 나왔구랴. '세상에 예쁘긴 예쁘더만도 돌아서니 어찌나 안 됐는지.' 그래 퍼뜩 승천했다오, 꿈같이. 고등어 한 손에 두부, 콩나물, 미역, 그리고 방구리와 헌 옷가지, 또 누비버선에 초방석을 콩강엿과 바꿔서는 사그러져 가는 초승달 문간에 살짝 들이밀어 넣고 나왔다오. 와, 울 어매 생각이 얼매나 나든동! 식은땀인지 도깨비에 흘렸는지 진짜 허겁똥깝했나이다. 총각귀신 세 번째 고개를 넘어간다. 청사초롱이 빙빙 돈다.

'아이구, 무가 걸어 다니네!' 다발 무우 옮겨오는 충남 합덕 각시들이 아랑다랑 자식같이 쓸어안고 오신다. 다보록한 앞가슴이 서산 노을에 감겨온다. 오우, 연초록 사랑이시다. 몸살 난 무청이 저려오니 하루살이 허리 가고, 목발마저 금이 가고, 소쿠리 엎어지고, 지게 작대기마저 일어나질 않으신다. 오, 가난! 처참하게도 가난한 아버님에 어머님! 우리 신랑에 우리 신부! 땟깔 좋은 놈 뽑아 보기 좋게만 싣는지, 하늘나라 청매가 빙빙 돈다.

나앉은 우리는 제3세계 걸인이 되어갔다. 일한 만큼 땀방울 만큼 보람 찾아 정직하게 살고 지려는 우리 일용 근로자, 미래 통일꾼들이, 깔려 끝내 일어나질 못하신다. 그래도 살아남고 싶었다. 무마다 뿌리마다 휘청휘청 걸었다. 배추마다 동자같이 웃던 잎새마다 약물 독물에 죽어도 상관없었다. 마당질이 시작되었다. 절로주의가 깃발 쳤다. 언 발에 모닥불이 지펴졌다. 홍시감 따먹어도 괜찮단다.

생강 이삭 주으며 호박이 오고, 야콘이 가고, 마늘이 오고, 토끼가 새끼를 친다. 아아, 이게 순번이 없는 눈물고개로다. 오늘따라 신의 깊은 뜻이 이 아닌가 하오.

홈정은 살아 있었다. 예부터 푸대접은 없었다. 선술집 주인양반의 그 더북더북한 각시는 오늘따라 한숨짓는 저 나뭇결 같으시다. 해당화님답게 건실하시다. 어쩜 넉가래 같이 걸려 있으신 듯, 주인님보다 향긋하셨나이까? 정겨운 북소리 울린다. '아이구우! 지게 작대기가 다시 땅만 보고 걸어가네.' '헉헉! 움찔움찔! 삐걱빠걱! 엇실엇실! 춤추며 가시네.' '휴우~우!' 쇠북소리 울리며 나도 죽어살어 넷째고개를 넘어간다. 쨉쨉! 쩨쩨쩨쩨! 통나무가 걷는다. 숨이 가쁘다. 반보씩 나간다. 낙엽이 스쳐간다. 산새가 물새가 위로해 준다. 예예, 양 어깨 힘이 균형을 이루니 날개가 붙은 듯 천리를 날으십니다. ♪당신이 고개 넘어 계신다기에~

이대로 비오듯 구슬땀이 흘러 죽음을 넘어서니 저 세상에서 바보같이 못 다한 사랑을 이 고통만큼 갚아줄 것 같아서, 이대로 가다가 쓰러져 새처럼 날아갈 나를 도리어 찾았나이다.('민변' 등 이 땅에 자기 희생적인 더없이 향기로운 민주 시민모임이 가까이 있었기에.)

마무리 북소리 울려라. '요 어정띠기 토끼 아씨야!' 그래 '인정 홈정이 맑고 깨끗한 환경의 중심축'이라 떠든다고, 머나먼 '사랑과 죽음'이란? 새 하늘 새 님 찾는 진리진실풀이 한마당은? 이미 차버린 지구는? 어찌 다 헤쳐 갈 거냐고?'(아무래도 진짜 얼치기 위선자 같애.)

모르겠소.
둥둥~ 두두 둥둥~ 쿵쿵 꽝꽝~ 쾅쾅 쿵쿵~
웃싸웃싸~ 을싸을싸~
자알 논다아~ 아~
♪어이해~ 우린~ 떠나야 하는가~
요 다음, 요 다음 세상으로~ 날래날래,(떠나야 하는가.)

<u>쪼~쪼르르르~ 쪼~ 쪼르르르르~</u>

"싸아랑~ 해에~ 요~ 오~ 오."
"저어~ 두우요~ 오~ 오~ 오."
(오, 늘 평화를! 반 적개심을! 한통 지구촌에 앞뒤로 따르시는 억울한 영혼들을 조금이라도 위로할 수 있다면, 눈물로 피신 꽃들과 같이 북, 신북소리로 이어가신다면야.)

♪반딧불~ 초가집도~ 종파간~ 전쟁극도~ 가슴 없으신 어머님도~

오~ 김치꺼리 ~ 국꺼리~ 배춧짐께서~ 더 맑게 품어 안으신~ 산 비러 가신~ 퍼런 서리태이신~ 남다른 우정으로~ 맑은 영혼으로 흘러가신, 황개밭가 님들의 소리 뜻~ 그 순 잘린 말씀이셨나 봐~(아, 향기로운 옛날이여.)♪

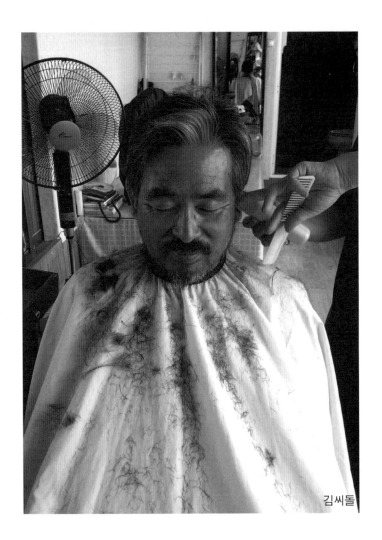

김씨돌

휘늘어질세

붉게 젖은 솔잎이 흘러갑니다.

복숭꽃, 살구꽃, 싸리꽃, 모시진달래, 꽃잎이 더 낮은 할미꽃, 개불알꽃, 민들레를 덮어주시며 날립니다. 뻐꾸기 따라 울어줍니다. ♪당신이 누구시길래~ 아, 한 많은 세상~ 피 뿌리신 가슴 안 가슴에도 휘늘어질세~

언젠가, '저 목삽니다.' 했던 분이 모두의 밥값을 내었습니다.
언젠가. '저 신님이요.' 했던 분이 모두의 페달을 밟았습니다.
그 언젠가 '저 신분니다.' 했던 분이 모두의 고무신을 사서 손을 잡았습니다.

'서리가 허연 기요, 뭐!'
'꽃이 덜 폈던데요, 뭘!'
'째족한 기 속고갱이만 장에 나왔드라니요.'

예, 특별한 전체 질서주의로! 특정한 믿음으로! 흐름을 막으셨으므로! 그 연초록 흐름을 막으셨으므로! 그것은 생명이 아니요, 진리가 아니요, 그날의 길이 아니었던 것입니다.

"천 원짜리면 되요."
"먹고 싶은 대로 꺼내 먹잖아요."
"그들의 식당이 따로 있다구요?"(더 높은 신분?)

"예, 어릴 적 따뜻한 밥 얻어먹지 못하여……."
"어릴 적 쟤네들은 부모 없이 커서……."
"어릴 적 저들은 형장의 이슬이 맺혀서……."

두 번 세 번 뒤에서 칼을 꽂는 이 사우스코리아의 '반쪽 은인'들을 보아라. 전쟁을 일으킨 쇠파리와 무엇이 다르더냐. 저들은 남의 얘기를 듣지 않는다. 이웃신들의 책을 읽지 않는다. 이것이 '찾을 수 없는 의문사' 세상을 만들었다. 큰 도둑을 숨겨왔다. 살인마를 가르쳤다. 일침을 가하면 자신의 신과 벌떼들이 곧바로 전쟁을 일으킨다. 이 점이 종교인들의 가장 중대한 지구상의 잔혹상이다. 그들은 모른 체 눈 딱 감고 기도했다. 오신 날, 태어나신 날, 일 년 한두 번, 부득이 뉘 자연비누를 주워 빨아서, 지워서, 말려서, 봉투를 챙겨, 왜 신고 입고 가야 하나? 자급자족 식량 내팽개치고 끌려가야 하나? 어디서나 하루같이 억울한 죽음이 넘쳐나시는데, 정말 잘못 돌아간다.
저이가 사과상자에 현금을 채웠습니까? 저 분이 어디쯤 오셨길래 십자가를, 부처상을, 성모전을, 팔아 매일 불태워 죽이고, 폭탄을 싸매고 뛰어드는 어린이들을 언제 당신들이 초대하였습니까? 그 양반들이 어디에 계시길래 날마다 무얼 차고, 무엇으로 기면서, 무엇으로 땅을 파면서, 새벽에 날아와 울어대는 산새들의 속소리를 들으란 말입니까?(나는 울 자격이 없습니다.)

현실은 논뚝에 제초제를 뿌리고 있으므로, 현장은 '멸종 오페라'를 보면서 종파분쟁을 논하므로, 현재는 방아쇠를 땡기며 신평화를 날렸으므로, 오다가다 만난 우리는 다시 모여 밥상을 차렸습니다. 진흙 소매를 걷어붙이고 수류탄을 투척하다 말고 자기 신들만의 막걸리 사발에 주둑 들어 둘러앉았습니다. 갖은 상큼한 나물에, 잡곡밥에, 어떤 삶 찌든 넋까지 맑게 해주신 김치에, 만이천 원짜리 육개장 2인분이, 남몰래 촌부의 10인분이 되게 하신 분은 바로 우연히 들른 강릉 중앙식당, 확 터진 웃음뽀! 그대로 향긋함! 그대로 모성애! 대자연 그대로 신의 일체였습니다. 멋 부린 신발로 꼭 표시하는 옷차림도 그 어떤 매혹적인 향기도 날아간 뒤에 남아 있었습니다. '전직 뭐 닦은 분'이라고 한층 아름다운 얼굴에 쓰여 있었습니다. 그 시절 촌아주머님이셨던 것입니다.

이집트를 탈출한 '또 다른 이스라엘 백성'이었습니다. 더욱 빈궁한 '팔레스타인 중 팔레스타인'을 사모하는 영혼들이셨습니다. 20-09-028765 WB400CC로 시작되는 여러분 피의 증서와 성황당 떡시루는 누가 먼저 들고 가고. 쿠키, 핫도그, 생과일 쥬저, 상품권들, 극약처방전인 제초제 공장 등을 물리치고 그나마 맑았던 카리브연

안으로, 아프리카 연안으로, 늘 놀릴 듯한 '행복과 건강과 추앙과 만사형통과 장수와, 성공과, 성장'이 세계를 병들이지 않고, 무너지지 않게끔, 여러 어머님들의 살아있는 기도 속에 손길과 눈물 또한, 어디론가 뜨겁게 흘러가고 있었습니다.

여보게, 옹달샘 친구들 어디 갔느냐! 뭣들 하고 있느냐! 물을 갈아라! 그 물을! 보따릴 풀어 제쳐요. 신들의 이중장부와 도장을 꺼내 보여요. 오냐! 형틀에 박고, 동상에 찍혀있는 그 형제 주신 사랑은 없다고 치자! 이따위 건방진 법에 인육법이 싫듯이, 무조건 사랑은 빼내주는 것이라고 하자! 맨몸으로 훌러덩 벗고 끌어주며, 밀어주며, 태워주며, 대신 내어주며, 엎어주며, 안아주며, 또또또 다시 일어나 씨 뿌려가며, 먹는 곡식을, 타들어가는 모를, 나무를, 비닐을 걷어내고, 연초록 싹들을, 피눈물 한 방울 보태가면서, 물조리개라도 모아서 걷어주시자고…… 이 시간, 생강냉이 파먹으며 산까치류 운다. 까~옹~윽이~ 끄윽, 떼 지어 산천이 떠나갈 듯 운다. 미워도 다시 사랑이고자, 인간이고자, 모두의 생흙이고자, 젖무덤이고자, '엄마! 엄마!'(청숫잔 맑은 물가에 흐르시니,)

걸으며 죽으라고, 일하다 죽으라고, 고삐를 놓아주고 서로서로 떠나라고, 꽃 밟혀도 피옵는 토끼풀꽃이라도 되시라고, 사랑하옵는 당신이 어이해 오늘따라 늘어지게도 피셨소이까? 희들어지게도 피셨소이까? 어디서 왕왕왕왕! 꿀벌 떼 날아오시었소. 오, 이제 희드러지세요! 님 먼저 희드러지세요. 우리 어머님 젖흙내음에, 자빠

저 개흙바닥에 묻혀 파롯파롯 살어오세요. 생흙에서 죽도록♪ '철퍼덩!' '핫~핫~핫~하!'(순 엉터리야.)

'찝찌비비비!' 왜 빈손으로 나와요? '야, 놀랍다! 항생제다 머다 그렇게 안 낫던 감기에 목구멍 여러 병이 인삼인지, 칡가루인지, 무슨 자연 풀뿌린지, 시고 달작지근한 한방약 처방에 깨끗이 사라졌다는 것 아니냐.'

　♪탈종교계~ 자연 사랑도~ 휘늘어~ 질세~ ♪(높낮이 없이,)
　님과 같이~ 가치 산다며언~(그런 즉,)

　용수 부족→식량 폭동→쑥대밭→찰진 내 육신 거름→펼칠 주의가→마침내 병든 지구를 약간 살릴세.(병과 그 분의 비닐봉지에 든 약, 농약, 제초제, 기름진 말씀 및 트랙터놀이도 가고.)

그 꽃물과 젖줄이 그세 살아 나셨다니, 오, 예!

"죽기까지 사랑한다면, 사랑한단 말 못한데이. 니 아나?"(맞다.)

감사드린다.(신들의 공존으로 휘늘어지신 모든 가지님들께 감사드린다.)

계신다면 신께서는
물과 새들에게
남은 미래를 맡기신 것 같다.

김씨들

눈이 옵니다

♪늘 푸른 솔가지도~ 타들어 가는데~ 어머니의 가슴에~ 여기도 맹물은 끓는데~ 모정이 쌓여 하이얀 뼈가지마다~ 눈물은 흘러내리시는데~ 천지 작물이 마르도록~ 님의 젖줄이 믿음인 줄 모르신다네. 곡식 한 알이 신의 사랑인 줄 알면서 모르신다네. 오오, 우리 자연아버지를 찾아~ 그토록 맑았던~ 그토록 평화스럽던 하이얀 꽃가루를 찾아~ 전쟁 없는 포름포름길~ 찾아 나서신다오. 여러 벗들의 생청하신 마음들이 동사 아사 선상에 다가서시니……,

우리 허약하신 말똥가리 한 쌍께서도,

지구상에 또 있겠나?
참으로 억울한 넋이 그대로 떠도시는,
이 땅에 끊임없는 불장난들…….
(신핵! 너! 마지막 폐기될 이유 중에도,)

♪어떤 무덤! 국제원전, 제약, 무기, 무선, 철강, 통신, 반도체

등등 시급한 쌀, 밀, 콩, 감자, 강냉이, 천연과일 만큼~ 여물 수 없는 너마저~ 인류의 건강을~ 종지부를~

　빳쁘! 째잭! 님이여! 비나니 폭설만은,
　두만강 푸른 물가에(당신의 꺾어진 꽃가지들이 오늘도 새순들이 먹이를 찾기 위해 엎드려 있나이다. 총부리 아래,)

　푸른 눈이 내립니다.

잘 하시오

　오늘따라 차에서 내려와, '주인 어디에 가셨죠?' 물어준 직분 있는 당신, 그 넘어 빽미러에 걸린 나무십자가, 뒤따라 또 사러온 오이 향 나는 고추판, 그 손목 넘어 염주가 다같이 따뜻하였소. 다만 불자 표시, 교인 표시, 종교인 표징 없이도 질러가지 않는 내일이 풍요롭 길 소생도 바라오. 계곡에 드러난 뿌리들이 바우들 보고 너희 흙탕물이 몇 배나 자연풍화보다 더 깎여나가느냐고 묻지 않아도 됨에, 풀 아니 잡고 농업용 저수지를, 나무 아니 잡고 고랭지 특화전략을, 치러 나가심이 보수가 진보가 다 부패집단이 아님, 기상변화만큼 '시효가 없는 과거사 사단'에 힘을 실어준 인명을 보면 알듯이, 때가 되어 아무개 종교법인, 중증장애인 건물이라 써붙이지 않았듯이, 늦게나마 DMZ 유해발굴작업을 하시듯이, 예부터 '입은 삐뚤어져도 말은 바로 하라.'고 하셨듯이, 그분들이 지금 할 일도 많으실 텐데, 종교색채에 따라, 학연지연에 따라, 가도가도 보이지 않는 자살 타살의 행로를 접고, 오로지 인간미 인간의 향기 하나 믿고, 어디론가 떠나고자 몸부림을 치는 이 엄청난 토양분이 덜 씻겨 나가듯이, '차비 없다.' 하자, 종족분쟁에 무인 살인기가 떠있음에도 비잔티움과 아랍문화의 진수를 보여주셨듯이, 하늘나라 잃은 나그네들을 고이 묻어주셨듯이, 꽝! '천지보복!'이 놀란 대자연을 더 이상 편 가르지 말라 하심이니, 모두모두 나름대로 님의 가족으로, 신의 이웃으로, 잘들 걷어주신 거요. '잘 하시오!'

예, 잘들 살다 가신 거라고 믿어도 되겠지요? 하오나 이 땅에 이 맑은 물! 첫 경계만 넘으면 웃으며 악수하시고들 떠나실 터인데, 이마에 피가 나도록 어떤 기도, 흙기도, 물기도가 너희 자신만만한 종과 벽에 총기를 내려놓으실 텐데, 정말 안타깝소이다! 임이시여! 이만, 용서가 되셨나이까?(2009년 5월 18일.)

왜 다들 우실까?
금강경인지, 천주경인지, 천장수경인지 잘 모르나,
본심으로 그리운 분과 마주칠 때 왜 님의 목소리로 목매여 우실까?

잘 가시오.